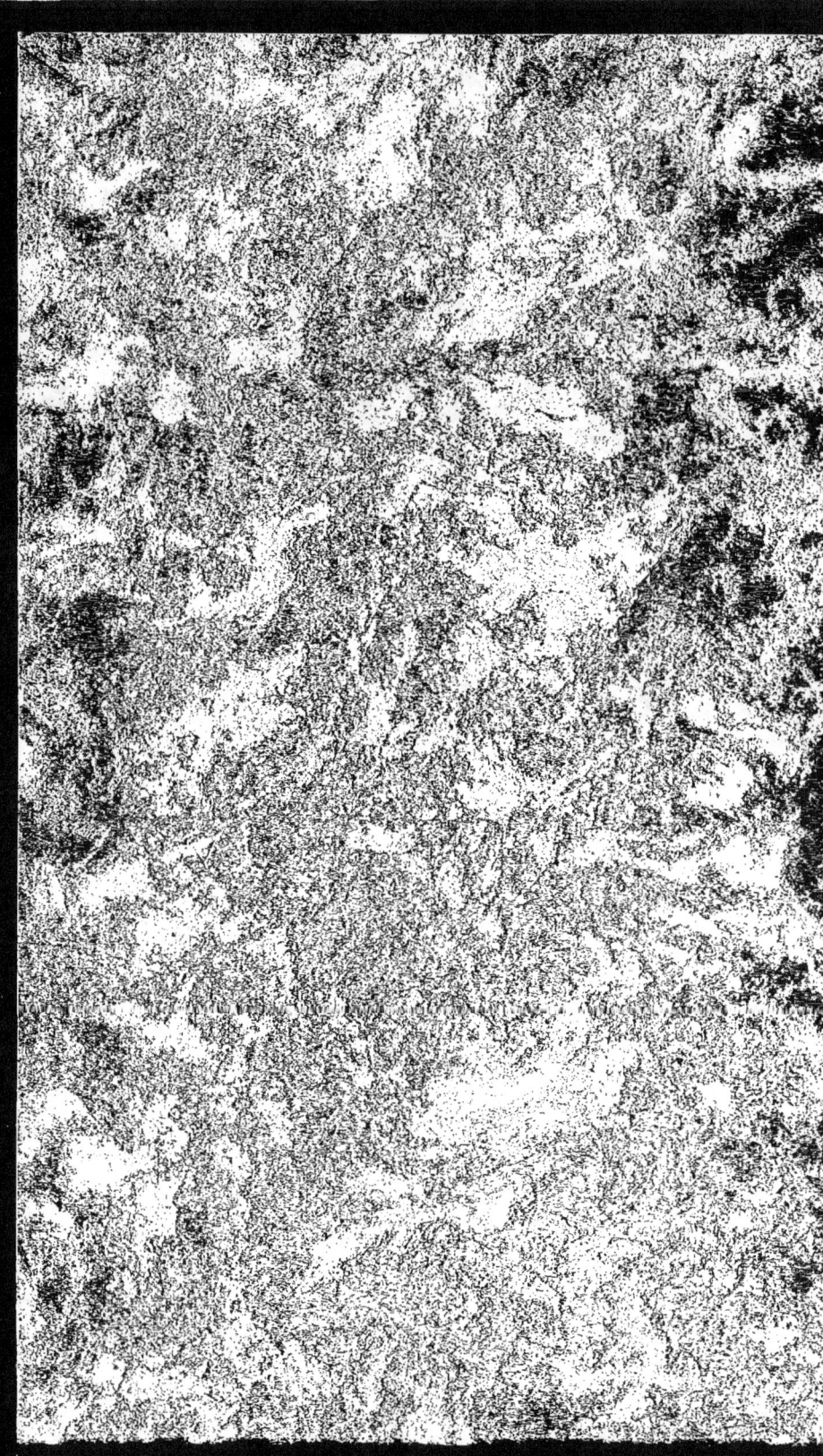

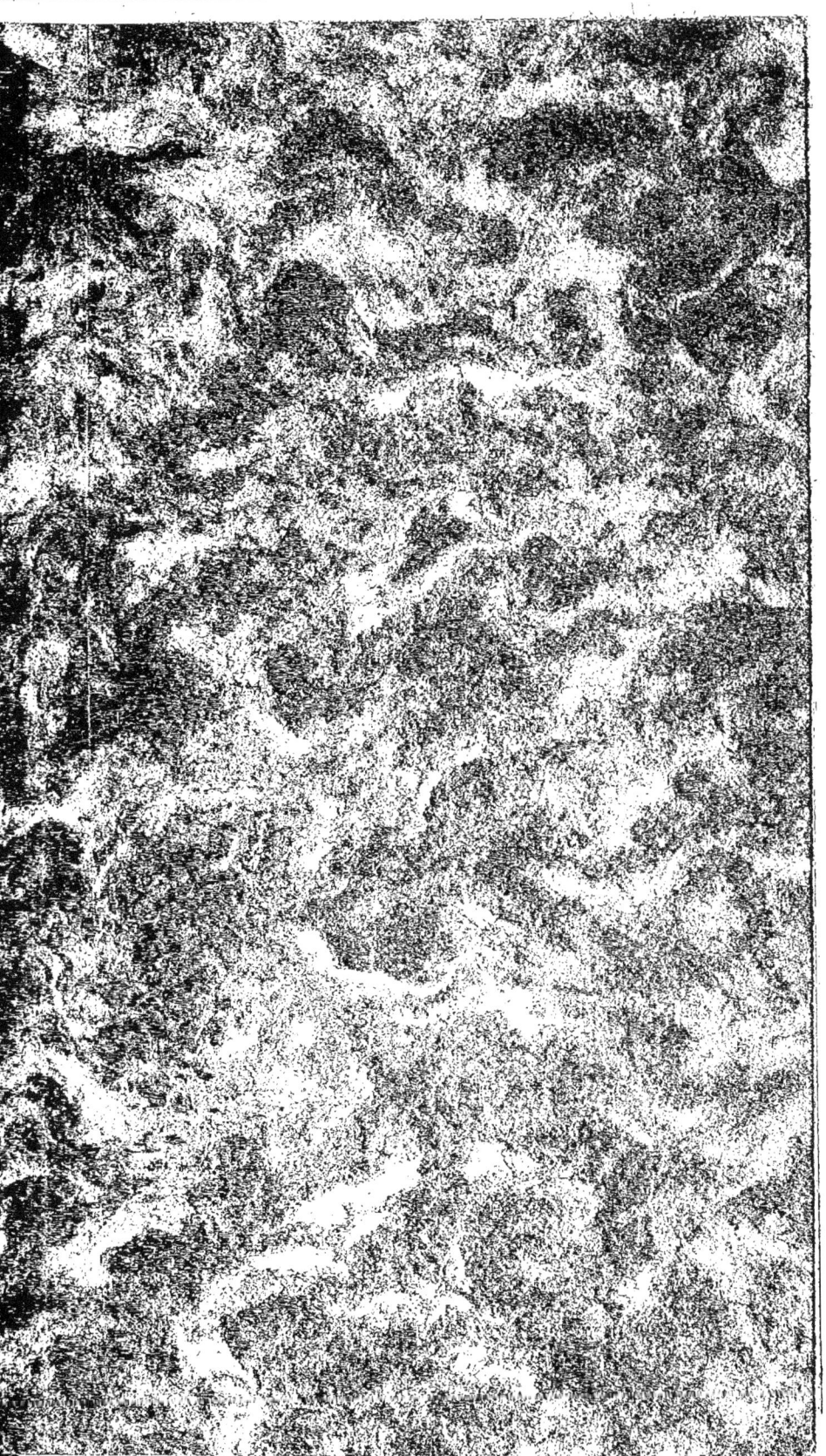

DESSIN DE CARPEAUX

VERTU

DESSIN DE CARPEAUX.

DÉDIÉ A GEORGE SAND
Par GUSTAVE HALLER

A. Quantin Imprimeur
FS Benoit & Fabrics

VERTU

CALMANN LÉVY, ÉDITEUR

DU MÊME AUTEUR

LE BLEUET (10ᵉ *édition*). . . . . 1 vol.

4.76. — Boulogne (Seine. — Imp. JULES BOYER.

VERTU

PAR

GUSTAVE HALLER

PARIS

CALMANN LÉVY, ÉDITEUR

ANCIENNE MAISON MICHEL LEVY FRÈRES

RUE AUBER, 3, ET BOULEVARD DES ITALIENS, 15

A LA LIBRAIRIE NOUVELLE

—

1876

A

GEORGE SAND

VERTU

Non ego illam mihi dotem duco esse, quæ dos dicitur
Sed pudicitiam, et pudorem, et sedatum cupidinem... [1]

PLAUTE

Pudor venustas feminæ [2].

SIX ANS AVANT

I

Sir Delmase est un homme de vertu douteuse ; il n'a pas d'esprit ; son abord est fâcheux ; il est égoïste, brutal ; pourtant, autour de lui se fait un cercle d'admirateurs.

Pourquoi ?

Parce qu'il a dit : « Je serai riche », et qu'aujourd'hui c'est un des plus grands négociants de la Cité de Londres.

Il est gros ; ses mains sont lourdes et velues ; son nez large, informe, regarde en l'air, fuyant

---

1. Selon moi la dot d'une femme n'est pas la fortune, mais bien la chasteté, la pudeur, le calme des sens.

2. La pudeur est la beauté de la femme.

1

unc grande bouche à lèvres plates;- des fils violets figurent des réseaux sur ses joues rouges; ses épais cheveux gris semblent irrités les uns contre les autres, et se hérissent sur un front bas; ses sourcils avancent en auvents, et ses petits yeux fauves se cachent dessous comme au fond d'une caverne; pourtant il a une femme jeune et jolie.

Dans le cours de son ascension commerciale, Delmase crut nécessaire de monter sa maison définitivement, et dit à un de ses confrères:

— Donnez-moi votre fille Antonie!

Une enfant!

Il se maria! et pendant douze années, rien ne fut changé dans sa vie, si ce n'est qu'il y eut chez lui un objet d'utilité domestique de plus et que le chiffre de son avoir s'augmenta de plusieurs centaines de mille francs.

Depuis quelque temps, Delmase est à New-York, où il établit un comptoir. Il vient d'écrire à sa femme que, bientôt, il sera de retour, et qu'on doit en informer ses amis. Madame Delmase a quitté son palais de Hyde-Park et s'est mise en devoir d'obéir. En ce moment, elle se trouve dans William's street, chez mistress Harris, femme du représentant de son mari.

Celle-ci tient sur ses genoux un tout petit bébé, et dit:

— Ah! Monsieur Delmase revient! Cela m'attriste, car il faut que nous allions le remplacer. Il est vrai qu'il est là-bas depuis près d'un an.

Cette réflexion fit pâlir madame Delmase. A peine eut-elle la force d'articuler ces mots :

— Depuis quelques mois !.... Oui.

— Onze mois ! Oh ! j'ai presque compté les jours ! Les derniers que nous dussions passer dans notre pays.

Antonie se sentait défaillir, la fatalité avait-elle donc voulu que l'absence du marchand fût ainsi mesurée !

II

Elle descendit lentement le petit escalier droit, tout anglais. Elle sortit sur le pont de pierre, un de ces ponts qui s'élevant entre deux cours basses, font ressembler les maisons de Londres à de petits châteaux forts.

Une voiture s'avança.

— A Saint-Georges ! dit la jeune femme au groom qui lui ouvrait la portière. Et elle se renversa dans un des coins de son coupé.

Antonie Delmase était une de ces grandes et majestueuses créatures auxquelles les sculpteurs antiques vouaient leur ciseau ; une de ces beautés plastiques dont la figure immobile et grave est comme un rideau magnifique tiré sur l'âme.

Aussi, le monde qui ne voit pas leurs pensées dans leurs yeux, les trouve-t-il parfois insignifiantes.

Dès que la voiture eut atteint le seuil de l'église :

— Rentrez, dit Antonie au groom.

Libre ainsi en congédiant ses gens, elle pénétra jusqu'à l'autel où officie ordinairement l'archevêque.

Cet autel perdu dans l'obscurité est un riche amas de dorures.

Elle s'agenouilla sur la dalle, et cachant son visage dans ses mains, pria ou pleura.

Une heure plus tard, madame Delmase sortait après avoir baissé son voile. Elle fit quelques pas dans la rue, sans paraître préoccupée de la direction qu'elle prenait.

Bientôt elle fut suivie par un de ces grands jeunes gens comme on commence d'en rencontrer en Europe. Ils ont la haute taille des hommes du Nord, ils ont une chevelure noire, un teint basané qui fait un étrange contraste avec leurs longs yeux gris clair. Ces yeux ont une sorte de fierté sauvage, un regard de maître qui n'appartient qu'à eux. Lord Clifford était Anglais par son père, mais Indien par sa mère.

Il marchait dans les pas d'Antonie et la rejoignit.

— Dieu permet que je vous rencontre ici seule, lui dit-il à voix basse.

— Je ne crois pas, car je viens de lui jurer de ne plus vous revoir.

— Il faut que je vous parle !

— Je ne veux point. Laissez-moi !

Il se rapprocha d'elle.

— Écoute ! lui dit-il plus bas. Nous ne sommes pas très-loin de Waterloo-station ; va seule à ta maison de Kingston. Voici ma clef. Je t'y rejoindrai.

— Taisez-vous !...

— Je te jure que personne ne me verra.... Tu sais bien qu'on ne suppose rien. D'ailleurs, nous sommes au mois de mai ; tu retourneras bientôt à la campagne ; n'est-il pas naturel que tu ailles visiter ta maison ?

— Taisez-vous !...

— Tu sais bien, ajouta-t-il plus bas encore, que ta réputation m'est chère ; n'en ai-je pas toujours pris autant de soin que toi-même ?

— Ce que vous me demandez, je ne le ferai pas ; laissez-moi !

— Vois-tu, Antonie ! il y a entre nous autre chose que mon bonheur, que ma vie, que ton honneur même. Depuis quelques jours je ne vis plus ! Si tu ne veux pas me laisser te voir ce soir à Kingston, je ne te laisse pas partir. Je ne te quitte point !

— Vous êtes pair d'Angleterre, mylord ; vous allez me perdre, et compromettre à tout jamais votre nom.

— Ah ! je ne me soucie plus de rien... Je suis fou !

Ces paroles effrayèrent Antonie.

— J'y vais, dit-elle, prenant la clef que le jeune
homme avait encore dans la main.

III

Les plus jolies maisons de Kingston donnent
d'un côté sur la principale rue de la ville, de
l'autre sur la Tamise. Leurs jardins, presque
tous terminés par une pelouse, vont se baigner
dans l'eau. Là, un bateau étroit et long attend,
caché dans les herbes, que les maîtres de l'habitation aillent explorer les rives charmantes de
Hampton ou de Richmond.

Jusque dans leurs jeux, les Anglais révèlent
leur goût pour la marine. Les dames elles-mêmes
rament parfaitement ; les avirons se tournent
dans leurs mains effilées ; ils plongent, pleurent
en sortant de l'onde, replongent de nouveau,
et la légère embarcation glisse à la surface de
l'eau.

Kingston n'est point visité par les curieux ;
on vit là pour soi, non pour ceux qui passent.

Comme dans toutes les villes d'Angleterre,
les habitants s'intéressent plus à leurs propres
affaires qu'à celles d'autrui. On sort de chez
soi, on y rentre, sans mettre les voisins en
émoi.

Des visages avides ne se montrent pas aux fenêtres, où il n'y a qu'un peu de feuillage ou quelques fleurs.

Madame Delmase pénétra donc sans être remarquée dans son cottage, où ne restait aucun domestique en son absence.

Presque toutes les maisons anglaises se ressemblent.

Imaginez quatre grandes chambres bien carrées, recommençant successivement depuis le sous-sol jusqu'au deuxième étage. Généralement, une rotonde en glaces, donnant sur le jardin, se pratique à chaque étage, ce qui forme des réduits charmants ajoutés aux pièces.

Telle était l'habitation où nous trouvons Antonie. Brisée par la douleur, elle s'était assise sur un sofa qui tournait, suivant la forme de la rotonde. Elle regardait les arbres, les prairies ; mais ne voyait rien de ce qu'elle regardait. Ses yeux laissaient couler des larmes. Pourtant, si quelqu'un fût entré, elle n'eût eu qu'à essuyer ses yeux pour paraître calme.

Que de fois elle l'avait fait déjà !

La porte s'ouvrit enfin et le jeune homme parut.

— Rappelez-vous bien, Edward, dit madame Delmase sévèrement, que nous nous voyons aujourd'hui pour la dernière fois. Désormais, vous ne serez plus pour moi que lord Clifford

Le jeune homme considérait Antonie d'un œil ardent et fixe.

— Qu'avez-vous donc? lui dit-il. Qu'as-tu donc mon amie ?

— Ne me tutoyez pas. Vous me faites mal.

— Oh! laisse-moi te parler ainsi. Puisque tu veux que nous nous séparions pour toujours, que t'importe que je sois heureux une heure ?

— Hâtons-nous? Que voulez-vous me dire ?

— D'abord je veux savoir pourquoi tu pleures.

— Pourquoi ? Depuis longtemps la douleur m'envahit. Un rien, une circonstance presque puérile l'a fait déborder. J'ai visité ce matin la femme de notre correspondant.

— Madame Harris ?

— Oui ! elle a une toute petite fille qui fait la joie de son mari; et moi, je porte dans mon sein la douleur de mon époux, le deuil de ma maison, la perte de notre honneur à tous !

Ici, Antonie s'interrompit. Son désespoir éclata.

Elle reprit d'une voix amère, entrecoupée par des sanglots :

— Dans quel carrefour mystérieux, dans quelle maison obscure aurai-je la joie de cacher mon crime? Quelle femme payerai-je pour emporter, pour dérober à tous les yeux cet être que je traîne de force dans la vie, où, dès la première heure, je lui jette la honte au visage ?

— Tais-toi! tais-toi ! interrompit Edward. Ah!

je comprends que tu souffres, si tu te livres à de pareilles pensées.

Antonie cacha sa tête dans ses mains.

— Le mal, dit-elle, ne pardonne pas ; il fait payer à ceux qui lui ont appartenu leur salaire de souffrances. Ma mère m'assurait que j'aimerais plus tard monsieur Delmase ; elle me disait : « Je veux que tu l'épouses. » Je n'avais jamais résisté à ma mère, j'ai obéi. Oh ! comme j'ai expié cette faiblesse ! car c'en est une. A dix-neuf ans, nous sentons, nous savons ce qui est nécessaire aux besoins de notre nature, et nous ne devons pas, pour épargner une contrariété à nos parents, empoisonner notre existence, la leur même, car, un jour, ils souffrent de nos malheurs. Enfin, il vaut bien mieux désobéir à sa mère que de devenir plus tard.... adultère... Si le monde savait ce qui se passe en moi, il comprendrait qu'il ne suffit pas de vouloir être vertueuse. — Oh ! je me hais ! je me fais horreur !

— Calme-toi !

— J'étais la femme d'un homme qui ne m'aime pas ; mais j'étais honnête, et je suis devenue une misérable parce que j'avais besoin d'amour !

Lord Clifford s'approcha d'Antonie, et l'entourant de ses bras.

— Ne pleure pas ! dit-il, songe que tu m'as rendu le plus heureux des hommes en faisant naître en moi un amour qu'aucune femme n'avait su m'inspirer, et en me rendant père ! Oh maintenant, je pourrais tout perdre, je serais encore au comble du bonheur. Songe donc que toute mon existence appartient désormais à cet enfant ; je le jure devant Dieu !

— Dieu ! Ah ! pourquoi ne m'a-t-il pas fait mourir avant qu'un innocent portât ma honte ! Je passerais de bon cœur le reste de ma vie dans le deuil et le repentir, pourvu qu'il veillât sur notre... sur ton enfant.

— Notre enfant ! Ah ! ce mot t'est monté du cœur aux lèvres. Merci ! dit-il en se précipitant aux genoux d'Antonie.

Il y eut un long silence rompu par les sanglots de la pauvre femme.

Edward, le premier, reprit la parole.

— Parlons de l'avenir. Ne me chasse pas. J'ai, dans le fond des Indes, des biens immenses qui me viennent de ma mère. Fuyons tous deux. Tu seras mon épouse bien-aimée, et nous ne quitterons jamais ce pays. Tu disparaîtras ; on te croira morte. Qui donc irait chercher là-bas madame Delmase dans lady Clifford ? D'ailleurs, nous saurons bien nous garantir.

Il n'y a que ce moyen qui donne à nous et à notre enfant fortune et considération.

— Jamais !... et Camille ?

— Camille ! elle reste avec son père, riche et heureuse, puisqu'il l'adore.

— Camille n'est pas votre fille, mais elle est la mienne, et elle tient à mon cœur comme l'autre enfant. Oui, son père l'aime, mais comment ?

Cet amour-là, c'est le malheur de ma fille, vous le savez bien! Et puis une fille ne se passe pas de mère. Depuis onze ans cette enfant vit de moi...

— Alors, emmenons-la. Nous changerons de nom. Tu diras à Camille que son père t'a maltraitée ; c'est vrai! et que tu fuis avec un parent.

— Pensez-vous que mon mari ne découvrira pas notre retraite? Pour retrouver sa fille, il remuerait le monde ! Mais, d'ailleurs, je ne veux pas cacher ma Camille dans l'exil, je ne veux pas partir.

— Mais qu'espérez-vous donc ? s'écria lord Clifford.

— J'ai six semaines encore devant moi ; je le crois, du moins. Dès que je sentirai le moment arrivé, j'irai passer une heure chez un médecin. Je lui demanderai de ne pas tenir compte de ma vie et de se hâter. Une heure après, je remonterai dans une voiture et je rentrerai chez moi. Je vous enverrai l'adresse de l'endroit où j'irai. Vous ferez prendre votre enfant. Quand on a eu la lâcheté de commettre une faute, il faut avoir le courage de l'expier jusqu'au bout.

Edward eut un regard terrible ; puis une grosse larme coula de ses yeux.

— Pauvre amie ! dit-il, que tu dois souffrir, pour avoir une pareille idée.

Mais c'est rêver l'impossible !

Si l'événement devançait vos prévisions, si vous étiez surprise chez vous par des souffrances qui ne vous permissent pas de sortir ?... A cette époque, votre mari sera de retour ; s'il apprend la vérité... que fera-t-il ?

— Il est implacable... J'ai peur de lui. Il a le droit de punir...

— Ton mari ! ah ! je le hais ! Est-ce qu'il t'a jamais aimée ? Il t'a prise comme sa maison de commerce sans te demander seulement : « Voulez-vous ? » Sa fortune s'alimente de trafics infâmes. Il n'a soif que d'or... C'est un athée !

— Il aime sa fille !

— Non pas elle, mais lui, son sang, son moi. Touche à sa réputation, à sa considération, toi, la première de ses servantes, sa chose, tu verras rugir le tigre, tu le sentiras t'écraser. Oh ! viens ! viens !

Et il cherchait à l'entraîner.

— Non.

Lord Clifford qui était jusque-là resté aux genoux d'Antonie, se releva et lui dit avec assurance.

— Tu ne m'aimes plus !

— Je ne sais, répondit-elle. Vous êtes la personnification de mon crime que j'exècre. Je suis revenue à la déchirante réalité ; tout le prestige que vous aviez est tombé depuis que ma perte est consommée. Cette voix passionnée qui m'électrisait, ces traits harmonieux que je ne pouvais effacer de mon souvenir, ce regard brûlant qui enflammait mon cœur et me plongeait dans l'extase... Je ne vois plus tout cela...

Vous êtes le même sans doute ; mais, pour moi, vous n'êtes plus qu'un remords qui me poursuit sans cesse. Quand nous sommes coupables, Dieu ne permet plus que les ravissements de l'amour adoucissent nos tourments. Il change nos idées, et rend notre faute incompréhensible pour nous-mêmes. C'est encore un châtiment.

— Je souffre assez, ne me déchire pas le cœur.

— Et si j'avais résisté !... Ton souvenir aurait été si doux pour moi ! Il m'aurait rappelé mon sacrifice, ma vertu ! Tu te serais marié, je me consolerais en aimant ta femme, tes enfants, et j'aurais toujours le droit d'embrasser et de bénir ma fille.

— Écoutez, interrompit lord Clifford d'un ton résolu, puisque nous sommes en train de nous percer le cœur, je vais vous dire la vérité.

Maintenant, il faut nous taire sur nous-mêmes et ne songer qu'à celui qui est innocent.

Les femmes du monde succombent quelquefois, mais elles ont bien rarement le courage de renoncer au foyer conjugal et à la considération, comme elles renoncent à être fidèles au sot qui les épouse, sans songer à l'avenir.

Vous m'avez prêté votre cœur sans rien me demander ; aujourd'hui je vous offre toute ma vie, et vous refusez de me suivre !

— Vous êtes injuste, s'écria Antonie étonnée du changement subit qui s'opérait dans son amant ordinairement si respectueux, si tendre.

— Pardonnez-moi, lui dit-il, je laisse parler mon âme; il faut bien que je plaide pour mon enfant! Vous avez eu le courage de vous jeter du haut d'une tour; mais vous ne voulez pas tomber par terre. Est-ce que je tiens à rester lord d'Angleterre? Que m'importe qu'on cite mon noble nom dans l'avenir comme à présent? Hors notre enfant, tout m'est indifférent!

Elle voulut l'interrompre; Edward continua sans s'arrêter :

— Le mal est fait !... Êtes-vous devant Dieu ou devant les hommes? Vous avez été trop sévère et trop cruelle envers vous-même, tout à l'heure, pour que je puisse encore craindre de vous affliger.

Le malheureux jeune homme, emporté par la puissance de l'amour paternel comprimé, écrasé dans son cœur, était en proie à une exaltation dont il n'était plus maître. Lui aussi avait commis le crime, sans avoir la force d'en subir les conséquences : il n'avait pas songé qu'en prenant la femme d'un autre, femme, enfant devaient rester étrangers à sa propre vie.

Antonie fut effrayée par cet homme qui lui montrait une volonté de fer.

La figure d'Edward était devenue pourpre, le désespoir l'avait saisi, — mais soudain, passant de l'extrême douleur à une espérance subite :

— C'est cela, s'écria-t-il. — Comment n'y ai-je pas pensé plus tôt?

Puis, avec toute l'autorité que donne à l'homme la supériorité de ses forces physiques :

— Je viens ordinairement, dit-il, dans le bateau qui est là, dans les joncs. C'est ainsi que je comptais fuir avec toi. La nuit tombe ; je ramerai jusqu'au jour. Demain nous ne serons plus en vue. Tu ne veux pas me suivre ? Eh bien ! il me faut mon enfant. Je ne puis vivre sans toi ; il me faut ma maîtresse, ma femme ; je suis homme, je suis fort, et dans ce moment, vois-tu, fort comme dix ! Personne ne peut nous entendre, je t'attache et je t'emporte !

Antonie saisit dans ses mains l'étoffe du canapé où elle était assise.

Pourquoi suis-je venue ici ? dit-elle avec désespoir.

— Pour cela ! s'écria lord Clifford en lui mettant un mouchoir sur la bouche. Elle essayait de l'arracher, mais il lui en ôta les moyens en tournant autour d'elle le long manteau dont elle était enveloppée et le nouant fortement.

La pauvre femme était à moitié évanouie. Il la saisit dans ses bras et l'emporta.

IV

Au moment où il sortait de la chambre, on entrait dans la maison.

— Maman ! maman ! appelait une voix douce et caressante, es-tu là ?

Comme il n'y avait qu'un escalier, il était impossible de descendre sans être rencontré.

Edward rentra et délia vivement madame Delmase, pendant que l'enfant la cherchait au rez-de-chaussée.

— Tâche qu'elle parte ! dit-il en se jetant dans la pièce voisine.

Camille entra.

— Ah ! te voilà ! s'écria-t-elle. Comme tu as l'air troublée, chère maman ! Je t'ai fait peur ! n'est-ce pas ?

— Oui !... oui !... Je cherchais quelque chose !... J'ai eu peur... Qu'il y a-t-il donc ?

— J'étais sûre que maman était ici, dit la petite fille à la femme de chambre qui l'accompagnait. N'est-ce pas ? J'ai dit : Maman est à Kingston ; elle y va quelquefois quand il fait beau. Je ne pouvais pas trouver la clef ; mais quelqu'un en avait une, et me l'a donnée.

— Qui ?

Papa !

Et l'enfant frappa des mains en bondissant.

— Arriver sans prévenir, pour nous surprendre, comme c'est gentil ! ajouta Camille. Il serait venu avec moi ici, mais je le trouve épuisé par ce long voyage, et j'ai exigé qu'il m'attendît à la station.

— Allons le rejoindre ! fit Antonie.

Ses yeux étaient hagards.

— Non ! Papa a dit que si nous te trouvions ici, il vaudrait mieux y rester et y coucher. Si nous ne sommes pas de retour à Londres dans une heure, nos gens viendront. Papa veut passer quelques jours à la campagne pour se reposer. Il voulait t'envoyer un domestique ; mais j'ai tenu à t'annoncer cette nouvelle moi-même.

— Je vais avec toi !

Madame Delmase essaya de marcher ; mais il lui fut impossible de faire un pas.

— Reste, mère chérie ! Dans quelques minutes, nous serons ici. A tout à l'heure.

Et Camille descendit.

A peine l'enfant avait-elle disparu, que lord Clifford entra.

— Mon mari est revenu ! s'écria Antonie avec égarement.

Puis, poussant un cri, elle tomba.

Edward la replaça sur le canapé. Elle était pesante comme une morte. Son front ruisselait d'une sueur froide.

— Dans un instant il sera ici, reprit-elle. Mes souffrances morales m'avaient déjà bien atteinte ; ce coup m'a terrassée.

— Partons !

— Il est trop tard ! dit-elle d'une voie éteinte. Vous ne comprenez donc pas ? La douleur m'attache à cette place. Ce n'est pas la mort qui fond sur moi. Ce retour m'a foudroyée, il a hâté le temps. Je souffre le martyre. Partez !

— Malheur! s'écria Clifford, au comble du désespoir. Mais, au moins, il vous faut du secours.

— Qui m'en ferait venir? Vous? Vous me perdriez. Partez. Partez donc, vous dis-je. La seule chose que mon mari puisse encore ignorer, c'est votre nom ! Pour l'honneur de la maison, il gardera secret un malheur que je ne puis plus lui cacher.

— Il étouffera mon enfant !

— Non ! s'écria Antonie, qui avait peine à rassembler ses idées ; il perdrait sa fille par le scandale ; car moi je crierais vengeance et je l'en menacerais... mais...

Pars, car s'il te reconnaît, il se vengera sur toi ; il te tuera.

— Que m'importe ?

— Et qui veillera sur notre enfant? Ta présence et cette pensée me tuent. Il ne faut pas que je meure trop tôt.

— Oh ! c'est atroce !

Lord Clifford courut à la rotonde.

— Il y a un treillage sur la maison, dit-il ; je vais m'y accrocher, et du dehors, je ne cesserai pas de te regarder. — Si mon enfant arrive avant eux, donne-le moi ; je l'emporterai ; nous serons sauvés !

En disant ces mots, le jeune homme exécutait déjà son projet. Il enjambait la fenêtre et se cramponnait à la barre de fer formant appui.

— Au moindre bruit, je me laisse glisser; il n'y a aucun danger. De cette manière, nous gagnons du moins quelques minutes.

Cette déchirante anxiété dura pendant un long quart d'heure.

Un bruit se fit entendre.

— On entre! Prie pour nous deux! dit Antonie d'un ton solennel.

PREMIÈRE PARTIE

I

LE DERNIER COUP DE PINCEAU

Dispersés çà et là sur le globe, les premiers groupes d'hommes se trouvaient dans le principe si éloignés les uns des autres, si divers de mœurs et d'aspect, qu'on les a longtemps classés comme appartenant à des races différentes.

Ces groupes se grossissant, s'étendant insensiblement, gagnèrent du terrain et finirent par se rapprocher ; mais l'espace qu'il leur fallait parcourir pour se visiter, la difficulté de transport les empêchèrent longtemps de communiquer assez ensemble pour confondre leurs instincts, leurs besoins, leurs habitudes.

De notre temps, les nouveaux modes de locomotion ont déjà commencé de mêler les hommes ; tout se croise et se confond. La civilisation tend, avec une rapidité effrayante, à passer son niveau

sur le genre humain. Mais nous et nos neveux
sommes encore de ceux qui pourront observer les
signes caractéristiques qui distinguent les habitants de chaque pays.

Prenons l'Angleterre et la France : ces deux
contrées séparées seulement par un bras de mer,
un ruisseau, ont entre elles un abîme, si l'on
considère les mœurs, les aspirations, le tem-
pérament même de leurs habitants.

Une différence presque aussi frappante existe
entre les naturels de chaque contrée. L'homme
tient du lieu et du climat comme la plante tient
du sol et de l'air.

Les Parisiens, généralement, voyagent peu et
jugent, à tort, les étrangers par ceux qu'ils voient
à Paris. En changeant d'endroit, on change forcément de vie. Ainsi les Anglais, lorsqu'ils
viennent chez nous, courent les spectacles, les
bals, les cafés, font, en un mot, ce qu'ils ne
feraient pas chez eux.

Comme nous ignorons si nos lecteurs, par de
nombreux voyages ou par un long séjour dans
les îles Britanniques, ont pu se trouver à même
d'observer le caractère de la nationalité anglaise,
il nous paraît opportun, dans l'intérêt de notre
récit, de leur faire faire quelques remarques à
ce sujet.

On dit qu'il n'y a pas une ville plus corrompue
que Londres ; mais on devrait ajouter que la cor-
ruption, ou plutôt la prostitution, s'y trouve
parquée dans certains quartiers, et ne se pro-

duit guère qu'à des heures fixes ; ce qui ne permet pas au mal de se répandre, ni d'atteindre toutes les classes. Du reste, dans ce pays, la séduction est très-restreinte. On peut sans crainte attribuer directement cet heureux effet à la prévoyance des lois. Tout homme majeur a le droit de se choisir lui-même une compagne. Il ne saurait donc se retrancher derrière l'opposition de ses parents pour ne pas offrir son nom avec son amour, quand il s'adresse à une fille honnête. « Au-dessus de l'âge de vingt ans, l'homme et la femme peuvent contracter mariage, sans prendre l'avis de personne [1]. »

D'un autre côté, toute promesse d'union est considérée si sérieusement que celui qui manque à sa parole, en pareil cas, est passible de dommages et intérêts, dont un jugement fixe le chiffre. De là point d'obsessions ni de poursuites sans projets avouables.

Les mères laissent sortir leurs filles seules, et celles-ci, quelque jolies qu'elles soient, ne courent que de bien rares dangers. Les hommes se tiennent presque sur leurs gardes, car les assiduités sont remarquées. Une lettre d'amour est un engagement formel, pour ainsi dire. Jeunes filles et jeunes gens peuvent se rencontrer souvent en

---

1. V. Ant. de Saint-Joseph. — Concordance entre les Codes civils étrangers et le Code Napoléon — Grande-Bretagne. Titre V. Du mariage. Art. 99.

tête-à-tête, sans qu'il y ait tentation pour les uns
et péril pour les autres. Cela tient-il encore à des
raisons physiologiques, ou à ce que la recherche
de la paternité n'est pas interdite comme chez
nous ? C'est possible.

Toujours est-il que la sainteté de la famille
règne à Londres dans toute sa majesté.

Le *shocking* des ladies n'est pas aussi ridicule
qu'on le pense, Là, pas un mot de pureté douteuse, pas une transparence dans la conversation, rien de cette gaieté mixte qui met sur les
lèvres des convives un reflet des vices laissés à
la porte, rien enfin qui altère le respect du
foyer paternel. Les enfants, les garçons même
surveillés avec soin par la mère, qui ne quitte
guère le logis, restent *enfants* jusqu'à la puberté,
sans que pour cela le développement de leurs
facultés intellectuelles en souffre.

Ce sont des réflexions analogues à celles-ci que
faisait Léon Dalèze, un de nos meilleurs pein-
tres, en caressant avec une brosse le portrait
d'un jeune officier anglais, James Trimmin, capitaine des gardes de la reine.

Nos voisins, tout le monde le sait, ne permettent pas que l'ascendance des grades élève au
rang d'officier le simple soldat. Ils se choisis-
sent des chefs dans leurs fils de famille et n'exi-
gent même pas que de rudes épreuves préalables
bronzent ces jeunes gens et les préparent à la vie
des camps. Aussi ne ressemblent-ils en rien à
nos braves, qu'on dirait faits de poudre et de fer.

Ces héros gentlemen, grands, minces et blonds comme des épis de blé, sont-ils aussi fragiles qu'ils le paraissent ? Non. Ces soldats de marbre se laissent briser, mais ne reculent pas. Il y a en eux un grand caractère dont on ne se rend pas bien compte tout d'abord. James Trimmin, était en congé depuis quelques mois, et habitait Paris, où il faisait connaissance avec les génies contemporains. Le jeune homme avait conservé ses goûts d'adolescent, malgré ses campagnes ; de sérieuses préoccupations l'absorbaient. Ce fait, tout naturel dans les candides et tranquilles familles britanniques, était un petit phénomène dans notre capitale.

Aussi dans le monde où James Trimmin allait quelquefois, on avait beaucoup vanté d'abord la noblesse de son cœur, la distinction de son esprit, la beauté de son visage, mais on avait fini par le railler sous cape de la « paix de son cœur ; » et, sans le sourire moqueur qui de temps en temps passait sur ses lèvres, sans l'étincelle qui animait ses yeux, peut-être lui eût-on dit tout haut ce qu'on pensait tout bas ; mais on n'osait pas.

C'était sur le terrain neutre des bals et des raouts que Léon Dalèze avait rencontré James et l'avait vu cinq ou six fois seulement. Il le peignait de souvenir et finissait un de ces portraits que les artistes étudient avec amour et réussissent le mieux : ceux qu'ils font pour rien.

Le capitaine était la seule personne que Da-

lèze aimât au monde. Quel lien l'unissait donc à
ce jeune homme qui ne le connaissait pas ?

L'œuvre se trouvait presque achevée, et tout
autre que le peintre en eût été satisfait.

C'était bien ce visage régulier, harmonieux et
mâle pourtant.

Une, forêt de cheveux blonds, chatoyants de
teintes ambrées et de reflets d'or, jetait sur son
front une expression fine et douce, mais d'épais
sourcils châtains presque réunis, des yeux bleu
foncé bien ouverts, donnaient à sa physionomie
quelque chose de viril et de puissant.

Tout était bien.

Cependant l'artiste cherchait encore, et paraissait désespéré.

— Il y a dans son regard, s'écria-t-il, en jetant
sa palette avec humeur, un charme indescrip-
tible et mystérieux que je ne puis saisir.

Il se promena longtemps à grands pas dans
son atelier, puis revint s'asseoir devant sa toile,
appuya ses coudes sur ses genoux, et regarda
son œuvre.

— J'aurais tort de chercher davantage, pensa-
t-il ; je ne trouverai pas. Il y a chez le modèle
même, chez James, il y a dans cette physionomie
froide et impénétrable quelque chose d'inachevé.
C'est ravissant, parce que tout, dans la nature,
est admirable ; mais sur la toile, c'est stupide !
Ce garçon-là n'a pas aimé ; c'est évident pour
moi. Toutes ces lignes-ci sont trop calmes.

Qu'il aime, son âme viendra sur son visage et la ressemblance sera facile à saisir.

Il faut que le créateur donne son dernier mot, que l'amour d'une femme achève ce chef-d'œuvre, pour que je puisse, moi, finir mon portrait.

On frappa.

— Entrez ! dit l'artiste en jetant un rideau sur sa toile.

II

MILLE FRANCS

— Étienne ! s'écria le peintre en regardant la personne qui entrait.

Je suis content de te voir ! Que fait ton maître ?

— Il plie bagage, comme on disait au régiment. Il part pour Londres, Dame ! Le militaire ce n'est pas comme le pékin ; on rappelle, il faut rejoindre.

Léon décrocha du mur une pipe qu'il se mit à

bourrer nonchalamment. Sa tête était basse, ses yeux restaient fixés à terre.

Étienne le regardait et n'osait plus lui parler.

— Il t'emmène, n'est-ce pas ? reprit enfin Dalèze avec inquiétude.

— C'est justement pour vous toucher deux mots de ça, à propos de...

— Allons explique-toi. Tu restes ?

— Cela dépend ! Partir en Angleterre, ce n'est pas comme d'aller à Saint-Cloud.

— Tu quitterais Trimmin ? Tu ne l'aimes donc point, toi ?

— Je ne dis pas cela !

— Enfin ?

— Enfin, monsieur, je vais vous avouer franchement la chose : il y a trois mois, je vous ai rencontré ici, à Paris ; je sortais du service. Vous avez trouvé que j'étais votre homme, et je suis entré domestique, pour l'amour de vous, chez un jeune officier anglais que vous aimez, et dont je viens de temps en temps vous donner des nouvelles...

— Est-ce que tu vois du mal là-dedans ?

— Du mal ?... Non ; mais du mystère. Il me paye, c'est juste ; mais vous me payez aussi, et vous ne voulez pas que j'en souffle un mot. Je ne dois pas dire non plus que je vous connais.

— Est-ce que tu te méfies de moi ?

— Me méfier d'un pays ? jamais. Je sais bien que vous êtes un honnête homme. Mais voilà le

fait : Je n'ai pas de goût pour le brossage. Si
je sers un particulier, c'est en amateur ; je
fais cela pour vous rendre service ; aussi,
j'aime mieux que vous repreniez votre argent
et que vous me donniez un peu de votre confiance.

— En un mot, tu es curieux.

— Non, mais je voudrais savoir tout...

— Rien que cela !

— Et puis, voyez-vous, ce capitaine-là, ce
demi-civil qui boit du thé et va à la messe, ne
me dit jamais rien. Quand je lui parle, il me
répond que je ne suis pas *convenébeule* ; il ne
met à ma disposition que « oui ou non ; » et,
malgré tout cela, il m'a ensorcelé. Je ne sais pas si
ce gaillard-là ferait tourner les talons aux Russes ;
mais je sais qu'il m'a décidé à m'enrôler dans
une société où l'on ne boit que de l'eau, les
Teetotaller ! ! ! moi qui autrefois...

Quand on fait ce miracle, rien ne peut vous
résister. — Oh ! je vais bien déjà ! Pendant qu'il
griffonne je ne sais quoi, en lisant de vieux
livres tout jaunes et des paquets de journaux, il
faut que j'use mes bottes et mes pieds à courir
après les mendiants. Il dit que je m'occupe du
corps et lui de l'esprit. Mais avec tout cela, je
tourne à la sœur de charité, moi !... Il me
mène ;... et... plus il me mène, plus je m'attache
à lui ! — J'ai peur ! Au train dont vont les choses,
je ne pourrai bientôt plus le quitter. — Il est
temps de mettre ordre à ça.

— Assieds-toi, dit Léon en allumant sa pipe et s'allongeant sur le divan, je vais tout te dire.

Tu sais que le village où nous sommes nés tous les deux n'est pas grand. C'est une poignée de maisons craintives qui se cachent sous les feuilles afin de se garantir du soleil, et s'abritent du vent en s'appuyant sur des rochers.

— Non, de mon bas âge, je ne me rappelle guère que les tapes de mon père.

— Tu sais du moins que je suis un enfant trouvé et que j'ai été élevé par charité à coups de pied, à coups de poing.

— Je n'ai pas oublié cela.

— J'ai quitté de bonne heure le village pour demander au travail, au hasard, de quoi subvenir à mes besoins. J'ai barbouillé des enseignes, puis je suis devenu peintre, mais il est difficile de percer la foule. Las de la lutte, de la misère, de la souffrance, j'aimais mieux pourtant mourir que d'abandonner mon rêve de gloire. — J'allai revoir une fois encore l'École des beaux-arts et je revins résolûment me jeter par-dessus le pont. Un jeune anglais qui canotait par là me tira de l'eau quand j'avais déjà perdu connaissance. Lorsque je repris mes sens, j'étais couché délicatement sur les coussins d'un joli bateau qui descendait mollement le courant. — Je recevais les soins de ce jeune garçon. Il y avait tant de simplicité, de modestie chez ce courageux enfant que, à moitié mort encore, je lui racontai toute mon histoire. Il m'écouta sans rien dire. Quand je fus mieux, il me ramena sur le bord en me souhaitant d'être plus heureux à l'avenir et il partit sans vouloir entendre mes remercîments, sans me dire son nom.

— C'est bien anglais.

— Attends. Dans la poche du paletot qu'il m'avait remis après l'avoir soigneusement fait sécher, il y avait mille francs! Mille francs, c'est-à-dire l'espoir ! Quand je fis cette découverte, mon inconnu avait complétement disparu.

Je travaillai de nouveau, et cette fois je réussis au delà de toute espérance. Le bonheur semblait me poursuivre, les commandes m'arrivèrent de toutes parts. Le gouvernement me chargea d'un travail important. J'étais arrivé à la réputation, à la richesse. Je voulus retrouver mon sauveur; impossible. Je cherchai longtemps, toujours. Enfin, une fois, dans un bal je le revis. Je me précipitai vers lui pour lui dire tout le bien qu'il avait fait sans le savoir. Il me répondit froidement : Je suis enchanté de vous avoir été agréable, monsieur; et il me tourna le dos.

Quel droit avais-je, en effet, à l'affection de mon bienfaiteur? Pourtant je l'aimais, je l'adorais. C'était le seul être qui eût jamais fait quelque chose pour moi, celui à qui je devais la vie, la fortune, tout enfin. Ah! cette fois, je ne le perdis plus de vue et je me renseignai sur lui. J'appris qui il était. James, à vingt-cinq ans, a toute la maturité d'un homme de quarante ans et avec cela toute la sève, la puissance de la première jeunesse. Les recherches, les études fécondes, l'amour de tous se partagent sa vie, qui se résume en ces mots : « Le bien à faire. » Enfin, c'est l'homme nouveau qui jette dans l'esprit des hommes les semences destinées à fertiliser l'avenir.

Non, nous ne sommes pas en décadence ! Si nous trouvons des amas de mollusques dans la poussière des rues et dans le fumier des écuries, c'est que la Providence juge indispensable, dans le temps d'erreur où nous vivons, de concentrer l'intelligence, la volonté, la grandeur d'âme sur quelques têtes d'élite, dont la mission est de nous régénérer.

James est un de ces élus. Tout le monde l'admire. Les vieillards eux-mêmes parlent de lui avec respect.

Et moi, honnête garçon, bon travailleur, qui me croyais quelque chose, je me sentis trop petit à côté de lui pour oser venir lui demander même de me serrer la main.

Il n'avait pas besoin de moi, et, dans mon égoïsme, j'en fus presque fâché.

Il me fallait donner à un autre ce qui ne pouvait lui servir, il fallut laisser ce rêve si longtemps caressé, et satisfaire mon besoin d'abnégation. L'amour s'abattit sur moi. J'aimai comme l'artiste aime, c'est-à-dire comme un idiot ; je mis ma vie entière aux pieds d'une femme qui sauta par-dessus, pour se jeter dans

une de ces voitures au contenu abject, qui sont
attelées à la daumont, et traînent de la boue.

Je revins alors avec une frénésie superstitieuse au rêve de mon enfance ; c'était en
l'abandonnant que j'avais connu le malheur.
Je jurai de ne plus chercher mes joies hors de
James. Il y a peut-être des bourgeois qui ne com-
prendraient pas cette idée-là. Vois-tu , dans
l'artiste, il y a toujours deux cinquièmes d'art
et trois de fantaisie, ou de folie, comme on
voudra. C'est précisément ce qui fait qu'il n'est
pas mercier.

Je voulus être très-riche, pour aider James
dans son œuvre. Je fis de grandes spéculations.
J'avais toujours la veine ; je fus heureux. C'est
alors que je t'ai mis chez James et j'attends....
Il y a toujours une heure de la vie où l'on a besoin d'un plus petit que soi. Cette heure, je la
saisirai, car je ne veux paraître devant James
que pour conquérir sa tendresse par un acte de
dévouement. Je ne supporte pas la pensée de
lui être indifférent.

Au premier pli do son front, un mot, et j'ac-
cours. Tu comprends, il faut que je m'acquitte
et que tu m'aides.... Est-ce que ça ne te va pas ?

— Je vous servirai en chien d'aveugle, dit
Étienne, se précipitant sur la main que le
peintre lui tendait.

Pour ce qui est d'être utile à mon maître, je
suis à vous corps et âme.

— Dis-moi. Il n'est toujours pas amoureux ?

— Ah! bien oui! Nous ne nous occupons que des femmes vieilles ou malades. Celles qui sont jeunes et bien portantes, ce n'est pas notre affaire! Nous avons bien le temps d'y songer!

— Ainsi...

— Il n'y aurait pas de femmes au monde, que notre existence n'en serait pas changée d'un iota.

— Allons! soupira Léon, en regardant le portrait, j'attendrai.

— Vous dites!

— Adieu! N'oublie pas nos conventions.

— Non. En attendant, je pars pour Londres avec lui.

III

STERNINA

Le lendemain, Trimmin dépêchait Étienne dans sa petite maison de Portland-place, en lui recommandant de tout préparer pour son arrivée. Quant à lui, il se rendit à Boulogne où l'appelait une société philanthropique. On voulait de lui quelques renseignements sur l'application de l'instruction gratuite en Angleterre. Ces renseignements donnés, il s'embarqua pour Londres.

Dès qu'il fut à bord, il descendit dans le salon pour voir ses compagnons de voyage.

Trois vieilles Anglaises, au visage ratatiné, prenaient, en causant, une collation qu'elles critiquaient.

Un commis voyageur étalait ses couvertures, et se regardait dans la glace en fredonnant. — C'était tout.

James se félicita de ce que les passagers ne fussent pas trop nombreux; il choisit une cabine et s'y accommoda de son mieux.

Pendant ce temps, la scène suivante se passait sur le pont.

Deux femmes se tenaient étroitement embrassées et pleuraient. Évidemment elles appartenaient à cette classe bourgeoise et naïve qui ignore les us et coutumes de la bonne compagnie. Elles ne savaient pas que les baisers d'adieu se donnent dans l'intimité, et qu'il n'est pas de bon goût de laisser un libre cours à sa douleur, en public surtout.

Elles venaient de Paris et se détachaient de ce monde de travailleurs qui aime le sol qu'il foule, y enfonce ses pieds comme des racines, et ne peut s'en arracher.

C'étaient la mère et la fille.

L'une partait pour Londres et l'autre pour San-Francisco. A l'instant de la séparation, il y eut, entre ces deux pauvres créatures, quelque chose qui se déchira, des fibres invisibles qui se brisèrent.

Le bateau partit et fut promptement hors de vue. Il marchait bien et filait ses dix lieues à l'heure.

Trimmin se disposait à monter sur le pont, juste au moment où la jeune femme descendait.

Il s'effaça pour la laisser passer.

L'aspect de la voyageuse le frappa.

Il trouva qu'elle ne ressemblait en rien aux jeunes filles qui jusqu'alors s'étaient offertes à sa vue. Elle avait quelque chose d'étrange.

Son teint et ses cheveux étaient d'une nuance incertaine. Ses yeux doux et tristes étaient empreints d'une franchise toute primitive. Elle avait l'air étonné d'une enfant qui se trouverait grande tout à coup.

James, était en face d'une de ces femmes par lesquelles les plus belles personnes sont éclipsées ; une de celles qu'on regarde, qu'on cherche, autour desquelles on se presse, sans savoir pourquoi. Elles ont sur le front un éclat et comme une lumière qui attire les yeux d'abord, puis l'amour, et tient sous le charme tous ceux qui les entourent.

Cherchez dans la vie de ces femmes, et soyez sûr que vous trouverez l'explication de cet attrait magique : c'est le rayonnement d'une grande âme!... Elles ont en elles un peu de la vérité divine, vers laquelle, quoi qu'on fasse, tendront toujours les plus puissantes aspirations de l'homme. *Pudor venustas feminæ.*

Comme tous les jeunes gens de son pays, James avait la faculté de voir les femmes sans les regarder. Il s'aperçut, à la gaucherie de la nouvelle venue, qu'elle n'était pas expérimentée en matière de voyages. Elle ne parlait pas anglais, et sur le bateau de *London steam navigation Company*, elle ne se faisait qu'imparfaitement comprendre.

En dépit de sa renommée, la politesse française n'est pas la plus exquise de toutes. De l'autre côté de la Manche, on est infiniment plus empressé et plus convenable que sur le continent dans les petits services que se rendent entre eux les gens qui ne se connaissent pas. Aussi, quoique James fût une sorte d'Hippolyte, il ne désirait pas moins aider la jeune fille à sortir d'affaire.

— A quelle heure serons-nous à Londres? demanda-t-il au garçon.

— Je ne comprends pas le français, répondit celui-ci.

Trimmin réitéra sa demande, en anglais cette fois, s'attendant à voir immédiatement venir à lui la voyageuse, enchantée de trouver une personne qui pût lui servir d'interprète.

Il se trompait, elle entra dans la cabine des dames et ferma doucement la porte.

James regarda pendant quelques minutes cette porte qui s'était fermée.

IV

LA MER!

Malgré les indices de beau temps qu'on avait eus en quittant le port, la mer était très-agitée. Le soleil se coucha dans un lit de sang.

Bientôt après on sentit s'élever une brise qui fraîchit rapidement à mesure que la nuit avançait.

James monta sur le pont... Il était seul avec les gens de l'équipage.

Les nuages couraient dans le ciel bleu, se réunissaient en formant d'étranges figures : ici

c'étaient des ailes de vautour, là d'immenses
anneaux où la lune claire et brillante apparaissait soudain comme un œil de feu dans une orbite
noire. Cette lune regardait bouillonner les flots
sur lesquels elle exerce une si grande influence.
On eût dit qu'elle admirait son ouvrage. Les
vagues s'entassaient, s'élevaient à des hauteurs prodigieuses, roulaient sur elles-mêmes, vo-
missaient une écume blanche, et retombaient
avec des mugissements horribles. Le vent fouet-
tait leur bave, la dispersait et passait avec des
sifflements de serpent.

Pour la première fois, James voyait dans toute
leur beauté furieuse ces abîmes mouvants. Pour
un Anglais, c'était une de ces soirées qui ne
s'oublient pas.

Balancé par le tangage du paquebot, il était
ivre. Il dévorait des yeux ce spectacle fantasma-
gorique. Ce n'était plus cet esprit calme et froid
qui savait commander à toutes ses sensations.
Dans cette effrayante nuit, son cœur palpitait
malgré lui : il se sentait vivre !... Tout son individu s'unissait aux convulsions de la nature.
Bientôt son organisation troublée, irritée, devint
la proie d'une surexcitation fébrile ; il eut le
vertige. Ses regards, en sondant l'espace, virent
une jeune fille d'une beauté surprenante, un
mirage qui vacillait dans l'atmosphère ; soit qu'il
fermât les yeux, soit qu'il les rouvrît, il la
voyait encore, et toujours jusque dans les profondeurs du ciel, comme ces bluettes opiniâtres

qui s'attachent à nos regards quand le soleil a
frappé nos yeux de ses rayons. Jamais semblable
vision ne lui avait apparu; jamais créature ne
lui avait semblé si belle. C'était autre chose que
la réalité; elle était mystérieuse, diaphane,
insaisissable. A cette vue, il se sentait oppressé,
il souffrait !

La voix du second vint le tirer brusquement
de son extase.

— Descendez donc, monsieur, ou vous serez
emporté par un coup de mer, lui criait-il, en
l'entraînant. Vous voyez bien que nous avons
un grain.

Il le poussa dans l'escalier et ferma sur lui la
porte. Une masse d'eau se précipita dans le bâtiment et ruissela de toutes parts. Une affreuse
secousse jeta James au bas des marches et le
lança jusqu'à la porte de sa cabine, où il faillit
se briser.

L'intérieur du bateau offrait un aspect sinistre.
Tout le monde priait, pleurait, criait.

Il ne semble plus qu'on navigue sur l'eau,
mais sur le fer. Les chocs sont secs; des craque-
ments épouvantables se font entendre de tous
côtés. Le navire est enlevé si haut qu'on le croit
emporté par une main surhumaine; les cieux
paraissent l'aspirer; puis il retombe avec fracas,
et l'on dirait qu'il roule sur des rochers jusqu'aux
profondeurs de la terre. Il tangue, vire, tantôt
marche à culer, tantôt menace de se précipiter

sur quelque vigie. Des tourbillons d'air lui donnent des oscillations terribles.

On a hissé le pavillon de détresse.

Une lame couvre, brise le mât de misaine et se retire l'emportant avec elle.

Une sorte de stupeur plonge les passagers dans une inertie complète. Les matelots, pour s'entendre dans les manœuvres, s'efforcent de couvrir par leur voix les bruits de la tempête. Le capitaine, malgré les avaries du bâtiment, conserve toute la liberté de son jugement. Il ne cesse de soutenir et d'encourager ses hommes. Dans ce péril imminent, atroce, combien de temps dure la lutte contre la mer, lutte acharnée de la vio contre la mort ?

L'obscurité se dissipe. De ses premiers rayons, enveloppés de brume, le jour jette un ton livide sur les objets brisés et les figures pâlies par la terreur et la fatigue.

Trimmin aperçoit dans un coin de sa cabine uno masso pelotonnée sur le plancher : c'est le commis-voyageur, bouleversé, en désordre, comme une brute, qui, sans espérance et sans foi, voit s'avancer son heure dernière.

James s'est mis sur son lit. Il s'efforce de se lever. Les soubresauts du steamer lui paraissent moins forts.

En se tenant aux cloisons, il gagna l'escalier et le gravit tant à l'aide de ses mains que de ses pieds. A peine est-il en haut, que la porte s'ouvre brusquement. Une voix formidable crie : « Every body on deck. » (Tout le monde sur le pont.)

En un instant on voit surgir des deux escaliers les passagers des premières et des secondes classes : hommes, femmes, enfants, moitié vêtus, mouillés, égarés par la peur, tous, à l'exception de la voyageuse française, qui ne comprend pas le cri d'alarme, et qu'on oublie.

Quel spectacle que la vue de ces malheureux !

Un brouillard aveuglant, ne permet pas de distinguer à l'avant ce qui se passe à l'arrière.

Le steamer, battu par le vent et la vague, vient d'être soulevé par un effort de la mer ; il s'enfonce entre deux écueils qui semblent se rapprocher pour l'étreindre avec plus de force.

Tout est dit.

Le vaisseau est attaché aux récifs ; il faut qu'il y périsse ; les chocs se succèdent, se multiplient. Il ne peut manquer de se défoncer, à moins qu'arraché par une lame du creux dans lequel il est retenu, il ne soit emporté au large, puis affalé, brisé.

Une voie se déclare dans la carène, la cale s'emplit, la ligne de flottaison se découvre à droite, et le steamer penche sur bâbord.

On ne doit pas être éloigné de la côte. La seule espérance qui reste encore au paquebot est d'appeler l'attention. Un coup de canon est tiré, puis un second, un troisième.

Pas de réponse; pas un canot de sauvetage ne se présente.

Le capitaine se décide à mettre les embarcations à la mer. Pourquoi donc a-t-il tardé si longtemps, malgré les vociférations des passagers? C'est qu'il est impossible de sauver tout le monde.

Quoiqu'un matelot menace de tuer les personnes qui se hâtent trop, tous ces malheureux se précipitent; plusieurs parviennent à passer par-dessus le bord, et la première chaloupe risque de s'enfoncer.

Ceux qui restent, les mains tendues, la bouche béante, ressemblent à une meute affamée. Derrière eux se trouve la jeune fille que l'eau a chassée de sa cabine.

L'embarcation est trop pleine, son poids l'entraîne lorsque la tempête, dans un dernier éclat de fureur, saisit le navire par la hanche, le secoue et le rejette sur les récifs. Les flancs s'ouvrent. Un horrible craquement retentit. L'arrière est enlevé; les sabords s'enfoncent submergés; le steamer se fracasse et disparaît avec la vitesse d'un éclair.

Tout est englouti sous les flots. Quelques gémissements, quelques râles d'agonie, quelques hurlements plaintifs, et la mer n'aura plus gardé trace de cette affreuse catastrophe.

V

Deux ou trois épaves surnageaient encore.

La force et l'énergie de James étaient sans doute plus puissantes que celles des malheureux qui venaient de s'engloutir. Il avait saisi le grand mât et restait accroché à la hune, qui, tournant sans cesse, le plongeait dans l'eau et l'en retirait alternativement.

Chaque fois qu'il pouvait respirer, l'air lui rendait la vie. Il poussait alors des cris de détresse, mais rien ne lui répondait. Partout cette nuit blanche, épaisse, épouvantable, qu'on appelle le brouillard. Il luttait encore; mais ses doigts se déchiraient, et l'eau s'engouffrait déjà dans ses oreilles.

Tout à coup, un débris flottant, poussé par une lame, apparut près de lui.

C'était le panneau de la grande écoutille.

La Française s'était emparée d'un des anneaux et s'y était accrochée.

En voyant à la surface de l'eau James vaciller presque sans appui :

— Venez ! s'écria-t-elle, ou vous allez mourir ! Nagez jusqu'à moi !

— Votre soutien est trop fragile; je vais le faire sombrer.

Elle fit un élan de corps, se trouva près du jeune homme, le saisit au poignet et l'attira !

.   .   .   .

L'enfant de la veille était devenue une fille forte et hardie qui s'oubliait elle-même pour arracher quelqu'un à la mort.

Un monde de pensées traversa l'esprit de Trimmin.

— Non ! se dit-il, ce n'est pas une femme, c'est un ange, le même qui m'est apparu au milieu de la tempête; l'ange qui devait me sauver la vie.

Pas un remercîment, pas une parole vaine ne sortit de la bouche de James, mais sa volonté se décupla. Il voulait périr ou sauver la vie de cette femme, qui venait si courageusement de l'arracher à la mort.

Le débris les soutenait sans peine. En ce moment on ne pouvait que s'abandonner à la vague.

La mer reprenait un peu sa quiétude, et le brouillard se dissipant, ils aperçurent la côte à quelque cinq cents pas d'eux.

Après avoir été longtemps ballotés par les flots, ils furent portés sur un amas de récifs. Sans perdre de temps, les jeunes gens s'accrochant aux aspérités qu'ils rencontraient, grimpèrent sur les échelons que formait le roc, et arrivèrent à une plate-forme couverte de varechs et de mousses marines.

Trimmin franchit l'espace du plateau pour voir ce qu'il y avait de l'autre côté : la mer !

— Aucun navire ne viendra par ici, dit-il ; nous sommes sur des côtes qu'on évite.

Avec avidité il chercha des yeux ce qui pourrait servir à les sauver. Il n'y avait rien, pas même l'épave qui les avait apportés. La mer l'avait reprise.

James interrogeait le mouvement des vagues, s'efforçant de deviner par leur bouillonnement la profondeur de l'eau. Il portait ses regards alternativement sur la terre et le point où ils se trouvaient.

La côte était assez près pour que l'on ne désespérât pas de l'atteindre.

— Si je ne me trompe, il doit y avoir une longue étendue où l'on a pied ; mais il y en a certes une grande aussi où la mer est profonde, dit-il ; de plus, la côte est hérissée de brisants.

Savez-vous nager ?

— Non.

— Écoutez. Nous pouvons rester sur cette roche pendant une heure peut-être ; mais la mer qui monte ici gagne là-bas et nous rendra bientôt toute tentative impossible. Nous sommes infailliblement perdus. Je vais vous prendre et je nagerai vers la côte jusqu'à ce que les forces m'abandonnent.

— Vous nagerez mieux seul.

— Vous m'avez sauvé, je ne tente rien sans vous.

— Vous allez vous broyer la poitrine sur ces rochers !

— Il y a péril pour tous deux, mais la Providence est grande aussi.

— Mon Dieu ! dit-elle, que votre volonté soit faite ! Si vous le voulez, je vous rends la vie que vous m'aviez donnée ; mais protégez ma famille, ma mère.

Elle n'aurait pu descendre sans l'aide de James les récifs de la pente escarpée. Il l'entoura respectueusement d'un de ses bras comme s'il eût étreint un objet divin. Dès qu'il la sentit près de lui, un nuage passa devant ses yeux. Malgré l'imminence de la mort, ces instants eurent pour lui un charme si sublime, si puissant, que tout danger disparut.

Il serra étroitement la jeune fille dans son bras.

— Ne craignez rien, dit-il, que Dieu soit avec nous !

Et il se précipita dans les vagues.

VI

ALLEZ-VOUS-EN

Longtemps après, car les minutes semblaient des heures, James marchait dans la vase, cherchant les endroits les plus sûrs.

Enfin il posa son précieux fardeau sur le sable, et tomba lui-même épuisé de fatigue, brisé par les obstacles contre lesquels il s'était heurté.

— Dieu soit béni ! s'écrièrent-ils tous deux en touchant le sol.

Le jeune homme croyait sortir d'un rêve.

Sa compagne d'infortune lui essuya le visage. Il lui sembla qu'au contact de cette main une sorte de fluide le pénétrait.

Trimmin regardait la jeune fille attentivement, cherchant en elle l'explication de ce qu'il éprouvait. A demi vêtue, elle rapprochait sur sa poitrine ses vêtements dérangés. Lui, dans la chasteté de son cœur, ne songeait pas à remarquer ce désordre.

Le charme attractif de la jeunesse était répandu sur tout ce petit être. Ses cheveux longs et ruisselants d'eau lui couvraient la tête d'un

voile. Soit un effet de la peur qu'elle avait éprou-
vée, soit le reflet du grand jour, elle avait maintenant la blancheur du lait. Son cou, ses bras,
son visage présentaient une harmonie de con-
tours onctueux et doux. La candeur et la vérité
semblaient s'épanouir sur son front.

James était plongé dans l'admiration.

Elle leva sur lui des yeux d'un noir velouté,
des yeux tendres, profonds, tout un roman
d'avenir, tout un monde de poésie. Ces yeux,
James les avait déjà vus ; cette figure étrange,
il la retrouvait maintenant ; c'était bien celle
qui lui avait apparu la veille dans les masses
brumeuses de la nuit. Il baissa la tête et tomba
dans une rêverie profonde.

Premiers désirs vagues, que donne une
ombre qui passe, premières effervescences des
passions de la jeunesse, qui peut vous pein-
dre ?

— Qu'allons-nous faire ? dit-elle en riant.
Nous ne pouvons pas nous montrer dans ces cos-
tumes, et nous n'avons pas d'argent !

— Voyez-vous là-bas cette petite chaumière ;
je vais vous y conduire. Puis, je courrai jusqu'au
premier village, je m'y procurerai des vêtements pour vous et pour moi ; et je reviendrai
vous chercher avec tout ce qu'il nous faudra
pour notre voyage.

— Que vous êtes bon !

Elle joignit les mains par un geste particulier

aux enfants; puis regardant James avec un
étonnement naïf :

— Comme il est beau ! pensa-t-elle.

Ne revenez point ! ce n'est pas la peine. J'attendrai chez ces gens que ma mère me fasse
parvenir de l'argent.

— Mais je ne puis vous laisser ainsi...

— Pourquoi ! Partez seul... je vous en supplie !

Trimmin ne répondit pas.

— Je vous dois la vie, monsieur. Je ne l'ou-
blierai jamais. Je prierai pour ceux que vous
aimez !

— Ma mère est morte ! Je n'avais qu'elle, je
n'aimais qu'elle...

— Je prierai pour... vous.

Ils se dirigèrent vers la cabane. Ils y trouvèrent la femme d'un pêcheur. Elle les mit tous
deux dans chacune des chambres qui composaient
la maisonnette, leur donna de quoi se vêtir et
partit pour rejoindre son mari qui était allé
tendre ses filets.

Quand ils furent habillés, les deux jeunes
gens se rencontrèrent au seuil de la porte. Ils
firent quelques pas dehors.

Sternina, fatiguée, s'assit sur le gazon.

— Je pars, dit Trimmin, et j'enverrai à ces
braves paysans de quoi payer leur hospitalité.
Mais voulez-vous donc qu'après ces instants su-
prêmes, où la clémence divine s'est répandue
sur nous deux, nous restions entièrement étran-

4

gers l'un à l'autre ? Dès ce jour, je croyais pouvoir vous considérer comme une sœur.

— Merci !... mais nos positions doivent être très-différentes, et...

— S'il en est ainsi, tant mieux ! Nous pourrons sans doute nous rendre quelques services. Je vous demande le titre d'ami. Ne me le refusez pas.

La jeune fille devint sérieuse.

— Les personnes dont la fortune n'a pas favorisé la naissance sont habituées à se priver sans regret, dit-elle. Il ne faut ni désirer ni... accepter même ce qui peut troubler le bonheur des autres, le nôtre peut-être. Si l'amitié est possible entre homme et femme, les relations à ce point de vue ne le sont guère. Elles risquent d'être incomprises des indifférents, et deviennent alors, une source de peines. Séparons-nous donc et ne m'en veuillez pas !

James comprenait l'extrême réserve de la jeune fille bien mieux que les sentiments qu'il éprouvait. Seule, en voyage, elle ne devait pas agir autrement, malgré les circonstances exceptionnelles dans lesquelles elle se trouvait.

Sous cette enfant il y avait une femme. La femme avait raison, il le sentait, mais il était profondément triste.

— Où est votre mère ? demanda-t-il d'une voix craintive.

— Elle va s'en aller bien loin d'ici. On lui offre une belle position. Il faut que nous gagnions beaucoup d'argent pour élever, instruire trois petits frères que j'ai, et qui restent en pension à Paris.

— Vous ne suivez pas votre mère ?

— Non ! je ne sais point son état ; mais je vais en Angleterre pour travailler aussi.

— Votre nom ?

— A quoi bon ?

— Au moins, laissez-moi vous dire le mien !

— C'est inutile.

Trimmin n'osa insister.

Il regarda tristement la mer :

— Tous ces malheureux ont péri. C'est affreux ! dit-il, en ajoutant dans sa pensée :

— Qui sait si nous avons raison de défendre nos jours pied à pied, et si les morts sont plus à plaindre que nous ?

En songeant à s'éloigner, James ressentit une vive douleur. Pour la première fois de sa vie il ne put être entièrement maître de lui.

Il fléchit un genou, et, saisissant la main de la jeune fille, il s'écria :

— Vous ne voulez donc jamais me revoir ?

— Allez-vous-en, dit-elle, d'une voix suave et douce, sans retirer sa main ; allez-vous-en !

Ce n'était plus une demande, c'était une prière.

— Adieu ! puisque vous l'exigez, soupira-t-il, en se relevant. Sans vous, je ne serais plus au monde. Je vous dois au moins l'obéissance, puisque vous ne voulez pas autre chose de moi. Mais

vous avez beau faire, si Dieu le veut, nous
nous retrouverons.

Il lui jeta un dernier regard dans lequel il
semblait vouloir la prendre tout entière, et
s'éloigna.

Elle avait tellement frappé son imagination,
si peu frappé ses sens, qu'il ne pouvait, quelques
heures après, se persuader qu'elle existât. Il ne
pouvait ressaisir la réalité.

— C'est comme une apparition! pensait-il.

Quant à la jeune fille, elle avait vu James;
elle avait admiré son visage, admiré plus encore
la bonté de son cœur, et, reconnaissante, elle lui
souhaitait le bonheur, sans oser désirer qu'il
contribuât jamais au sien.

Cependant, elle appuya ses coudes sur l'herbe
et le regarda s'en aller; sa tête resta tournée
dans la direction qu'il avait prise, jusqu'à ce
qu'il eût complétement disparu.

VII

LILY

Le soleil dorait de ses rayons la cime des bois
et les barbes des épis. Il descendait en rougis-
sant les nuages.

Delmase, dont la fortune s'était accrue, habitait sa charmante villa de Kingston.

En ce moment, il était assis sur un banc, à côté d'un large tapis vert qui s'étendait jusqu'à la Tamise.

Delmase, comme toujours, semblait flotter entre l'impatience et la colère.

Près de lui, sa femme inclinait sa superbe tête. On eût dit qu'un joug pesait sur son front. La blancheur de son teint s'était brûlée sous la douleur, comme sous un ciel trop ardent.

Devant eux, une petite fille jouait avec du sable, et faisait tourner sa jupe courte dans l'air, Elle traçait son nom sur les allées du jardin.

— Oui, madame, disait le marchand, disposez-vous à retourner dans le monde, que vous n'auriez jamais cessé de voir si vous aviez eu quelque sentiment des convenances. Il faut y conduire « ma fille » et ne pas y attrister ses apparitions par votre attitude sépulcrale; enfin, il ne faut pas avoir l'air d'accompagner un enterrement.

Le bal que je donne ce soir a pour but d'offrir aux regards cette adorable enfant. Elle sera, je n'en doute pas, recherchée par beaucoup de jeunes gens riches, nobles peut-être. Elle choisira ! Mais, songez-y bien : je ne veux pas que ses goûts soient contrariés, ni même contestés en quoi que ce soit. Je n'aime qu'elle au monde, et ma fortune est à sa disposition pour satisfaire le moindre de ses désirs. Si elle vous faisait quelque confidence, instruisez-m'en ; je verrais s'il est nécesaire de lui faire faire des observations.

— Papa, dit la petite fille en posant étourdiment sa main sur le genou de Delmase, est-ce bien écrit ?

Il la repoussa rudement.

— Je vous ai déjà défendu de mettre ainsi vos mains sur moi, fit-il.

La petite fille, droite, immobile, les bras pendants, regarda le marchand avec des yeux mouillés de larmes, et lui dit d'une voix calme et pénétrée :

— Pardon, papa !

— On ne peut être un instant près de votre mère sans vous avoir toujours sous les pieds. Allez jouer plus loin.

L'enfant ramassa tristement sa petite pelle, et s'enfonça dans les massifs.

— En vérité, madame, vous élevez bien mal *votre fille,* dit Delmase amèrement, en appuyant sur ces derniers mots ; elle devient insupportable.

— Pourquoi n'avez-vous pas suivi mon conseil ? Je désirais que vous la missiez en pension.

— Je vous l'ai déjà dit : Camille a été élevée chez moi. Agir autrement pour *votre fille* serait se faire remarquer ; je ne le veux point. Camille avait une gouvernante française ; depuis

longtemps je demande que vous preniez quelqu'un pour Lily ; mais vous n'en finissez pas.

— J'attends une jeune personne aujourd'hui.

— Vous le savez, je ne veux pas une beauté,
une femme qui attirerait les regards et les
fadaises des visiteurs. — La personne que j'aurai
à mon service doit instruire, promener votre
fille, et servir de compagnie, de distraction à
Camille qui s'ennuie.—Il me faut donc la prendre
jeune, c'est déjà trop ! Mais je ne veux pas
absolument d'une jolie fille près de mon adorable
enfant.

— Mademoiselle Kapron, la directrice de
l'agence, m'a écrit que, physiquement, la jeune
personne qu'elle m'envoie est la moins bien de
ses institutrices.

Au même moment le domestique vint prévenir
madame Delmase qu'une étrangère la demandait.

— Comment est-elle ? dit vivement le marchand, pressé de savoir l'impression produite
par la nouvelle venue.

— Elle n'a pas l'air riche, monsieur.

— Son visage ?

— Ni beau, ni laid. Pourtant...

— C'est bien ! Amenez-la.

La jeune fille parut.

Delmase ne fut pas tout d'abord très-satisfait.
La petite gouvernante lui paraissait avoir encore
trop de charme.

— Priez mademoiselle Camille de venir ici,
dit-il au domestique.

Il désigna une chaise de jardin à la jeune Française, en lui faisant signe de s'asseoir.

— Je viens d'envoyer chercher ma fille aînée, mademoiselle; car nous désirons que la personne qui entre chez nous lui plaise, quoique nous prenions une gouvernante principalement pour une autre fille âgée de six ans.

Camille accourut, légère, folle, gaie, comme le plaisir.

Son père lui dit ce dont il s'agissait.

Heureuse de trouver enfin une compagne sous ce toit trop maussade pour ses dix-sept ans elle répondit en anglais à son père, sans presque avoir regardé la jeune fille :

— Elle me plaît! papa ; elle me plaît beaucoup!

— Il suffit, dit Delmase. Mademoiselle, nous vous engageons définitivement. Entendez-vous avec Madame pour les conditions ; ensuite, j'aurai quelques instructions à vous donner.

Il se leva.

Camille lui prit le bras et l'entraîna en lui faisant des questions sur le bal du soir.

Depuis la naissance de Lily, cet homme avait accaparé le cœur de Camille. Pour l'arracher entièrement à la tendresse d'Antonie, le père s'était fait esclave.

— Qui viendra? Qui donc as-tu invité? disait la jeune fille. Dansera-t-on beaucoup?

Lui, répondait à demi, plaisantait avec sa

fille en regagnant la maison. Il cueillait des fleurs
et les lui donnait.

Elle recevait toutes les marques de l'affection
presque servile de son père comme une fille bla-
sée. Elle avait le sentiment de la puissance illi-
mitée qu'elle exerçait sur le marchand.

Souvent Camille vengeait par ses boutades les
brutalités dont son père écrasait tout son entourage. Parfois même elle parvenait à adoucir cette
nature despotique et vindicative.

Antonie restée seule avec la gouvernante se
demandait :

Que sera cette fille?

Une fois ici, je ne serai jamais maîtresse de
l'éloigner. Servira-t-elle la haine de mon mari?
Si elle devine la situation, son intérêt l'y pous-
sera; alors ma Lily est perdue. Ils la tueront
par le chagrin. Si, au contraire, cette gouvernante a pitié de moi, elle garantira un peu mon
enfant des sévérités de son père. Dans ce cas,
aurait-elle assez d'esprit pour cacher son bon
naturel qui la ferait renvoyer ?

Tout cela était effrayant pour la pauvre mère.
Elle ne se dissimulait pas qu'il était peu probable
qu'elle rencontrât ce qu'elle désirait.

Elle plongeait ses regards le plus avant possible dans l'œil noir de la jeune fille, pour y
chercher son âme.

— Comment vous nommez-vous ? dit-elle
enfin.

— Sternina.

— C'est un nom étrange !

— Mon parrain était Allemand. Il souhaita qu'on m'appelât Stern.

— Ce qui veut dire étoile.

— Ma mère est Italienne, elle m'appela toujours Sternina.

— En réunissant les deux langues, vous vous nommez donc petite étoile.

— C'est un nom bien prétentieux! mais je n'y puis rien.

Quelque peu superstitieuse que fût Antonie, elle considéra cet incident comme un bon présage.

— Qu'avez-vous fait jusqu'à présent? demanda-t-elle.

— C'est la première fois que j'entre comme institutrice dans une maison; mais, en France, j'ai donné déjà des leçons.

— Où demeuriez-vous?

— Chez ma mère, qui tenait un atelier de confections.

— Votre père ?...

— Il est mort sans fortune, laissant trois enfants. Je suis l'aînée.

— Votre âge ?

— Dix-huit ans.

— Pourquoi avez-vous quitté votre mère?

Sternina ne s'attendait pas à cette question.

Sans le savoir, Antonie touchait un point tout à fait grave dans l'existence de la gouvernante.

— Madame, dit-elle, ce qui me concerne peut-il déjà vous intéresser?

— Je vais vous donner la garde de ce qui m'est le plus cher! Ne vous étonnez donc pas de mon indiscrétion! Tout ce qui a rapport à votre existence m'intéresse.

— Puisque vous ne m'interrogez pas pour moi, mais pour vous, madame, vous me faites un devoir de vous répondre.

Ma mère a trouvé un engagement magnifique pour San-Francisco. Elle ne peut m'emmener là-bas je coûterais et ne gagnerais rien. Il nous faut élever trois enfants. J'étais donc forcée de rester seule, c'était impossible car depuis quelque temps la calomnie s'est abattue sur moi. Ma profession m'oblige à sortir tout le jour. Les méchants ont beau jeu pour attaquer une personne qui n'est pas constamment sous les yeux du monde.

— Mais qui étaient ces méchants?

— Des élèves du Conservatoire, où j'ai eu le bonheur d'obtenir un prix de musique, des parents éloignés, qui ne sont pas satisfaits de la carrière où je suis entrée. J'ai lutté, je me suis affligée ; mais les personnes les meilleures, tout en me plaignant, disaient :

« Pourquoi s'acharne-t-on ainsi contre cette pauvre enfant? Il faut qu'une histoire malheureuse dorme là-dessous, qu'il y ait *quelque chose!* » Moi, je m'étonnais et je ne comprenais pas. Je ne croyais pas avoir d'ennemis; je n'avais affligé personne.

Ma mère, me prit à part et me dit :

« Mon enfant, le monde ne croit pas que les méchants agissent sans autre but que leur désir de faire du mal, sans autre raison que le besoin de nuire. Tu n'as que ta réputation, et c'est cela même qu'on veut te ravir. Ce bien tient à trop peu de chose ; il est à craindre qu'on ne réussisse à t'en priver. Tu ne serais pas assez forte peut-être pour t'en consoler. Il est impossible que tu restes ici sans moi. Place-toi Fais-toi oublier, change de pays. Sois toujours sage. Peut-être, dans un autre milieu, trouveras-tu des cœurs meilleurs. »

Voilà, madame, pourquoi j'ai laissé mon pays, mon pays où je n'avais plus ma mère, ce que j'aime le plus dans le monde, ma mère que je n'avais jamais quittée.

Cette confession ingénue montra à Antonie toute la candeur de Sternina.

Elle remercia Dieu du fond de son âme.

— Mademoiselle, dit-elle, en vous donnant ma chère Lily à soigner, je mets ma vie entre vos mains. Je ne vous dirai plus un mot à propos de cela. Aimez-la bien !

Sternina comprit qu'il y avait quelque mystérieuse douleur cachée sous ces paroles.

Un regard profond s'échangea entre ces deux femmes.

— Je vous promets, répondit Sternina, de considérer dès aujourd'hui votre enfant comme ma fille.

— Comme votre fille ? Vous êtes bien jeune !

— Eh bien, comme une sœur chérie !

Un domestique entra.

— La couturière est là, dit-il. Monsieur a passé chez elle aujourd'hui, pour lui dire de venir prendre les ordres de Madame. Mademoiselle est avec elle déjà.

— Il faut que je vous laisse, dit Antonie en s'adressant à l'institutrice.

Il s'agissait de toilette pour Camille, et la pauvre femme eût été rudoyée, si elle eût apporté la moindre négligence à·cet effet.

Antonie s'éloigna.

Dans sa préoccupation, elle avait oublié de dire à la jeune fille ce qu'elle devait faire pour le moment, et celle-ci, se trouvant un peu embarrassée d'elle-même, n'osait aller dans la maison, ne savait pas s'il était convenable de rester dans le jardin, craignait d'interroger quelqu'un.

Enfin, Lily parut poursuivant son cerceau.

Dans la demi-obscurité, en apercevant une femme assise près du gazon, elle crut que c'était sa mère, et la voyant seule, elle accourut.

— Êtes-vous mademoiselle Delmase ? lui dit Sternina avec douceur.

— Oui, répondit Lily, surprise d'entendre parler français par une personne qui n'était pas de sa famille.

— Je suis l'institutrice que votre maman vous donne.

— Ah ! tant mieux ! Tu as l'air bien gentil ! Il

ne faudra pas me gronder, dit l'enfant. Viens,
je vais te montrer la chambre de travail.

La petite fille prit Sternina par la main et la
conduisit.

— As-tu vu papa? Il gronde toujours, toujours... Il ne faut pas le dire... Maman pleure
très-souvent, et ma sœur rit.

Tu me conteras des contes, n'est-ce pas? Tu
verras aussi la petite Harris que papa a prise
parce qu'elle est bien, bien pauvre. Aujourd'hui
elle va chez sa mère qui est employée dans une
boutique. Je ne l'aime pas du tout, Fanny ; c'est
une petite fille très-mal élevée! Papa veut que je
supporte toutes ses méchancetés. Il dit que cela
me donnera un bon caractère. Si l'on me permettait de ne pas la voir, je t'assure que j'aurais tout de suite un bon caractère.

Elles étaient arrivées dans la maison.

Delmase surveillait les apprêts du bal. Il vint
à Sternina.

— J'ai oublié mon cerceau, s'écria Lily, en
voyant son père, je vais le chercher, et elle s'enfuit.

— Je veux, en quelques mots, dit le marchand, vous apprendre ce que j'attends de vous :
Ma femme est souffrante; je prends sur moi
l'éducation de nos enfants. Vous ne lui parlerez
jamais de ses filles, ni en bien ni en mal; il faut
lui épargner les émotions, sa santé l'exige.

Vous instruirez la petite et la tiendrez avec
toute la sévérité imaginable. Je le veux ; il le faut.

Quant à la grande, c'est un ange! Et songez-y bien, le soin de son bonheur est ma principale préoccupation. Ne manquez donc pas de m'instruire de tout ce qui peut s'y rapporter. Je ne vous pardonnerais pas le moindre oubli à cet égard. Tâchez d'avoir sa confiance.

Il y a ici une autre enfant que nous avons recueillie ; vous la traiterez bien. Elle et Lily doivent vivre ensemble comme deux sœurs.

Delmase fit venir la femme de chambre.

— Instruisez mademoiselle des habitudes de la maison, dit-il, et montrez-lui l'appartement de mes filles.

VIII

UN BAISER SOUS LES FEUILLES

La petite Lily, comme nous l'avons vu, s'était sauvée dans le jardin. Son cerceau, qu'elle avait laissé, avait roulé dans un massif.

Les premières lueurs de la lune succédaient au crépuscule.

Lily hésitait à s'enfoncer sous les arbres. L'enfance est craintive et téméraire, tout à la fois. Il lui sembla que ce n'était pas seulement la brise qui faisait remuer le feuillage.

Elle eut peur d'abord et voulut crier ; mais

elle pensa que son père la punirait pour avoir appelé sans raison.

Elle n'osait s'en retourner, de crainte que quelque chose ne la poursuivît.

Soudain, une voix appela tout bas :

— Lily! Lily!

Elle regarda de tous côtés sans rien voir.

— Viens, viens, continua la voix, ne fais pas de bruit.

Lily, obéissant sans doute à sa curiosité, fit quelques pas, toujours sans rien voir.

La voix répétait :

Lily! Lily!

L'enfant entendait mais n'apercevait rien. Elle avança jusqu'à la clôture du jardin. Là, personne ne pouvait plus la voir ; à peine, eût-on même de la maison, entendu ses cris. Elle se sentit enlevée délicatement dans les airs, puis étroitement serrée dans des bras qui l'étreignirent tendrement.

Aux rayons de la lune qui glissaient entre le feuillage, elle vit une belle figure pâle, un doux visage aux yeux humides de bonheur.

— Qui es-tu? demanda-t-elle.

— Ton ange gardien. Ne dis jamais que tu m'as vu ; car les enfants qui disent avoir vu leur ange gardien ne le revoient plus. Promets-moi que tu ne diras rien à personne.

— Je te le promets.

— Devant le bon Dieu?

— Oui.

— Alors, reviens ici, à cette même heure,
dans huit jours, samedi ; mais ne viens que si
tu n'as rien dit, car, si tu as parlé, je n'y serai
pas. Embrasse-moi de tout ton cœur.

Lily saisit la tête de son ange gardien et lui
donna deux gros baisers.

Lui, effleura de ses lèvres le front de l'enfant
qu'il reposa à terre.

— Retourne-toi, lui dit-il.

L'enfant obéit.

— Adieu !

La petite fille chercha partout ; mais elle ne
vit plus rien.

— Il s'est envolé, mon ange gardien, pensa-
t-elle.

IX

UN CAPRICE D'ENFANT GATÉ

« Kingston, ce...

» Ma chère mère,

» Je suis très-bien dans la famille Delmase.

» Mais que les pauvres sont sots d'envier les

riches ! Si tu savais quel air de tristesse assombrit
toute cette jolie maison. Et pourtant aucun
malheur, aucune maladie n'afflige l'intérieur.
C'est étrange ! Je fais là-dessus des réflexions
que je n'avais pas encore faites. Je voudrais
lire dans les cœurs. Sans doute comprendrais-
je mieux ce qui m'étonne. Chère maman, j'ai
souvent désiré de te voir bien riche ! je ne sais
maintenant si tu n'es pas mieux au milieu de
tes gaies ouvrières.

» L'indépendance, la douce joie de la famille !
c'est quelque chose cela.

» Du côté droit de mon lit, il y a mon élève
favorite, la petite Lily, couchée dans un berceau
d'ébène et de satin bleu. De l'autre côté, Fanny
s'est enfin endormie, après avoir bien crié,
comme tous les soirs, pour avoir le lit de sa
petite protectrice. Je tiens ces débats secrets.
On forcerait Lily à lui céder sa jolie couchette,
ce serait injuste et cela l'affligerait.

» On est trop sévère avec elle.

» Déjà le second bal ! Je suis dans la pièce de
travail près de la chambre à coucher. Je t'écris
sur les accords d'une polka, qui me donne envie
de danser. Tu vois, je t'obéis, je ne suis plus
triste.

» Mademoiselle Camille me montre beaucoup
de bienveillance. Pour elle, je suis une camarade
de pension bien plus qu'une institutrice. Elle me
dit tout ce qui lui traverse l'esprit. Je la crois
excellente ; mais quelle légèreté ! Elle n'est oc-

cupée que de ses toilettes, et ne songé qu'au plaisir. Charitable, quand elle y pense; indulgente, quand elle est de belle humeur; bonne, le dimanche après le sermon. Enfin, elle a tout le fonds d'une nature droite, et en réalité rien n'est solide dans son caractère. On n'a pas su profiter de ce que le ciel lui avait donné.

» Elle est heureuse! tout le monde est à ses pieds. On cherche sans cesse ce qu'elle pourrait désirer. Mais, chère maman, j'ai dans le cœur quelque chose que je ne changerais pas pour tout ce qu'elle possède : cette éducation que tes tendres soins m'ont donnée, cet art de former son âme par l'observation, la réflexion, la prière, en un mot, cette douce paix, qui nous fait tout ressentir d'une manière sublime.

» Pensons-nous ainsi parce que nos sentiments ne sont pas encore engourdis par l'habitude du bonheur? En ce cas, la compensation vaut mieux que le bien dont on est privé.

» En regardant sa sœur, Camille me dit étourdiment : Elle sera jolie, n'est-ce pas? J'aime beaucoup sa figure, puis elle l'embrasse et s'en va en chantant. Moi, je contemple la délicieuse expression de physionomie de Lily. C'est une énigme charmante. Je voudrais qu'on m'expliquât dans tous ses détails cette douce nature, et je me prends à adorer Dieu, qui fait de si beaux enfants.

» Tu vois quelle différence entre nos impressions.

» Je crois que je donnerais déjà une partie de ma vie pour que mon élève fût plus tard sage, vertueuse et bonne. Mon séjour ici lui servira, et il me sert beaucoup à moi-même, beaucoup! C'est une étude d'observation.

» Oh! la jolie polka!... Finie déjà! L'enivrement du bal monte jusqu'à moi. Je crois que je m'amuse plus que les invités ; et ce qu'il y a d'étrange, c'est qu'on me trouve à plaindre ; je... On monte... C'est mademoiselle Camille... A bientôt.

» Mille baisers,

» STERNINA. »

Mademoiselle Delmase, brillante de parure et de beauté, entra dans la chambre de la gouvernante, pendant que celle-ci fermait sa lettre.

— Ah! dit-elle, vous n'êtes pas encore couchée ! Je venais voir si j'étais décoiffée. Puisque vous voilà, vous me servirez de miroir. Suis-je bien ?

— Très-bien !

— Ah! j'ai monté vite, et j'ai tant dansé ! Ouvrons la fenêtre, voulez-vous ? Que c'est bon l'air de la nuit !

— C'est dangereux ! Je vais fermer.

— Non, non ! je ne veux pas !

Camille abandonnait nonchalemment son front au vent. Elle était animée, et semblait ivre de plaisir.

Elle prit la main de Sternina, et la posa sur son cœur palpitant.

— Vous vous ferez mal, s'écria la gouvernante effrayée.

— Je suis folle de joie ! interrompit la jeune fille fermant la porte qui était restée ouverte.

Sternina, vous êtes discrète, n'est-ce pas ? Il faut que je le soulage, ce cœur qui déborde. Vous croyez qu'il bat parce que j'ai dansé, vous ? Sternina, vous n'avez jamais aimé ?

— Aimé ?

— D'amour ? dit Camille à voix basse en entr'ouvrant à peine sa jolie bouche.

— Non.

Camille s'approcha d'un air mystérieux.

— Tous les jours je le voyais à Hyde-Park.

— Qui ?

— Lui ! je n'y allais que pour cela. Je l'avais remarqué à cheval. — Qui ne le remarquerait pas ? Je ne lui avais jamais parlé. Ce soir il est en bas, au bal. Quelle surprise ! Papa le connaissait !

Je na'vais pas d'idée de ces sensations-là. J'en suis encore toute troublée. J'ai été forcée de remonter pour me remettre.

Quand il est venu à moi et qu'il m'a parlé, j'ai cru que j'allais m'évanouir ; je tremblais, je ne voyais plus rien, et mon cœur s'est mis à battre... comme maintenant. Ah ! c'est qu'il y a déjà un mois que je l'aime ! C'est bien singulier, quel effet cela m'a fait ! Qu'il est charmant ! Des yeux de feu ! des cheveux d'un blond ! de belles moustaches frisées ! Il est si grand, si bien pris !

Il m'a semblé, je me suis trompée sans doute... Il ne faut pas le dire surtout... Je crois qu'il m'a regardée comme les autres jeunes gens ne me regardaient pas. Ah ! s'il pouvait m'aimer ! Non, je ne voudrais pas que quelqu'un me dît maintenant : Il t'aimera ! J'en mourrais !

Sternina écoutait la jeune fille. Il lui semblait qu'elle parlât une langue étrangère.

— Je vous étonne. Moi aussi, quand mes amies me disaient ce que c'est que l'amour, je ne le comprenais pas. Eh bien ! c'est encore plus extraordinaire qu'on ne peut l'imaginer !

Ah ! que cela me fait de bien de pouvoir parler de lui ! Sternina, je vous aime.

— Qui est ce jeune homme ? Est-il digne de vous !

— C'est le premier des hommes.

Je crois qu'il est capitaine. Peu m'importe ! Je sais qu'il n'est pas très-riche. Quelle joie ! je puis lui offrir ma fortune, et j'espère avoir moins de rivales à craindre. Est-ce vrai, Sternina, que je suis belle ? On le dit. Ah! je ne serai jamais assez belle pour lui !

— Mais, mademoiselle, il faut instruire de cela votre père, hasarda l'institutrice. Voudra-t-il consentir ?

— Mon père fait tout ce que je veux,

— Mais s'il vous refusait...

— Quoi ? mon capitaine ! Je le veux !

Vous verrez qu'on ne me le refusera pas.
J'ai toujours eu tout ce que j'ai désiré. S'il ne
veut pas de moi, je me tue...

Adieu ! silence !

— Cette pauvre fille ne s'appartient plus,
pensa Sternina stupéfaite. Elle ne se demande
même pas si le jeune homme qu'elle a choisi
doit être heureux par elle.

L'institutrice poursuivait lentement sa pensée.

— Et c'est là ce qu'on nomme l'amour ? J'aurais supposé toute autre chose moi...

Je n'aimerai jamais !

X

IMITATION DU DIABLE BOITEUX

Une nuit, le diable boiteux, du haut d'un toit,
dissertait sur la nature des gens endormis, et les
désignait, avec de nombreuses explications, à
celui qui avait le plaisir de l'écouter.

L'idée est précieuse ! et si, comme ce diable,
chacun de nous avait la faculté de voir les gens
au travers des murailles, et l'âme au travers du
corps, on découvrirait bien des mystères !

Dans la maison où nous sommes, par exemple,
s'il nous était permis, pour un moment, de voir

chaque chambre, chaque cœur, nous devine-
rions aisément le drame qui se prépare.

Quand on a bien regardé dans le passé, on a
facilement l'intelligence du présent. Il n'est pas
dans la volonté suprême que rien des hommes
reste caché aux hommes. Tout mystère terrestre n'est donc qu'une obscurité momentanée.

L'homme est un mensonge permanent ; mais
chaque jour le soleil, en se levant, ramène la vérité, qui enveloppe le monde de ses flots de lumière. La fausseté est la création monstrueuse de
l'homme ; mais le vrai est avec nous, et défait
incessamment ce que nous faisons.

Comme le diable, plaçons-nous d'abord au
sommet de la maison ; nous descendrons après.

Lily endormie, calme et sereine, ne connais-
sant pas les maux de la vie et n'ayant encore que
de vagues notions du bien et du mal, était la
parfaite image de l'innocence : la première heure
d'une journée de printemps.

Fanny, moins calme, le visage encore assom-
bri de ses mutineries de la veille, ressemblait au
matin d'un jour d'orage.

Entre elles deux, Sternina était la vertu simple et candide arrivée à son premier degré de
développement. Déjà tendaient vers elle, comme
vers un point d'attraction, les pensées de tous
ceux qui l'entouraient. Effet magnétique et puissant que la pureté de l'âme exerce toujours. Les
natures supérieures attirent les pensées des
autres, leur amour même Il n'y a que les âmes

vraiment mauvaises qui les craignent et les haïssent. Fanny et Delmase, chacun selon son âge et dans la mesure de ses secrets instincts, redoutaient vaguement cette nouvelle venue. Antonie et Lily l'aimaient; Camille courait à elle.

Au moment où le travail de la nature s'achève, toutes les facultés morales prêtes à se développer, comme le bourgeon qui attend le soleil pour lancer des feuilles dans l'air, amitié, amour, tout allait déborder chez Camille.

Je ne sais trop si je dois commettre l'indiscrétion de conduire le lecteur derrière les rideaux blancs au milieu desquels dormait cette charmante créature.

Un diable se permet tout. Le nôtre commettra l'indiscrétion.

Beauté, fraîcheur, grâce, s'étaient animées sous le souffle d'amour. La bouche souriante s'était endormie en prononçant le nom du bien-aimé. Le bonheur rosait les joues; les cheveux tournoyaient sur l'épaule blanche et polie; la respiration légèrement animée dérangeait par intervalles les dentelles de l'oreiller. Le parfum des fleurs de la veille chargeait l'air et le rendait enivrant. Enfin tout ce qui pouvait fasciner le regard se trouvait réuni dans ce nid de mousseline. Mais laissons ces tissus transparents, ces tentures moelleuses : il ne serait pas prudent de nous y arrêter trop longtemps.

Nous descendrons, si vous voulez, au premier

étage. Dans une chambre aux couleurs sévères, sur un lit large, presque carré, nous verrons dormir sous le brocard la triste et pâle Antonie. Son livre de prières est près d'elle ; ses mains sont encore jointes sur sa poitrine. Sa douleur s'est écoulée dans les larmes ; le repentir l'a presque ramenée à la quiétude : Dieu paraît apaisé. La femme n'est plus, la mère seule existe.

Descendons encore.

Qu'est-ce que cela ?

Quel étrange spectacle s'offre à nous ?... Les volets, les rideaux doubles, tout est fermé comme si l'on craignait d'être vu, et qu'une seule clôture fût insuffisante. C'est une chambre à coucher donnant sur un cabinet de travail. Mille paperasses surchargées de chiffres, écrites d'un style qui ferait perdre connaissance aux poëtes, sont entassées sur un bureau. Dans ces chiffons est le secret avec lequel Delmase dore sa vie, le grimoire du commerce : L'art de gagner sans produire.

Le marchand passe alternativement de son cabinet à sa chambre. Il s'étend sur son lit et se relève soudain. Ses cheveux sont en désordre. Des mots inarticulés s'échappent de ses lèvres crispées. Il se promène avec agitation. Depuis longtemps le sommeil l'a fui. Cependant quelques instants de repos viennent forcément avec le jour rendre l'équilibre à ses facultés. Il ne pleure ni ne prie. Pourtant il souffre ; il tourmente un cabinet de marqueterie dont il ouvre et referme les tiroirs secrets, il se précipite vers la porte qui donne sur l'escalier, y reste immobile pendant quelques minutes et revient sur ses pas. Ce qui arrête Delmase, c'est l'opinion, la crainte de perdre l'amitié de Camille. Que voudrait-il donc faire ?

Depuis dix ans a fermenté la passion qui dévore son cœur. Seul, il est fou ; dans son intérieur, il est tyran ; pour les indifférents, il est froid, impénétrable. Mais, pour le diable boiteux, c'est la vengeance qui veut s'assouvir ?

L'agitation du bal avait surexcité le marchand. Il n'avait pu trouver le faible repos que lui amenait ordinairement la fatigue de ses émotions. Il termina sa toilette, ajusta bien son masque social, leva ses rideaux, ouvrit ses verroux et s'assit près de son bureau. La comédie humaine allait recommencer pour lui.

Un léger bruit se fit entendre. Camille vint déposer un baiser sur le front brûlant de son père. Il voulait chaque matin ce bonjour qu'il recevait avec bonheur.

— Eh bien ! fillette, t'es-tu amusée hier ? dit-il, en la prenant sur ses genoux comme une enfant.

— Oh ! oui. Et Camille arrangea la cravate de son père.

— Mais dis-moi donc pourquoi tous ces bals projetés, toutes ces soirées ? On dirait que c'est pour me trouver un mari !

— Un mari ? pas encore. Pourtant, je dois

songer à ton avenir. Il faut que tu aies le temps de choisir.....

— Il faut aussi qu'on me choisisse. Car enfin, si je demandais un des fils de la reine, dit-elle, baissant la tête et minaudant.

— Un des fils de la reine ! s'écria Delmase.

— Tu ne me gronderais pas ?

— Pauvre enfant ! es-tu maîtresse de tes sentiments ? N'as-tu pas le droit d'ailleurs de disposer de ton cœur !

— Que tu es bon !

Delmase, exalté par la pensée que sa fille pouvait élever ses vues au-dessus de sa propre condition, poursuivit :

— Je te le jure ! je perdrais mon nom, ou j'amènerais à tes pieds celui qui saurait te plaire.

— Oh! que je t'aime! Eh bien ! tout cela n'est pas nécessaire. Je voulais seulement éprouver ta tendresse, dont j'ai besoin, non pour m'aider à épouser un prince, mais pour me conquérir la sympathie, l'amour du jeune homme que j'ai remarqué.

— Tu as *remarqué* quelqu'un ? Déjà! Et qui donc?

— Ah! qui?... Songe bien avant, que je ne changerai jamais.

— Soit !

— Que toute réflexion serait inutile ! Sans cela, je ne parlerai de rien. Sternina, à qui j'ai confié mon secret, m'a conseillé de tout t'avouer.

— Elle a eu raison, mais parle...

— J'ai obéi, tu vois. Si tu savais comme je l'aime.

— Mais qui?

— M. James Trimmin.

— Un républicain, un socialiste !!!

— Qu'est-ce que c'est que ça?

— Un homme qui n'entend rien au commerce, rien à l'ambition.

— N'importe! interrompit-elle. Tout ce que vous me diriez serait inutile; je ne changerai jamais.

Delmase la regarda fixement, puis baissa la tête, comme un homme à qui l'on ôte tout à coup une de ses plus chères espérances.

— Mais, reprit-il tristement, tu n'as besoin pour cela ni de moi, ni de mes efforts. Il sera enchanté de t'avoir. Tu as de la fortune et tu es belle.

— Il est charmant, papa!

— En tout cas, tu es excessivement riche, et les hommes sont on ne peut plus sensibles à cet attrait.

— Oh! mais je veux son cœur, moi! et c'est cela que je te demande! Tu dois pouvoir me l'obtenir, puisque tu me donnerais un prince, dis-tu.

— Ah! tu veux son cœur! Vilaine petite fille, qui se laisse tourner la tête par un profil de joli garçon!

— Mon père, j'avais vu depuis longtemps ce jeune homme... au parc. Je vous le dis franche-

ment : j'aimerais mieux mourir que de renoncer
à lui. Je remets donc entre vos mains mon bonheur.

Et, dans un baiser plein de tendresse, elle
ajouta ces mots :

— Je veux son cœur pour moi toute seule,
entends-tu ? Je suis amoureuse et jalouse.

Gâter les enfants, c'est assurément très-mau-
vais ; mais on obtient par ce moyen, sinon leur
vraie affection, au moins une connaissance entière de leurs côtés faibles. — Sûrs que leurs
désirs sont des ordres, ils les manifestent tout
entiers.

Camille, presque honteuse d'avoir ainsi découvert ses sentiments, s'enfuit, après avoir jeté
gaiement ces mots à son père.

— Sois prudent ! Adieu, petit papa.

Delmase, les coudes sur son bureau, le front
dans ses mains, réfléchit.

En somme, Trimmin était un parti très-hono-
rable.

Le marchand commença à enfanter son œuvre,
à organiser ses projets et à dresser les batteries
nécessaires à la grande opération du mariage de
sa fille.

Il la connaissait entière dans ses volontés :
cette énergie lui plaisait. Il n'avait jamais eu un
instant l'idée de combattre ses désirs, quels qu'ils
fussent. Il se résigna donc.

Déjà le capitaine occupait toute sa pensée ;
il l'aimait. Il allait tout employer pour se l'at-

tirer, tout faire agir pour surprendre le moindre de ses secrets et anéantir tous les obstacles qui pourraient s'élever entre lui et sa fille !

Il fit venir un domestique.

— Vous connaissez le capitaine Trimmin ? lui dit-il.

— Oui, monsieur.

— Arrangez-vous à m'amener ici son domestique ; mais d'abord faites descendre mademoiselle Sternina.

En entrant la jeune fille parut un peu interdite devant cet homme qui lui inspirait de l'éloignement et de la crainte.

— Mademoiselle, lui dit Delmase, vous êtes appelée à jouer dans ma famille un rôle très-important ; et je ne vous cache pas que vous ne sauriez me blesser plus vivement qu'en manquant de zèle dans les circonstances suivantes.

Il s'agit de l'amour de ma fille. Vous savez son secret. — Et, pour ne pas mettre une personne de plus dans la confidence, je n'hésite pas à vous prendre pour auxiliaire.

Je désire amener le jeune homme à me demander la main de Camille. Il serait inconvenant, dans ma position, que les avances vinssent de moi.

C'est donc vous qui devrez, par une indiscrétion feinte, l'instruire des sympathies de ma fille. Comme il n'est pas riche, et que l'éclat de la fortune est éblouissant pour la jeunesse, vous lui direz que je ne suis pas dans l'intention de jamais contrarier Camille et que je compte lui donner une dot considérable, presque tout ce que j'ai. Je ne suis pas encore vieux ; il me reste du temps pour amasser de l'argent pour l'autre enfant.

Sachez donc adroitement les sentiments de ce jeune homme, et instruisez-m'en.

Je ne vous donne pas ceci comme un ordre ; je vous demande de contribuer avec moi au bonheur d'une fille qui vous chérit déjà.

Le temps presse. Je vous ménagerai le plus tôt possible une entrevue avec le capitaine.

C'est aujourd'hui dimanche. Enfermez-vous dans le cabinet de travail pour réfléchir à tout ce que je vous ai dit. Vous aurez la migraine et ne conduirez pas les enfants à l'église. Vous venez de me demander cette permission. Je donnerai des ordres en conséquence.

Soyez adroite, et je ne serai pas ingrat.

En ce moment Etienne entrait.

Delmase n'eut pas beaucoup de peine à l'intéresser à son projet.

En quittant le marchand chez lequel il s'était rendu au lieu d'aller à la messe, la domestique courut au télégraphe, et envoya cette dépêche à Léon :

« Qu'est-ce qu'il faut que je fasse !

» Un monsieur Delmase m'a fait venir et m'a dit :

» — Êtes-vous dévoué au capitaine ? mais là... vrai ?

» — A la vie, à la mort !

» — Je suis un gros négociant. Ma fille a deux millions sur la planche et de la beauté à revendre. Elle a un coup de soleil pour votre maître. Ça me va. Il faut vous arranger pour qu'il vienne chez moi souvent sans savoir d'abord qu'il est aimé. »

Dalèze répond aussitôt à Étienne :

« James possède-t-il un proche parent ? Papa beau-père a-t-il une place à donner ? »

Étienne avait lu justement dans le *Times* que Harris, correspondant de Delmase, avait disparu depuis peu, laissant sa place vacante.

Il adresse un nouveau télégramme :

« James a un cousin commis à Rotterdam. Place de correspondant à New-York serait bonne pour lui. »

Réponse :

« Dis à James que son cousin est venu demander la place, pour que James aille chez Delmase solliciter. En avant, marche. »

XI

LE CAPITAINE PARLE PEU

Londres était en prière. Toutes les boutiques étaient fermées.

La grande ville, un dimanche, à l'heure de l'office, offre un aspect étrange. Cette cité, absorbée par une sainte pensée, est imposante. Quelle profonde impression produit sur nous ce silence glacé, cette sublime et collective obéissance à la parole de Dieu!

Les Parisiens qui se trouvent en Angleterre se révoltent à la seule idée de ce jour, dont la sanctification pèse trop lourdement sur leur esprit léger. Ils ne trouvent pas cela *amusant !* Nous ne nous permettrons ici aucune appréciation philosophique ni religieuse, nous rapporterons seulement les faits. Tout travail cesse, même pour le serviteur. Les seules paroles qui soient prononcées sont à la gloire de Dieu ; la seule musique qui se fasse entendre est pour sa louange. Un seul livre est ouvert et lu au sein de la famille assemblée : la Bible ! Et, comme si l'air était imprégné de cette préoccupation, Dieu, toutes les différentes religions permises sont suivies par leurs adeptes. Pendant tout le temps que dure l'office, les rues sont désertes ; elles s'emplissent lorsqu'on sort de l'église. Les ouvriers et les petits commerçants, suivis de leur famille, s'en vont fièrement, comme à la tête de leur troupeau. Personne ne parle ; tout le monde pense.

Ainsi Trimmin revenait grave, pénétré, droit, bien coiffé, encore un peu rouge des ablutions nationales du matin, bien empesé, bien brossé, bien ciré et légèrement esclave de son faux-col.

Entre ses mains gantées, il serrait son livre,
qu'il ne craignait pas de montrer. Il était suivi
d'Étienne. Ce dernier s'était jeté dans la reli-
gion, mais il n'avait pas cette dignité naturelle
aux Anglais, et qui n'est peut-être que le résultat de leur froide impassibilité.

Tous deux entrèrent dans la petite maison du
capitaine.

Le domestique était gêné. Il voulait parler, il
n'osait pas.

— Le sermon était beau ? hasarda-t-il enfin.

— Oui, dit James, qui y rêvait encore.

— Monsieur ne sortira pas aujourd'hui ?

— Non.

Étienne tournait son livre dans ses mains,
comme le paysan tourne son chapeau quand il
dit autre chose que ce qu'il voudrait dire.

— Il fait bien beau !

J'avais à parler à monsieur de quelque
chose ; je voulais l'entretenir d'une affaire bien
intéressante... Mais aujourd'hui, un dimanche,
cela ne se peut pas ?

— Non.

— Cependant, c'est une bonne œuvre à faire
pour l'amour de Dieu ! Monsieur me permet-il ?...

— Oui ! répondit Trimmin.

Étienne s'approcha.

— Monsieur se rappelle bien son cousin Charlet, qui est à Rotterdam ?

— Oui.

— Eh bien, il est venu ce matin ici, quoique

ce soit dimanche. Il voulait demander à monsieur de lui rendre un grand service.

Étienne semblait hésiter, il mordait ses lèvres...

James attendait.

— Il veut, reprit le domestique, obtenir une place de correspondant en Amérique. Cet emploi était occupé par un M. Harris, qui a disparu. La maison d'ici n'a pris momentanément qu'un remplaçant. Il paraît que demain quelqu'un doit aller demander cette place... et M. Charlet voudrait que mon capitaine le proposât aujourd'hui.

— Je ne comprends pas.

— M. Delmase, chez qui vous avez été au bal hier, est le chef de la maison de Londres; et c'est lui qui doit donner la place. — Je ne voulais pas parler de cela aujourd'hui; mais le cousin de monsieur m'a tant prié que je me suis reproché ma dureté.

— A quelle heure est-il venu? dit James.

— Juste quand monsieur partait: je m'en allais à la messe. C'est même ce qui m'a retardé.

— Pourquoi n'a-t-il pas écrit un mot pour moi?

— Ah! oui, c'est vrai, répondit Étienne, embarrassé; je ne sais pas du tout. C'est que... il était pressé, et il n'y avait pas d'encre en bas. Je n'ai pas même pris son adresse. Il reviendra demain pour savoir si monsieur a bien voulu s'occuper de lui.

Étienne était sur des charbons ardents. Il mentait comme un maître.

— M. Delmase... est à Kingston? reprit-il avec hésitation.

— Oui, dit Trimmin.

— Monsieur veut-il son habit?

— Oui.

— Je crois qu'il y a un train à une heure... Vous faites là une bien belle action. Certainement, le bon Dieu ne vous en voudra pas. Si M. Charlet venait, dois-je le faire attendre?

— Oui.

Trimmin était déjà vêtu.

Malgré la singularité de cet incident, il n'avait garde de soupçonner son valet. Il ne voyait dans tout ceci qu'un service à rendre.

Le jeune capitaine partit donc avec la promptitude d'un chrétien qui veut être utile à son prochain.

XII

MONSIEUR ÉTIENNE

Le pauvre domestique, si inoffensif et si simple, ne pouvait résister au choc que ressentait sa cervelle. Jusqu'à cette époque, il était resté dans son humilité. Ses relations avec Dalèze lui paraissaient toutes naturelles : il avait joué aux

billes avec lui, et puis ce n'était qu'un peintre,
après tout! Aujourd'hui qu'il se trouvait lié par
les fils d'une intrigue aux projets d'un homme
richissime, il se sentait agité; il se croyait un
personnage d'une haute importance.

James, appelé par les nécessités de son service,
partit le lundi matin, recommandant à son domestique de retenir Charlet, s'il venait, ou tout
au moins de lui faire laisser son adresse. Étienne
mit ses beaux habits, et, plein d'une gravité so-
lennelle, il se dirigea vers la Cité, lisant ou plutôt relisant ceci pour la dixième fois peut-être
depuis une heure :

« Si M. Étienne veut bien passer à mon cabinet, je serai très-heureux de le recevoir. »

Le domestique se présenta bientôt dans les
bureaux de M. Delmase.

Des courtiers affairés et des négociants attendaient avec impatience leur tour de réception.
Étienne donna sa lettre au garçon de bureau.
Celui-ci la porta sur-le-champ à son maître, qui
fit introduire Étienne, au grand étonnement des
assistants. On pensa que, malgré son air gauche
et lourd, ce monsieur devait être un homme
d'une haute importance commerciale, car on ne
croyait pas le marchand capable de s'intéresser
aux suppliants sans place.

— Cher monsieur, je suis enchanté de vous
voir, dit Delmase en faisant signe à Étienne de
s'asseoir.

Celui-ci répondit par de petits saluts écourtés. Il ne pouvait se décider à s'approcher du fauteuil qui lui était désigné.

Enfin il se risqua.

—Savez-vous, continua le marchand en posant négligemment le coude sur son bureau, que vous m'avez pris en traître?

— Comment? dit Étienne interdit.

— En vérité! Hier, je voyais en vous un homme tout uni, dont l'esprit me paraissait assez terre à terre ; et, mis à l'œuvre, vous vous révélez comme un génie!

Étienne, gonflé d'orgueil, balbutiait quelques mots.

— Oh! sans compliment! interrompit le marchand. Nous sommes bien injustes envers certaines classes de la société ; et, oubliant qu'on trouve des perles dans d'humbles coquilles, nous négligeons de chercher des esprits supérieurs dans un milieu où vous me prouvez qu'on en trouverait.

— Oh! monsieur, vous me flattez!

— Non, non, je vous assure ; je croyais avoir un aide, et je vois que je trouve un maître. Mais expliquez-moi cette histoire de place ; elle est très-drôle et on ne peut plus ingénieuse.

— J'avais lu dans un journal avant-hier : « La disparition du représentant Harris ne diminue en rien, à New-York, les opérations de la maison Delmase. Pour remplacer ce correspondant, elle s'est adjoint *provisoirement* un jeune homme connu par son honorabilité et ses importantes relations, etc. » Votre nom m'avait frappé, car je savais que mon maître devait aller au bal chez vous. L'article du journal m'est revenu dans la tête après vous avoir parlé.

— Fort bien! admirable! mais qui est ce Charlet?

— Voilà où gît le lièvre. C'est bien, en effet, un cousin de monsieur. Je l'ai choisi, parce que j'étais sûr que le capitaine ferait tout pour lui. J'ai donc dit que ce jeune homme était à Londres pour demander l'intervention de M. Trimmin; mais, en réalité, il est à Rotterdam, où je crois qu'il ne songe guère à nous.

— C'est un coup de maître.

— J'ai pensé, dit modestement Étienne, répétant une phrase qui lui était venue dans une lettre de Léon, j'ai pensé que vous auriez ainsi une bonne position et les coudées franches.

— En effet! je vous en remercie, et vous pouvez dès aujourd'hui compter sur ma reconnaissance. Mais, comment ferez-vous avec ce cousin?

— Oh! c'est mon affaire.

— Sans doute! Je ne sais pas pourquoi je me préoccupe de quelque chose avec un homme comme vous. Pour moi, je voudrais pouvoir faire attendre la place à M. Trimmin et traîner cela le plus possible.

— N'y manquez pas, je vous en prie, car il nous faut du temps.

— Je voulais faire interroger le jeune homme

hier; mais c'eût été trop brusque. Si nous pouvons obtenir plusieurs visites, il vaut peut-être
mieux le voir venir.

— Certainement, je vous conseille de le voir
venir.

— Permettez-moi, dit Delmase, de subvenir au
moins, pour le moment, à vos frais de voiture ;
car je vous demanderai de venir souvent.

Et il lui tendit une bank-note de vingt livres.

Étienne la repoussa avec dignité.

— Bornez-vous à inviter le capitaine, dit-il, je
m'arrangerai du cousin. Je vous demande d'observer toutes les impressions de monsieur : de
ne pas perdre un de ses mouvements, une de ses
pensées. Par là, nous pourrons peut-être découvrir l'effet que feront sur son cœur les irrésistibles charmes de mademoiselle Delmase.

— Soyez tranquille ; grâce à vous, tout ira
bien, je l'espère. Je sais que vous risquez votre
position, mais votre intelligence vous appelle à
d'autres emplois. Vous me blesseriez sérieusement en vous occupant de votre avenir ; j'en
veux prendre toute la responsabilité. C'est un
devoir et un plaisir pour moi, croyez-le bien.

Et le marchand serra la main d'Étienne avec
une effusion toute amicale.

— Monsieur, lui dit le domestique, je crois que
mademoiselle votre fille fera bien de nous aider
et d'être le plus jolie possible ; car je ne vous
cache pas que le capitaine ne fait jamais attention au beau sexe.

— Vous croyez donc que son cœur est libre?

— Oh! j'en suis bien sûr! Je réponds de mon maître comme de moi; je veux dire mieux que de moi.

Étienne, un peu plus à l'aise, salua Delmase et passa fier au milieu des personnes qui attendaient.

Le marchand lui avait offert un cigare; il l'alluma, puis sauta dans un cab et se fit conduire au bureau du télégraphe.

XIII

UN COUSIN DANS L'AIR

— Vous avez beau dire, capitaine, vous n'êtes pas dans votre état normal, aujourd'hui.

— Je vous assure, monsieur, que rien ne me préoccupe sérieusement.

— C'est alors une futilité qui vous contrarie, car je persiste à croire que vous êtes taquiné.

— En effet, vous paraissez un peu... agacé, fit Antonie en souriant.

— N'est-ce pas, chère amie? dit Delmase à sa femme, avec le ton doucereux qu'il prenait en présence des étrangers.

On était à table.

Camille, placée directement en face du jeune

homme, baissait la tête et les yeux. Elle gardait le silence imposé aux jeunes filles qui pensent d'autant plus qu'elles ne sont pas autorisées à parler.

James ne pouvait faire autrement que de voir la belle jeune fille qui, par son air distrait et modeste, lui laissait toute latitude pour la regarder.

Cependant, la figure d'Antonie, dont il ne voyait que l'harmonieux profil, attirait seule son attention. Il répondit aussitôt à sa question bienveillante, faite sous forme d'épigramme.

— *Agacé!* dites-vous, madame? C'est vrai, je crois. Vous êtes si bonne de remarquer ainsi les nuances de mes dispositions d'esprit, que je vous dirais presque le rien ridicule qui *m'agace*...

— Qu'est-ce donc? Parlez, dit Delmase, nous ne sommes pas obligés de causer de choses sérieuses.

— J'ai un domestique qui me désespère! Il n'est pas de tour qu'il ne me joue depuis quinze jours.

— Ah! ah! fit le marchand, racontez-nous cela.

— S'il était le valet d'un autre, je m'égayerais beaucoup de ses folies. Mon cousin Charlet est depuis quinze jours ici pour cette place; je ne puis le rencontrer, je ne puis avoir un mot de lui, je n'ai même pas son adresse, par la faute de mon domestique.

— Comment cela se fait-il? demanda madame Delmase.

— La première fois que mon cousin est venu, j'étais absent. Il m'a fait faire sa commission verbalement. Étienne, c'est le nom du jocrisse, n'avait pu lui trouver ni encre ni plume. Le lendemain il revint. Étienne, à qui j'avais recommandé de l'attendre, était sorti. Deux jours après, Charlet revint encore, et cette fois laissa son adresse : Westminster Hotel. C'était le matin; j'étais déjà sorti. Le soir, en rentrant, comme je me disposais à aller voir mon cousin, un garçon de l'hôtel vint dire à Étienne que Charlet avait été forcé de partir à l'instant pour Liverpool, et qu'il m'écrirait. Trois jours après, à mon retour du service, Étienne me dit qu'une lettre timbrée de Liverpool était arrivée pour moi. Il la chercha vainement; elle était perdue. Il fut impossible de la retrouver. Depuis ce temps, je n'ai pas de nouvelles. Je suis allé demander des renseignements à la poste, mais inutilement.

— Je le crois, dit Delmase. En Angleterre, tous les jeunes gens peuvent s'appeler Charlet.

— Même les chevaux, les oiseaux ou les chiens, reprit James. Hier, on m'apprend au quartier qu'un jeune homme nommé Chàrlet est venu me demander. Je ne sais que faire.

— Et maintenant, si je mets la place à votre disposition, comment préviendrez-vous votre cousin ?

—Je laisserai chez moi un mot pour l'avertir ;
mais s'il arrivait quelque retard...

— J'excuserais votre ami, en considération de
votre domestique ; soyez tranquille !

— Je trouve, dit Antonie, que la question de
cette place est longue à résoudre.

— Ne voyez-vous pas que j'agis en égoïste ?
Dès que le capitaine aura ma parole, il me fera
sans doute une visite de remercîments, et ne
viendra plus si loin pour nous voir. Nous perdrons
notre hôte.

— Je vous assure, monsieur, que je suis, au
contraire, tout disposé à abuser de votre bienveillance, dit Trimmin ; j'aime beaucoup la campagne et je recherche surtout les personnes qui
veulent bien me témoigner quelque sympathie.
Ainsi, prenez donc garde de me rendre indiscret.

— Pour vous prouver que la crainte seule de
ne plus vous voir m'empêchait de réaliser plus
vite votre désir, j'irai ce soir à Londres ; vous
m'attendrez ici et je crois qu'à mon retour vous
serez satisfait. Voulez-vous et pouvez-vous accepter une chambre dans notre maison pour
cette nuit, car je reviendrai par le dernier
train ?

Antonie pressa James d'accepter. Il se rendit
à ses instances.

— Les Français, continua Delmase, nous ac-
cusent d'indifférence. Il est vrai que, pour mon
compte, j'ai dans ma vie formé très-peu de liai-

sons intimes. Je suis, je ne le cache pas, assez froid de caractère, autant que vous sans doute, qui paraissez essentiellement britannique.

— Il me semble, en ce cas, dit Antonie, qui comprenait parfaitement les desseins de son mari, que vous pourriez, en joignant vos deux froideurs, former peut-être une amitié.

—Madame devine ma pensée, reprit Delmase; j'aime votre nature, et, si vous le voulez, regardez notre famille comme la vôtre. Chez nous, vous verrez un très-petit nombre d'amis. Cela vous prouvera que si nous donnons vite notre amitié parfois, nous ne la jetons pourtant pas à tout le monde; c'est le seul prix qu'elle puisse avoir à vos yeux.

— Vraiment, monsieur, je me demande en quoi je mérite les bontés dont vous m'entourez. Je crois faire un de ces rêves charmants dans lesquels on voit tous les visages vous sourire.

Ces paroles, prononcées sans emphase, étaient plus éloquentes que tous les remercîments.

Delmase, se levant, ajouta :

— C'est donc entendu; voici votre mère et votre sœur. Si Camille n'est pas sage, je vous permets de la gronder comme ferait un frère aîné. Allons, donnez-lui la main pour sceller le pacte.

Camille mit en frémissant sa petite main dans la main fine et longue du capitaine. Il la lui pressa avec une effusion franche et toute fraternelle.

James n'était point troublé. Ce détail n'échappa
pas à la jeune fille.

— Allez tous les trois faire une promenade en
bateau, dit le marchand. Quant à moi, je vais
partir. Le temps me presse. Surtout, capitaine,
attendez-moi ce soir dans le salon, quand ces
dames se seront retirées. Vous voyez que je vous
traite déjà comme un membre de la famille. A
bientôt!

Le jeune homme descendit jusqu'au bord de
l'eau avec Antonie et Camille.

Delmase, avant de quitter la maison, fit appeler Sternina dans le vestibule, et, pendant qu'il
semblait lui donner un ordre insignifiant, voici
ce qu'il lui disait :

— M. Trimmin m'a fait plusieurs visites. Aujourd'hui, pour la première fois, il a dîné chez
moi. Les choses sont assez loin menées pour
qu'on puisse agir. Êtes-vous prête? moi, je le
suis. Le capitaine doit m'attendre ce soir dans le
salon. Entrez-y pour chercher quelque chose.
Vous ne quitterez pas ce jeune homme sans
connaître ses sentiments.

XIV

UN BEAU PARTI

L'heure était venue. La gouvernante avait couché les enfants, ceux-ci dormaient.

Camille entra dans la chambre.

— Sternina, dit-elle à voix basse, vous allez le voir..... Ma chère Sternina!... Je sais que mon père est un peu brusque, quoique très-bon ; il est excellent! mais avec moi seulement! Je suis sûre qu'il vous aura chargée de cette commission comme s'il vous donnait un ordre, et vous n'avez pas osé résister. Vous êtes bien embarrassée, n'est-ce pas? Vous êtes contrariée, fâchée peut-être? Ne songez pas à mon père, mais à moi.

— Mademoiselle la crainte n'a pas de pouvoir sur ma volonté. Si je n'avais pas la force de soutenir la sévérité de monsieur votre père, je quitterais la maison plutôt que de faire ce qui serait contre mes idées. C'est *pour vous* que je me suis chargée de cette commission.

— Vous êtes bonne! Ah! que je suis émue!... Je sais que vous ferez tout ce que vous pourrez pour réussir, mais je crois nécessaire de vous dire un mot encore.

Et la figure de Camille prit un air de gravité...

Depuis quinze jours, de grands changements se sont opérés dans mon cœur. Il n'est plus une parcelle de moi qui ne soit envahie par lui. Je ne m'appartiens plus ; je ne saurais, malgré mes efforts, penser comme je pensais autrefois. Je n'avais jamais connu le chagrin ! Maintenant je suis malheureuse, car je me sens suspendue à une fantaisie qui n'est pas la mienne, et dont je ne puis disposer. Sans James, il m'est impossible d'être heureuse !

Sternina fut effrayée, elle était trop innocente pour apprécier ces paroles à leur juste valeur. Elle ne savait pas que souvent les jeunes filles oisives, mal élevées, à force de causer entre elles de sujets qui devraient leur être étrangers, jouent à l'amour sans s'en rendre compte, et prennent pour des passions violentes ce qui n'est qu'un reste d'enfantillage, dont elles riront plus tard.

— Mais, s'il est entre vous des obstacles insurmontables, dit-elle ; s'il ne veut pas se marier ! Peut-être ce que vous désirez est impossible, enfin ?

— Si c'est impossible, je ne vivrai plus que le temps de lui dire adieu. Ne répétez pas tout cela ; mais rappelez-le-vous bien.

Et elle partit.

Sternina n'avait plus de courage ; elle avait peur. Son discours, bien préparé d'avance, lui échappait.

7

— A quel homme vais-je m'adresser ? pensait-elle. M'engager dans une partie aussi grave ! Jouer une existence ! Cette pensée me fait frémir ! Pourtant il le faut ! Allons.

Elle descendit, ouvrit en tremblant la porte du salon, et poussa un cri de surprise en reconnaissant le jeune voyageur qui l'avait sauvée. L'image de la jeune fille était restée dans l'esprit de Trimmin à l'état de rêve ; et, certain de ne jamais la revoir, il se la rappelait le plus souvent possible, pour que le temps ne l'effaçât pas de sa pensée.

Les lueurs vertes de l'abat-jour, qui couvrait la lampe, donnaient un aspect transparent au visage de Sternina.

Tous deux restèrent immobiles, sans parler.

Sternina se remit bientôt et éprouva une sorte de tranquillité en pensant que ce jeune homme était aimé d'une autre femme.

Le capitaine rompit enfin le silence.

— Le hasard a voulu ce que vous ne vouliez pas, mademoiselle ; il m'a permis de vous revoir, dit-il.

— Je demandais au ciel, dans mes prières, de vous rendre le bien que vous m'aviez fait, puisque dans mon impuissance la joie de vous être utile m'était refusée. Il m'a entendue, vous a envoyé tout le bonheur dont un homme puisse jouir ici-bas, et c'est moi qui suis chargée de vous en porter la nouvelle.

— Comment se fait-il que je vous trouve ici ?

— Je suis l'institutrice des enfants. Notre rencontre, quoique étrange, n'est que le résultat de faits très-simples.

— Vous êtes pâle! Êtes-vous souffrante des suites de ce naufrage?

— Non, merci. Écoutez-moi : En ma qualité de gouvernante, j'ai quelque chose à vous dire.

— Je suis venu plusieurs fois ici, et je ne savais pas encore que vous habitiez cette maison!

— Laissons ce qui me touche, ne songez pas à moi. Nous avons peu de temps, et il faut que je vous parle. Je vous le répète : il s'agit de votre bonheur, vous comprenez bien que j'ai hâte de vous rendre heureux. M. et madame Delmase sont très-riches. Ils vous semblent honnêtes et bons, n'est-ce pas?

— En effet. Quelle rencontre! Quelle joie! murmura-t-il.

— Et leur fille, qu'en pensez-vous?

— C'est une charmante enfant.

— Avez-vous vu jamais une personne plus belle?

— Je ne sais pas...

— Elle est belle, elle est bonne, son cœur est excellent. Ce cœur, Dieu vous le donne, du consentement des parents. Vous n'avez qu'un mot à dire : cette famille est la vôtre, cette jeune fille sera votre compagne dans la vie.

— Si je ne me persuadais que vous êtes trop

franche pour me tromper, et trop sensée pour vous tromper vous-même, je n'ajouterais pas foi à vos paroles, car de semblables idées n'entrent guère dans la vie des gens d'argent. Je vous crois donc. Je m'explique mieux maintenant l'accueil bienveillant dont j'étais l'objet. Je suis touché de la bonté de M. et de madame Delmase, et flatté de la distinction que m'accorde mademoiselle Camille.

Il se fit un moment de silence ; Sternina n'osait pas parler.

— Voilà donc, reprit James, ce que dans votre ingénuité vous considérez comme un bonheur parfait! Pour moi, je juge autrement. Dans tout ceci, je démêle facilement la vérité. Je vois une enfant gâtée dont on est l'esclave. On lui donne aujourd'hui un mari, comme on lui donnait hier une robe, autrefois un joujou.

— Oh! quelle vilaine idée!

— Ne voulez-vous pas savoir toute ma pensée?

— Continuez.....

— Or, quand lo mari aura cessé de plaire, comme le joujou brisé ou la toilette passée de mode, on ne pourra pas en changer, que deviendra-t-il, au milieu de la famille, ce mari?

— Vous vous trompez! l'amour de Camille n'a rien de factice : c'est un grand événement. Le reste de son existence n'en doit être que la conséquence.

— Cette jeune fille ne peut m'aimer sérieusement! Elle me connaît à peine.

— Longtemps avant que vous vinssiez chez ses parents, mademoiselle Delmase vous avait vu et vous aimait déjà. Si les sentiments de cette jeune personne pouvaient changer, son père ne serait pas disposé à vous la donner.

— C'est fâcheux! dit James; car je n'aime pas mademoiselle Camille, et... je ne veux pas me marier.

Sternina était atterrée. Elle resta longtemps les yeux fixés sur un même point.

— A quoi pensez-vous donc? demanda Trimmin.

— Il me semble que votre refus doit amener pour moi de funestes événements. L'intérêt que m'inspire cette jeune fille me fait-il ressentir trop vivement son affliction? Je ne sais pourquoi, mais je vous assure que c'est moi que vous affligez.

— Je ne puis vous comprendre, mademoiselle. De quelle importance est pour vous ce mariage?

— On dit que nous portons en nous-mêmes notre bonheur ou notre malheur; mais on pourrait ajouter qu'il est des personnes qui portent en elles le malheur des autres. Tout à l'heure encore je cherchais ce que Dieu avait refusé à Camille! Je me demandais ce qui pourrait l'empêcher d'être heureuse! Vous lui apportez la douleur! Je vous croyais le meilleur des hommes; je me suis trompée! Voilà ce qui m'afflige.

Une grande tristesse se répandit sur son visage. Sa pensée la dominait au point qu'elle ne s'était pas aperçue de ce que ses paroles avaient de blessant pour le capitaine.

— Ainsi, reprit-elle, une femme bonne et belle donne son cœur, sa main, elle se donne toute! Riche, elle donne sa fortune, s'estimant heureuse de voir celui qu'elle aime tenir tout de son affection; et, pour prix de cette générosité, qu'obtient-elle? Rien; pas même un mot du cœur, pas même une tendre sympathie. Oh! les hommes me paraissent bien ingrats et les femmes qui les aiment bien à plaindre! Que doivent donc devenir celles qui n'ont ni fortune, ni beauté! Elles peuvent aimer aussi! On doit les repousser du pied!

Sternina s'animait.

— Si je ne craignais pas de vous fâcher, interrompit vivement Trimmin, je vous dirais ce que je pense.

— Dites!

— Vous parlez comme une enfant que vous êtes, une vraie et charmante enfant.

— Pourquoi?

— Vous sentez-vous capable d'aimer comme mademoiselle Delmase?

— Il n'est pas question de mes sentiments! Pourquoi parler de moi?

— Répondez. Pourriez-vous aimer comme elle?

— Non, non, jamais! s'écria Sternina emportée

par sa franchise naturelle. Je ne comprends pas
cette affection-là. Ma nature n'a pas cette surabondance de tendresse, et j'en remercie le ciel.

— Puisque vous ne comprenez pas l'amour de
mademoiselle Delmase , comment voulez-vous
comprendre mon refus?

— Vous avez raison, je ne vous comprends
pas. Que cherche donc l'homme en ce monde ?
La fortune?

— Je ne la désire pas.

— La beauté?

— Chacun la comprend à sa manière.

— L'amour?

Elle avait hésité pour prononcer ce mot.

— Sans doute , mais on veut aimer soi-
même.

— On veut aussi être aimé?

— Oui, mais selon ses aspirations.

— On dirait que rien ne peut vous tenter.
Pourtant l'homme désire toujours quelque chose.
Que vous faut-il donc à vous pour être heu-
reux?

— Ce qu'il me faut, répondit en souriant le
capitaine, il n'y a que Dieu qui le donne.

— Quoi ?

Sternina le regardait, et, sans qu'ils s'en dou-
tassent tous deux, son regard pénétrait jusqu'à
l'âme de James.

— Vous pourriez peut-être vous attacher à
Camille.

— Je ne le pense pas.

— En tous cas, vous devez le bien pour le bien. Essayez d'aimer mademoiselle Delmase. Faites pour cela tous les efforts de volonté dont vous êtes capable. Vous n'avez pas d'éloignement pour elle?

— Non, pourquoi en aurais-je?

— Peut-être la jugez-vous mal. Étudiez-la, étudiez-vous. Ces questions ne peuvent se décider en un jour. Songez que vous jouez le bonheur d'une personne, sa vie peut-être. Je vous en prie, je vous en supplie, cherchez à vous persuader cela.

Le capitaine réfléchit pendant quelques minutes.

— Et si je fais ce que vous voulez?

— Vous serez bien bon! fit Sternina d'une voix si douce et si pénétrante, que le capitaine ne put résister plus longtemps.

— Je vous le promets! dit-il avec abandon.

— Merci!

Ils se serrèrent la main. Il y avait quelque chose d'étrange entre ces deux êtres.

Sternina, par sympathie pour Trimmin, à cause de la tendresse désintéressée qu'il lui inspirait, voulait le voir aimé, riche, et lui conseillait d'épouser Camille. Lui, allait essayer d'obéir, pour plaire à Sternina.

Il ne s'expliquait pas ce qui lui arrivait.

Il allait mourir; une femme lui apparaît. Puis elle le fuit, mais la destinée la ramène pour

lui offrir la fortune et l'amour d'une jeune
fille. Image singulière qui, d'abord, le regarde du fond du ciel, puis s'approche, lui tend
la main dans le danger, et revient enfin pour décider de son avenir. Elle ne parle pas comme
les autres femmes : sa voix a des vibrations
indicibles. Elle ne regarde pas comme les autres :
ses yeux attirent les yeux ; et, quand il étend la
main pour saisir ce fluide à forme humaine, le
fluide s'envole, s'efface, il veut s'effacer... Elle
part, mais sans le quitter, comme le parfum des
fleurs qu'on sent encore et qu'on ne voit plus.

D'elle émane un charme dont il se sent enve-
loppé. Elle prie : il obéit. A-t-elle raison? Sans
doute! Il fera ce qu'elle veut, il l'a promis. Camille!... Pourquoi non?... Sternina! Quel doux
nom! Son cœur tressaille... Mais on n'épouse pas
les anges !!!

La gouvernante raconta à Camille tout ce qui
s'était dit entre elle et Trimmin.

Mademoiselle Delmase espéra.

XV

L'ALLÉE EST ÉTROITE

Un matin, Étienne fit porter au bureau de
Delmase ces quelques mots griffonnés au crayon,

et qui produisirent un effet salutaire sur le pauvre marchand non moins impatient, non moins dévoré d'inquiétude que sa fille.

« Monsieur,

» Comme vous avez accordé à sir Charlet la place de correspondant, mon maître m'a donné une lettre pour l'informer de cet heureux résultat.

» Il craignait que son cousin ne se présentât chez lui en son absence.

» J'ai dit que M. Charlet était venu, que je lui avais remis la lettre et qu'il était parti immédiatement pour New-York. Mon maître m'a montré un étonnement très-grand ; puis il s'est fâché. Mais il m'a cru ! J'en suis surpris et heureux. Enfin, nous voilà débarrassés pour quelque temps d'un personnage qui était devenu bien gênant.

» Venons aux nouvelles que j'ai à vous annoncer.

» On n'en peut plus douter : mon maître est non-seulement changé ; mais je le crois tout à fait *pris*. Ce matin, en écrivant une lettre, il essayait sa plume. Il a fait au moins dix petits profils, tous représentant la même figure. Je regardais par-dessus son épaule : c'était le portrait d'une jolie demoiselle !

» J'espère, monsieur, que vous aurez du plaisir à apprendre cela. Et je me dis aujourd'hui et toujours

» Votre dévoué serviteur,

» ÉTIENNE. »

Delmase avait immédiatement écrit pour demander les profils en question, mais domestique et maître étaient absents. James devait dîner à Kingston, Étienne était sans doute en promenade.

Le marchand revint à la campagne sans rapporter à sa fille ces intéressants essais de plume. Il trouva tout le monde dans le jardin.

Les relations entre Trimmin et la famille Delmase étaient devenues charmantes. Le capitaine, comme tous les hommes sérieux, avait ses heures d'enfantillage. Il ne s'effaroucha pas des jeux que sollicitaient Lily et Fanny. Camille y voyait un prétexte d'intimité qui favorisait son amour et l'abreuvait d'épanchements d'autant moins retenus qu'ils paraissaient on ne peut plus innocents.

Toute cette petite société s'ébattait au soleil et folâtrait sous les yeux avides de Delmase. Celui-ci se disait préoccupé de ses opérations commerciales et ne paraissait suivre les jeux que d'un œil distrait; mais en réalité, il épiait les moindres mouvements du capitaine.

Pendant que les jeunes gens et les enfants couraient, Antonie causait avec Sternina :

— Mademoiselle, disait madame Delmase, je vous avais assuré que je ne vous parlerais plus de ma Lily ; mais je veux encore vous dire quelques mots. Ce n'est pas moi qui ai dirigé l'éducation de ma fille aînée; c'est vous qui élevez ma plus jeune. Éveillez son esprit; qu'elle étudie

beaucoup. A mesure que ses facultés se dévelop-
peront, faites grandir son cœur dans la poésie
et la raison ; que sa conscience soit pure et
qu'elle vive de cette pureté ; qu'elle comprenne
que l'enfer est ici-bas pour ceux qui perdent
l'innocence de leurs pensées. Enfin, élevez son
âme. Quand l'âme atteint l'apogée de son élévation, elle est moins assujettie aux faiblesses physiques ; car elle est plus près de la divinité.

Depuis que ma santé m'éloigne du monde, j'ai
beaucoup approfondi certaines questions trop
négligées dans l'éducation des filles de notre
classe. Vous êtes jeune, l'expérience vous manque ;
mais, grâce aux sages directions que vous a
données votre mère, vous possédez ce que je
voudrais que mon enfant pût avoir à votre âge :
l'amour de la vertu ! Ce trésor, elle ne peut l'ac-
quérir aussi aisément que vous l'avez acquis.
Les fleurs des champs croissent toutes seules,
regardent le soleil, attendent la pluie, s'endor-
ment sous la neige, et refleurissent au printemps. Les fleurs des jardins, dont on ne cultive
que la beauté, sont faibles, infécondes, deman-
dent des soins incessants, et souvent meurent à
l'automne. Aimez bien ma fille ! rapprochez-la
de vous le plus possible ! Serrez-la sur votre
cœur ! Bercez-la dans vos bras ! Votre contact
lui sera salutaire. Madame Delmase serra la main
de la gouvernante et retourna près des enfants.

Sternina comprit que dans les paroles d'Antonie il y avait non-seulement un désir exprimé

pour l'avenir de Lily, mais encore un regret formulé sur les sentiments de Camille. Elle sentait qu'il aurait fallu, dès longtemps, moins développer les désirs de cette jeune fille et donner plus d'essor à sa raison.

— Cette mère souffre, se disait-elle; Camille aussi souffrira. La souffrance est-elle donc une loi, une condamnation inévitable dans la vie? Dieu donne-t-il de moins en bonheur ce qu'il donne de plus en bien-être, en satisfactions d'orgueil, en fortune et en beauté? Si cela est, qu'il soit donc béni pour la part qu'il m'a faite! Et, pensant à Camille, elle se sentit le cœur ému de pitié.

Tout en réfléchissant, elle s'était engagée dans une allée presque sombre. Le cours de ses réflexions fut interrompu par l'arrivée de Trimmin, qui, poursuivi par mademoiselle Delmase, s'enfuyait dans l'allée où se trouvait la gouvernante. James n'aperçut pas cette dernière; il tournait la tête pour voir s'il allait être atteint. Camille, lancée dans sa course, arriva brusquement près de lui; elle passa son bras sous le sien, et inclina nonchalamment sa tête vers lui. Ceci fut un éclair.

James était troublé. Ils allaient continuer ainsi leur chemin, lorsqu'ils se trouvèrent face à face avec Sternina.

Ce petit tableau qui s'offrit à la gouvernante fit naître en elle un espoir. Il y avait déjà quelque chose d'expansif et de secrètement tendre entre ces deux jeunes gens.

Le capitaine, en voyant quelqu'un, laissa tomber la main de Camille et dégagea son bras. La vive rougeur que cet incident avait jetée sur son visage, disparut soudain.

— Vous avez eu peur? dit mademoiselle Delmase.

Puis elle ajouta avec une intention maligne :

— C'est une amie ! N'est-ce pas, Sternina ?

Et, pour faire cesser l'embarras de James, elle courut à la gouvernante et l'entraîna plus loin.

Elle n'était nullement déconcertée de ce qui venait de se passer, et, bien qu'elle eût préféré ne rencontrer personne, elle n'était pas fâchée d'interroger la jeune fille, de lui demander quel effet avait produit sur son esprit l'attitude du capitaine.

— Eh bien, lui dit-elle avec abandon, avez-vous vu?

Sternina sourit.

— Qu'est-ce que vous croyez?

— Vous pouvez juger de cela mieux que moi, répondit la gouvernante, toujours en souriant.

— Moi, je n'ose pas croire ce que je pense. Quand je m'imagine qu'il m'aimera, ma gorge se serre, mon front brûle. Cependant, lorsque vous nous avez aperçus, ma tête était sur son épaule ; il avait tourné vers moi sa figure charmante, et si vous n'aviez pas été là, je crois...

Camille s'arrêta..... puis termina vivement ainsi :

— Je crois qu'il m'aurait embrassée.

Elle pressa Sternina dans ses bras ; et lui donna deux gros baisers, — de ces baisers que donnent, faute de mieux, à des indifférents les personnes qui ont besoin d'embrasser quelqu'un.

La dernière phrase de Camille glaça la jeune fille. Elle avait subi le charme de cet amour dans ce qu'il avait de moralement exalté, et s'était laissé élever à des hauteurs prodigieuses, où rien de la réalité ne pouvait atteindre. Aussi la phrase de Camille fut-elle un choc violent qui la précipita des régions de l'éther sur le globe terrestre.

— Cette passion, dont les vives couleurs avaient excité en elle une sorte de frayeur, lui apparut soudain sous un aspect vulgaire. Ce baiser était pour Sternina un de ces riens qui arrachent brusquement l'esprit au rêve de l'idéal.

Ce qui se passa pendant le reste de la journée fut inintelligible à la gouvernante, bien qu'elle observât de son mieux. James était ému. Évidemment son visage n'avait plus cette teinte tranquille, uniforme et invariable ; ses grands yeux se levaient quelquefois sur Camille ; mais il les détournait aussitôt, comme s'il eût regardé une lumière trop vive. Il semblait contraint, fâché contre lui-même. Au lieu de se livrer sans crainte à cette mutuelle sympathie, il avait l'air d'être au supplice.

Camille paraissait heureuse. Elle ne cherchait pas autre chose que la preuve d'un trouble qui flattait ses désirs et lui livrait à moitié cet être chéri. Tout cela n'était qu'une scène muette

entre les jeunes gens, scène complétement insaisissable pour les autres personnes. En vain, le
marchand fouillait partout avec ses yeux gris.
Sans les renseignements d'Étienne, il eût été
fort ignorant.

L'heure du dîner sonna, et Sternina, qui prenait ses repas avec les enfants, remonta dans
leur appartement.

Lorsqu'on passa dans le salon, M. Delmase,
pour donner l'occasion à James de s'occuper de
Camille, se mit à causer avec sa femme sur un
ton d'étroite intimité. La franchise de leurs relations autorisait ce laisser-aller. Trimmin, dans
l'embrasure d'une fenêtre, était pensif.

Ordinairement, lorsqu'il allait quitter Kingston, on lui disait : Quand reviendrez-vous?

Cette formule était modulée sur les tons les
plus gracieux par monsieur ou madame Delmase.

Camille, plus avancée que par le passé, plus
enhardie par cette journée, s'approcha du capitaine.

— James, lui dit-elle à demi-voix, quand reviendrez-vous?

Cette familière interpellation tira brusquement
Trimmin de sa rêverie.

Il regarda la jeune fille qui, heureuse d'avoir
risqué ce mot comme une prise de possession,
ne se déconcertait nullement et attendait.

— Cher monsieur Delmase, dit alors James,
en se tournant vers le marchand qui venait à
lui, je suis obligé de renoncer pour quelque

temps au plaisir de tenir ici la place que vous m'avez accordée avec tant de bonté. J'ai un travail spécial à faire pour mon régiment. J'ai appris cette nouvelle ce matin.

Delmase devint pâle, puis rouge, puis violet. Camille resta terrifiée.

Après avoir ajouté quelques mots encore, James salua et sortit sans que la jeune fille s'aperçût de son départ.

Le père le reconduisit. Lui aussi était bouleversé. Il venait de recevoir un coup qui le rendait fou furieux. Il s'arrêta dans l'antichambre, sonna, puis appela Sternina de toute la force de ses larges poumons. Les domestiques se demandèrent si le feu prenait à la maison. Delmase était de ceux qui se ploient sous le joug des convenances ou plutôt des apparences, jusqu'au moment où, ayant atteint le paroxysme de la colère, ils se relèvent et ne reculent devant aucun scandale. A cette voix impérieuse et tonnante, la gouvernante descendit précipitamment. Elle fut effrayée. Jamais elle n'avait vu rien de plus hideux que cet homme. L'espèce humaine, quand elle descend au fond de l'abîme des passions, a des laideurs incommensurables, repoussantes jusqu'à l'horreur, et dont rien dans la création ne peut donner l'idée. Delmase, avec son front lie de vin, ses yeux qui projetaient des flammes, sa figure écrasée, avait une de ces têtes qu'on ne voit qu'en songe.

— Mettez vite votre chapeau, dit-il, et courez

à la station sous le prétexte qu'il vous plaira. James est parti pour ne plus revenir et je croyais qu'il aimait Camille.

— Moi aussi, répondit Sternina.

— Vous aussi ! Ayez donc des explications ; il m'en faut. Prenez tout le temps qui vous sera nécessaire pour cela. Allez ! allez !

Et Delmase enveloppa Sternina d'un manteau, la poussa dehors et rentra dans le salon.

Camille était restée dans la même attitude depuis que Trimmin et le marchand étaient sortis.

— Parti ! dit-elle en voyant son père.

Et elle s'allongea sur sa chaise, crispa les mains, raidit les bras, poussa des cris stridents, enfin tomba dans un de ces accès où la nature irritée se débat contre ce qui la froisse.

Antonie voulait secourir sa fille, mais Delmase la repoussa.

— Il faut la monter dans sa chambre, dit-il ; et saisissant Camille, il l'emporta.

— Oh ! ce capitaine ! murmurait-il, je voudrais le broyer dans mes poings.

XVI

UNE INGÉNUE QUI POURSUIT UN CAPITAINE

Le chemin de fer ne s'arrête pas à Kingston même, mais bien à Surbiton, qui en est à quelque distance.

Sternina marchait vite, courait.

Elle voyait le capitaine de loin, mais ne pouvait l'atteindre; elle ne le rejoignit qu'à la station.

Enfin, essoufflée, tremblante, elle arriva sur le chemin sablé qui longe le rail, s'approcha de Trimmin et lui dit :

— Au nom du ciel ! monsieur, accordez-moi quelques instants.

— Vous ici ! Qu'y a-t-il donc ?

Le train arrivait.

James prit la main de Sternina pour l'éloigner de la voie.

— Vous avez froid ! lui dit-il vivement. Vous venez de courir, pourtant.

— Je suis triste de la souffrance d'une autre; c'est naturel à ceux qui ne sont pas de fer, répondit Sternina avec un ton de reproche. Vous pouvez bien retarder votre départ de quelques minutes. Écoutez-moi.

Pour trouver un endroit où l'on pût parler en liberté, elle quitta la station, et, laissant à gauche Victoria Terrace, s'enfonça dans une avenue magnifique. Cette avenue, bordée de maisons ou plutôt de palais aux jardins luxuriants, décrit un demi-cercle et s'en va doucement rejoindre la Tamise. Là, se trouve une promenade charmante. D'un côté, l'eau bleue qui glisse avec un bruit confus berce agréablement l'esprit ; de l'autre, une longue guirlande d'arbustes et de plantes variées repose les yeux par un feuillage toujours vert.

Dès qu'ils ne furent plus en vue, la gouvernante se rapprocha du capitaine et lui dit d'une voix suppliante :

— Vous tenez dans vos mains une existence : Camille ne peut vivre sans vous. L'amour de ses parents, mon dévouement, tout cela ne peut rien. Si vous ne l'aimez pas, eh bien ! ayez du moins pitié d'elle : sacrifiez-vous ! Ce sera une belle action. S'immoler aux autres, s'oublier soi-même, n'est-ce pas beau ?

Le capitaine l'écoutait, entendait autre chose que ce qu'elle disait. Il la regardait fixement et ne voyait pas l'image que les autres voyaient en regardant Sternina.

— Vous ne me refuserez pas ; c'est impossible ! disait-elle. Vous n'avez donc jamais souffert, puisque vous ne comprenez pas où est la

seule consolation, la seule bénédiction céleste?
On dit qu'aimer c'est souffrir ! Mais être aimée, ce doit être le plus grand bonheur que Dieu
donne à l'homme ; c'est son regard, sa présence
qu'il lui envoie, puisque Dieu n'est qu'amour! Ah!
je suis laide, moi, et incapable d'inspirer un sentiment comme celui que Camille éprouve pour
vous ; mais si j'étais belle et si quelqu'un m'aimait, si son bonheur, si sa vie dépendaient de
moi, je courrais à lui pour lui tendre la main et
lui donner mon cœur.

Elle arrêta ses yeux sur le jeune homme. Elle
attendait une réponse, un consentement qu'elle
appelait de toutes ses forces.

— Ainsi, dit le capitaine, on gagnerait tout
votre cœur, par le seul fait d'un amour immense?

Cette fois, les yeux de Trimmin interrogeaient
aussi avec une avide curiosité.

— Oui, je le sens, et c'est tout simple !

Comme moi, vous n'aimez pas encore. Vous
devrez donc céder à l'amour qui vous cherchera.

Les regards du jeune homme quittèrent Sternina.

Il rêvait.

— Venez, lui dit-elle enfin. Votre bon cœur
hésite encore; venez !

— Où voulez-vous me conduire?

— Près de Camille.

— Jamais! répondit James.

Sternina, changeant de ton, reprit avec force :

— Alors vous allez me dire pourquoi vous refusez, non pas par des images inintelligibles pour
moi, mais clairement. Jamais! ce n'est pas une
raison cela. Camille ne vous est pas indifférente,
je le sais, et vous la fuyez! Il y a une cause à cela,
il faut que je la sache.

— Impossible. Vous ignorez et devez ignorer
encore bien des choses que je ne puis ni ne veux
vous apprendre.

— Je suis une gouvernante, c'est-à-dire presque une mère ; je ne suis rien en dehors de ceux
à qui mes soins appartiennent. Parlez donc !

— C'est inutile.

— Eh bien ; ces raisons, un père écrasé de
douleur m'envoie les chercher.

— Quoi! c'est M. Delmase qui vous envoie ici?

— Oui. Vous le voyez, ma mission est sacrée.
Mon devoir est de la remplir.

— Vraiment, ce père ne songe qu'à sa fille!
Pauvre enfant! dans quelle étrange position
vous jette votre isolement !

— Oh! je serais bien venue de moi-même! Camille est malheureuse, et je veux la servir. Je
vous prierai tant que vous me les direz ces raisons, n'est-ce pas ?

— Et vous les ferez connaître à son père, lui
qui doit le premier les ignorer! Non! non!

— Ah! fit la jeune fille, votre âme est de
glace.

Et elle s'éloigna.

— Mademoiselle ! s'écria le capitaine en courant à elle, vous ne me comprenez pas !

— Vous êtes sans pitié.

James saisit la main de la gouvernante.

— Ainsi, vous me mépriserez si je ne vous dis pas pourquoi je m'éloigne de mademoiselle Delmase?

— En retournant près d'une enfant qui pleure et qui souffre, que puis-je penser de celui qui refuse même de lui serrer la main?

Ces dernières paroles prononcées avec fierté frappèrent Trimmin.

Ils se trouvaient tous deux près d'un banc placé sur la promenade. Il fit asseoir Sternina. et se plaça près d'elle.

— Écoutez, lui dit-il, et si mes paroles vous offensent, pardonnez-le moi.

— Sans doute. Pourquoi ne voulez-vous plus voir Camille?

Le capitaine baissa la tête, et faisant un effort sur lui-même répondit bas :

— Parce qu'elle me trouble. Je ne l'aime pas ; je ne l'épouserai jamais. Mon âme la fuit. Mais son amour m'entraîne malgré moi quand je suis près d'elle. Plus cette impression augmente, plus elle éloigne ma pensée de Camille. Si je persistais, je pourrais succomber à une tentation. Cette jeune fille me perdrait en se perdant elle-même, et...

— Et?

— Et je me brûlerais la cervelle plutôt que de lui donner mon nom.

— Qu'est-ce que cela? dit Sternina au comble de l'étonnement. Si je vous comprends bien, vous êtes attiré vers ce que votre âme repousse?

— Camille me fait l'effet d'une tentation. Mais c'est un phénomène qui se produit chez presque tous les individus. Le corps a tous les sentiments de l'âme, mais il les a terrestres, comme l'âme les a divins. Il y a des hommes qui croient pouvoir faire deux parts d'eux-mêmes; ils se trompent. Je ne veux pas être comme eux. Il faut que l'âme nous emporte sur ses ailes, et nous enlève insensiblement jusqu'à Dieu par une vie pure et de larges conceptions, ou que le corps nous entraîne au-dessous de toutes forces dans les profondeurs du vice. L'amour terrestre, c'est le mal; l'amour de l'âme, c'est le bonheur, c'est le bien! Je n'aime pas l'âme de Camille.

Sternina resta stupéfaite, immobile, plongée dans le dédale des idées que lui suggéraient ces choses si étranges pour elle.

— Voyez-vous, continua le capitaine, l'adolescence a ses illusions. Elle vit dans l'atmosphère de pureté qui émane d'elle. Elle s'isole, se fait seule derrière son ignorance, jusqu'à ce que l'heure de la vérité sonne et arrache les lis imaginaires dont elle couronne la vie. Elle est triste, la pauvre adolescence, quand elle comprend le matérialisme de la nature humaine. C'est une douleur que la divine chasteté de l'âme explique.

Ainsi des jeunes filles, ainsi de tous! On est triste en voyant faucher les blés, cueillir les fleurs; on est triste en voyant tomber les feuilles. Voilà pourquoi je voulais me taire, et ne rien vous dire, à vous, qui, seule, sans appui, avez été si bien gardée par Dieu, que vous avez encore l'innocence des enfants; car Dieu garde ceux qu'on ne garde pas.

Deux larmes glissèrent sur les joues de Sternina, et laissèrent ses yeux humides et brillants.

James la regarda. Il ne demanda pas d'explications. Il comprenait.

La jeune fille aurait voulu ignorer encore ce qu'elle venait d'apprendre.

— Pourquoi n'ai-je pas accepté votre mépris plutôt que de vous dire des choses qui vous affligent? Mais je n'ai pas eu ce courage-là.

Non! je n'épouserai pas Camille : car elle ne me comprendrait jamais. C'était ce dont je voulais m'assurer.

Je me suis voué au culte d'une idée grande et sérieuse : vivre pour les autres. Jusqu'à présent, j'étais sorti de moi-même; je n'y suis rentré que pour voir clair dans mon cœur. Ce qu'il me faut, c'est une femme dont l'âme soit assez élevée, assez détachée des choses de la terre pour s'associer à mon œuvre, s'unir étroitement à mon esprit. Cette femme, à laquelle je ne songeais pas il y a quelques semaines, je la vois. Sa pensée est comme une poésie inconnue qui s'infiltre en moi. Par elle, tous mes rêves se complètent et s'affer-

missent. Ce que la science avait pour moi d'obscur encore, ce que l'avenir avait d'indécis devient certitude et lumière. Vous le voyez, cette
femme ne ressemblera pas à Camille.

— Ah! vous êtes noble et bon! s'écria Sternina. Camille, il est vrai, ne se doute pas de
l'élévation de vos sentiments. Elle n'est pas à la
hauteur de votre rêve ; mais elle peut y atteindre.

— Jamais !

— Je vais lui répéter tout ce que vous m'avez
dit...

— Oh! non, non, n'en faites rien!

— Pourquoi? Je veux le faire. Si elle s'afflige
de l'éloignement de votre âme, elle se consolera
en trouvant la force de vous faire changer de
pensée, en se rendant digne de vous. Cet amour
sera pour elle l'initiation!...

— Ah ! vous voyez avec la candeur de vos
yeux !

— A bientôt!

— Il est tard. Je vais vous accompagner.

Merci ! Ne songez pas à moi. Je veux aller
seule. A demain.

Malgré cette défense et pour être sûr que
Sternina ne courrait aucun danger, James la suivit de loin jusqu'à la maison Delmase.

XVII

UN DOMESTIQUE AU COMBLE DE SES VOEUX

On a deviné sans doute que Charlet n'avait
été envoyé en Amérique que d'après les conseils
télégraphiés par Léon Dalèze. Étienne continuait
à mentir comme un homme qui n'a fait que cela
de sa vie. Au reçu de la lettre qui lui demandait les profils, il s'habilla promptement pour les
porter lui-même à Kingston. Son maître était
chez Delmase et lui avait donné congé. Le domestique se promettait d'envoyer un commissionnaire jusqu'à la maison du marchand pour n'être
pas reconnu par Trimmin.

—Enfin, nous avons réussi, pensait-il chemin
faisant, mon maître sera bientôt marié. Par
reconnaissance, il me comblera de bienfaits. De
son côté, M. Delmase m'a promis d'assurer ma
position. Il est influent, je lui demanderai de
m'installer au plus tôt dans un poste important.
A la première occasion, je lui toucherai un mot
de cela.

Il cherchait un porteur pour sa lettre, lorsqu'il aperçut de loin son maître, qu'en ce mo-

ment Sternina n'avait pas encore pu rejoindre.
Il l'évita, et, content de cette circonstance, porta
lui-même ses portraits. Excellente occasion de
réclamer le prix de ses services !

Quel bonheur pour lui, d'ailleurs, de jouir,
aux yeux des domestiques, de la réception
qu'allait lui faire le marchand !

— Qu'il est doux, se disait-il en rajustant son
habit, d'entrer dans un salon quand on est resté
si souvent dans l'antichambre ! Tantôt bas, tantôt
haut, c'est la vie !

Et d'un air important, il tira la sonnette.

Delmase avait traité le mariage de sa fille
comme l'affaire la plus importante de son existence à lui. Près du lit de sa Camille, il grom-
melait mille malédictions. Il avait jugé définitivement la question.

— Le capitaine n'épousera jamais ma fille,
pensa-t-il. Voilà donc le fruit de mes travaux :
le malheur pour Camille. Je n'avais qu'un désir,
qu'un rêve : le bonheur de mon enfant ! Ce bonheur est impossible ! Oh ! je me vengerai sur le
monde, dont je n'attends plus rien.

En ce moment, on vint annoncer M. Étienne.

— Je vais commencer par celui-là, murmura
Delmase. Il ne m'aura pas trompé pour rien !

Le marchand descendit dans l'antichambre.
Il saisit Étienne par les oreilles, avec une force
herculéenne, et l'envoya tomber dans un coin.

— Ah! te voilà, fripon! tu m'as joué! Ton maître n'aime pas ma fille.

— Monsieur, je vous ai dit toute la vérité; je vous le jure sur mon honneur, sur ma vie, sur l'Évangile.

— Quand on se mêle d'une pareille affaire, on doit réussir.

Et Delmase, enflammé, se jeta sur Étienne.

Les domestiques ne comprenaient pas cette scène qui se disait en français; mais la brutalité de leur maître leur fit penser qu'il était aux prises avec un malfaiteur, et ils s'esquivèrent, pour ne pas être obligés de prendre part à l'action.

Le pauvre Étienne, étourdi d'abord d'un accueil auquel il ne s'attendait nullement, ne put parer le premier coup; puis, voyant qu'il s'agissait d'une lutte, il retrouva bien vite ses souvenirs du régiment.

De son naturel, il n'était pas brave; mais il avait fait la guerre, et s'était enhardi.

— Ah! mais, ah! mais, s'écria-t-il en se relevant et s'emparant d'un support en bronze où l'on déposait les parapluies, il fallait sonner la charge!

S'acculant alors contre le mur, et tenant le bronze en travers avec ses deux mains, il repoussa par trois coups progressifs le ventre du marchand. Celui-ci alla rebondir sur le mur opposé.

— Je venais, dit Étienne sans quitter son rempart, vous apporter les profils de votre fille. Cela vous aurait prouvé la vérité ; mais que le ciel me confonde si je vous les donne !

Soit que la colère du marchand fût ébranlée par la poussée qu'il venait de recevoir, soit qu'il voulût avoir les portraits ; soit enfin qu'il trouvât de l'imprudence à se mesurer avec un garçon du peuple, qui ne paraissait pas s'effrayer facilement, il changea de ton.

— Il est possible que tu sois de bonne foi, répondit-il, mais je ne l'ai pas cru. Finissons-en. Donne-moi ce que tu apportes, et je te laisserai partir.

Étienne lui tendit d'une main les portraits qu'il tira de sa poche, sans quitter son attitude défensive.

Delmase, frappé d'étonnement en examinant ces petits papiers, ne proféra pas une parole.

— Eh bien ? lui dit le domestique avec un air triomphant.

Delmase ne songeait plus à Étienne.

Toute une autre série de pensées se déroulait dans sa tête.

— C'est le portrait d'une autre femme ! dit-il sans lever les yeux ; puis il ajouta d'une voix morne :

— Va-t'en, laisse-moi. Et que je ne te trouve jamais sur ma route.

Étienne pensa qu'il n'avait rien de mieux à faire que de fuir.

— Les gens riches ne valent pas le diable se dit-il, dès qu'il fut sorti. Je pourrais vivre cent ans, je ne me mêlerais plus jamais de leurs affaires. Je suis dans une jolie position. Voilà ce que c'est que de s'encanailler.

Depuis son entrée chez Trimmin, Étienne ne buvait que de l'eau. Découragé, honteux, n'osant retourner chez son maître, il alla se griser.

XVIII

LE TIGRE A FAIM

— J'ai besoin de me remettre, madame, dit Delmase à Antonie, qui traversa l'antichambre au moment où Étienne partait. Remontez et gardez ma fille.

Il sortit, alla s'asseoir sur un banc du jardin et, appuyant sa tête dans ses deux mains, il se mit à enfanter des projets en rapport avec son désespoir.

L'œil en feu, les sourcils rapprochés, le front sillonné de longues rides verticales, Delmase rêva longtemps....

— Les profils, bien qu'ils ne soient pas frappants, pensait-il, ne permettent pas le doute sur la personne qui les a inspirés. C'est Sternina !

Le capitaine peut-il l'aimer? En tout cas, il l'a
remarquée. J'écraserai cette fille comme une
mouche; mais n'y a-t-il pas pour le moment un
danger à courir, en cédant à cette tentation ? La
sacrifier, c'est en faire une martyre et forcer
Trimmin à ne l'oublier jamais. Je suis presque
sûr qu'elle ignore tout cela. Quelle que soit la
pensée de James, il ne faut pas la révéler à cette
gouvernante; car elle s'attachera évidemment à
cette pensée, si elle en a connaissance. — Mais
peut-être se joue-t-elle de moi ? C'est invraisemblable ; puisqu'elle n'a eu qu'une conversation
avec le capitaine? Il ne peut l'avoir aimée et le
lui avoir dit la première fois qu'il l'a vue.

Que faire d'abord ? La chasser ? et puis ?...

. . . .

C'est cela !... s'il l'aime, nous verrons bien ce
que deviendra son amour. Voilà le meilleur parti
à prendre, je m'y tiens.

Ah ! Camille ! si tu n'es pas heureuse personne
ne le sera.

Un pas léger fit crier le sable.

Delmase leva la tête, et son sang se glaça.

Au moment où il défendait à tous le bonheur,
Lily passait, le sourire sur les lèvres, le front
radieux !

Les dents de Delmase claquèrent.

Cette enfant, sa haine vivante, son tourment
de tous les instants, irritait outre mesure sa jalousie paternelle. C'était l'insecte qui piquait
sans cesse la plaie de son orgueil,

Comme un animal féroce qui s'apprête à bondir sur sa proie, il se recula et se tapit dans l'ombre. La petite fille tourna la tête de tous les côtés, pour bien s'assurer qu'aucun regard indiscret ne pouvait la surprendre, et s'enfonça sous le feuillage avec la timide prudence d'un jeune oiseau qui s'aventure loin de son nid. Elle portait avec précaution des objets qui paraissaient être des gâteaux ou des fruits.

— Où va-t-elle donc ? Sa mère est près de ma fille, sa gouvernante est sortie. Elle profite de leur absence ! pensa Delmase.

Il ne la perdit pas de vue, et dès qu'elle disparut dans un massif, il la suivit, retenant sa respiration pour ne pas couvrir le léger bruit des pas de l'enfant, seul indice pour lui de la direction qu'elle prenait.

Depuis la première entrevue de Lily avec son ange gardien, plusieurs rendez-vous s'étaient succédé. Le bonheur de l'être mystérieux excitait l'enthousiasme de la petite fille. Elle rêvait toujours à son bon ange. Cette douce pensée lui faisait supporter avec courage toutes les duretés de Delmase. Elle attribuait cette force à la puissance de son divin protecteur. Pas un mot, pas un geste n'avait trahi son secret.

Le départ de Sternina favorisait ce soir-là sa petite escapade ; elle avait réuni quelques friandises et s'était fait une fête de les offrir à son ange bien-aimé.

— Viens! dit-elle, en arrivant à la place indi-
quée.

C'était le signal convenu.

Elle se sentit alors soulevée de terre, puis
couverte de tendres baisers.

Lily s'était promptement familiarisée avec cet
esprit si doux.

— Ah! que tu es gentil! lui dit-elle, et que je
t'aime, voilà des bonbons.

— Mon chéri, les anges ne mangent point.

— C'est bien dommage, dit piteusement l'en-
ant. Mais pourquoi as-tu une bouche ?

— Pour t'embrasser.

On entendit alors un bruissement dans les
feuilles.

— Sauve-toi, dit l'ange gardien, qui disparut.

Lily, cherchant du regard le danger qui chas-
sait si vite son bien-aimé, aperçut un homme
par les interstices des fourrés. Ce ne pouvait
être que son père.

Une frayeur affreuse s'empara d'elle. La
pauvre enfant n'osait fuir ; d'ailleurs, en avait-elle
le temps ? Le marchand la grondait toujours in-
justement. Qu'allait-il donc dire en la surprenant
véritablement en faute, car, pour elle, se cacher
c'était mal faire ? La sévérité de Delmase n'allait-
elle pas devenir de la fureur ? Voilà les pensées
qui s'offraient à Lily, ignorante de la profonde
haine qu'elle inspirait. Ne sachant que faire,
elle saisit l'arbre qui se trouvait près d'elle, et

grimpa dessus avec l'agilité d'un chat ; la peur ajoutait encore à son adresse naturelle.

Delmase arriva, chercha, ne trouva rien. Il continua sa route, puis revint sur ses pas et marcha sur les gâteaux qui étaient tombés à terre. Il se baissa et ramassa quelques-unes des friandises apportées par Lily. Ces objets laissés là montraient bien qu'on avait été surpris. Il ne trouvait personne. Pourtant il avait entendu des voix.

— C'est ici ! murmura-t-il.

La lune avait disparu. Il frotta sur le mur une allumette et vit sur le gazon des pas trop grands pour être attribués à Lily. L'herbe couchée indiquait, au reste, que de grands et de petits pieds l'avaient foulée. Il lui fut impossible de découvrir d'autres traces. Les deux êtres qui s'étaient rencontrés à cette place ne pouvaient pas cependant s'être envolés.

Delmase, asservi à Camille, à son bonheur, avait, comme on le sait, une autre pensée : son déshonneur à lui, c'est-à-dire sa haine pour Antonie, pour Lily, sur qui se concentrait sa rage, son désir de vengeance. Flatté d'un vague espoir d'assouvir sa mauvaise passion, il oubliait presque la douleur de Camille.

Las de fureter comme un chien à la piste, il revint sous l'arbre, où la pauvre petite, glacée par la terreur, sentait ses forces l'abandonner. Un frisson nerveux la prit, et, malgré les efforts qu'elle fit pour rester immobile, elle imprima aux feuilles un froissement qui n'échappa point à l'oreille de Delmase. Depuis un instant, il interrogeait les moindres bruits comme il avait scruté les objets. Il avait brûlé quantité d'allumettes; il en prit une dernière et distingua l'enfant.

— Descends! lui cria-t-il. Que fais-tu donc là?

— Pardon! pardon! papa! dit Lily d'une voix suppliante et sans oser faire un mouvement.

Delmase alors, n'obéissant qu'à sa colère, secoua l'arbre de toutes ses forces. Lily s'attachait avec désespoir à la vie. Ses nerfs étaient crispés. Elle enlaçait des bras et des jambes cette écorce qui égratignait sa peau délicate : elle criait en sanglotant :

— Pardon, papa! pardon !

— Puisque tu ne veux pas descendre, s'écria le marchand avec une voix menaçante, je vais chercher une échelle et je te prendrai.

Il se hâta d'aller au petit hangar où le jardinier serrait ses outils, s'empara de ce qu'il lui fallait, et revint sans perdre de temps.

Lily, en essayant de descendre et de se sauver l'aurait rencontré ; elle ne bougea point.

— Oh! mon bon ange gardien, venez à mon secours, dit-elle pendant que Delmase avait disparu.

Rien ne répondit.

A chaque échelon que son père montait, Lily montait aussi dans l'arbre.

Elle arriva tout en haut à l'extrémité d'une branche flexible, qui plia sous le poids de son corps.

Cet homme n'avait qu'à agiter la branche, et l'enfant eût été se briser sur le sol. Soit qu'il eût peur que ses cris n'attirassent du monde, soit qu'il craignît qu'un crime commis dans de pareilles circonstances fût trop aisément connu, il triompha de cette tentation, monta encore, fit venir la branche à lui, et, la courbant, prit l'enfant par sa robe, redescendit deux ou trois degrés, et la jeta sur le gazon. Elle ressentit une violente secousse ; pourtant elle ne se fit aucune blessure.

La colère de Delmase tenait de la folie. Mais il employa toute sa force de volonté pour se contenir.

Quand il eut rejoint Lily, il lui saisit le bras dans sa main large et épaisse.

— N'appelle pas, ne crie pas, dit-il d'une voix étouffée, ou je t'assomme. Dis-moi la vérité.

Delmase tenait la petite fille comme un vautour tient dans sa serre un oiseau qu'il se dispose à dévorer. Lily, baignée de larmes, étouffait dans ses sanglots et restait encore fidèle à la promesse faite à son ange gardien : elle se taisait.

L'organisation inachevée de l'enfance réussit difficilement à se comprimer et ne se contient

pendant quelques minutes qu'à la condition d'é-
clater bientôt. D'ailleurs, l'étreinte de fer im-
primée au pauvre bras de l'enfant se resserrait
toujours. Les gros doigts du marchand lui meur-
trissaient les chairs.

— Lâche-moi, dit-elle; tu me casses le
bras!

Et elle poussa un gémissement sourd et déchirant.

· Dans la nuit et le silence cette scène était effrayante!

— Parle! dit Delmase, parle, sinon je t'écrase
sous mes pieds.

Lily allait céder...

— Cesse de torturer cette enfant, ou je te tue!
dit tout à coup une voix qui sembla sortir de
terre.

— C'est lui! s'écria Lily, emportée par la joie;
c'est mon ange gardien! Je suis sauvée!

Delmase abandonna sans hésiter l'ombre pour
la proie.

— Rentre, dit-il vivement à Lily; ne parle pas
de tout cela, je te le défends. — Demain, si tu
n'as rien dit, je te pardonnerai.

Lily s'enfuit.

Delmase saisit son échelle et l'appuya contre
le mur.

— Parbleu! nous voilà seuls enfin! Je vais
voir si tu as des ailes, toi, dit-il avec une joie
féroce.

— En faisant souffrir cette innocente victime,

continua la voix, tu tortures mon cœur depuis quelques instants plus que je n'ai, par ma faute, torturé le tien depuis six ans.

— Es-tu donc aussi dans un arbre? dit Delmase avec aigreur.

— Lâche! En épousant Antonie, t'assurais-tu de son amour? lui donnais-tu le tien? Tu as mis toi-même la poudre sous ton édifice pour le faire sauter. Tu as conçu le crime que la nature a enfanté.

Delmase, arrivé sur le mur, tira son échelle et descendit de l'autre côté :

— Où es-tu? où es-tu? par le diable! s'écriait-il.

— Je suis dans ta conscience!

Et la voix allait s'éloignant.

— Dieu veut que l'homme pardonne. Il a seul le droit de punir, parce que, seul, il connaît les cœurs, distingue les coupables et peut mesurer l'étendue des crimes. Ne rejette pas sur l'innocent les fautes des autres. Tu aimes ta fille Camille; si tu veux son bonheur, ne sois pas un être malfaisant, car ton amour serait une malédiction qui empoisonnerait sa vie.

Et la voix s'évanouit.

Delmase était trop matérialiste pour croire aux choses surnaturelles. Il cherchait, il errait.

Il se promena longtemps encore après que la voix eut cessé de se faire entendre. En arrivant au bord de la rivière, il aperçut de l'autre côté une forme noire, qui disparut bientôt dans l'ombre.

— Sauvé à la nage! hurla-t-il.

Puis, rentrant chez lui, il demanda si la gouvernante était revenue.

— Monsieur, elle est maintenant auprès de mademoiselle, lui répondit un domestique.

— Sont-elles seules?

— Oui, monsieur.

— Quel air avait Sternina en rentrant?

— L'air bien triste.

Delmase passa dans son cabinet et écrivit à la jeune fille pour lui apprendre qu'il ne pouvait pas la garder chez lui, parce qu'il avait reçu de mauvais renseignements sur elle. Il joignit à ces mots une banknote, donna le billet au domestique, en lui ordonnant de le remettre le soir même à la gouvernante.

XIX

LE CONTRAT DE MARIAGE DES OISEAUX

Au moment où Sternina entra dans la chambre de mademoiselle Delmase, Antonie, qui, par sa clairvoyance maternelle, comprenait la situation, se retira doucement, jetant à l'institutrice son doux et caressant regard qui disait toujours : Aimez ce que j'aime.

— Vous voilà! s'écria Camille en soulevant sa
belle figure inondée de larmes. Vous l'avez vu!
Oh! venez! Il faut que je meure! je le vois. Ne me
dites rien; vous allez me déchirer le cœur. Si!
parlez vite... Qu'a-t-il dit? mais parlez donc!

Sternina rapporta la première partie de sa
conversation avec James, la ferme résolution
qu'il avait prise de ne jamais épouser mademoiselle Delmase.

Camille assise devant elle, les genoux près des
siens, les yeux dans ses yeux, l'écoutait sans
respirer.

— A quoi sert donc, s'écria-t-elle en se tor-
dant les bras, cette fortune qu'on dit si puissante?
Brisez ces glaces, déchirez ces dentelles. Je hais
ce luxe stupide, ces biens qui, jusqu'ici m'a-
vaient donné tout ce que je désirais, et qui, aujourd'hui, restent impuissants devant ma douleur. Moi qui aurais donné ma vie pour un
instant de sa tendresse, qui l'aurais suivi pieds
nus sur des cailloux jusqu'au bout du monde!...
Il ne m'aime pas.

— Hélas! non. Vous n'avez pas son âme, et,
ce qui est plus affreux encore, il vous considère
comme une tentation.

— Pourquoi donc?

— Il m'a dit : Je ne l'aime pas, mais elle me
trouble... son amour m'attire. Si je persistais, il
m'entraînerait dans le mal, et je me tuerais,
plutôt que de lui donner mon nom.

Les yeux de Camille brillèrent; son front devint

radieux. Tout son visage était éblouissant de
beauté. Elle s'élança vers Sternina, l'entoura
vivement de ses bras, et lui dit en la regardant
bien en face :

— Sur votre âme, cela est-il vrai?

— Oui!

La gouvernante allait continuer...

— Taisez-vous! dit mademoiselle Delmase,
j'en sais assez.

Elle posa la main sur son cœur et murmura :

— On n'éprouve pas deux fois dans la vie ce
que j'éprouve en ce moment!

Enfin elle se releva souriante.

— Sternina! fit-elle tendrement, vous vou-
driez bien savoir ce qui se passe en moi, n'est-ce
pas? Écoutez, ma chérie! ce que je vais vous
dire ce soir, je ne le dirai à personne autre que
vous ; car il est ordonné que nous penserons
comme il est écrit que nous devons penser : ce
qui nous force à mentir toute la vie. On a inventé une disposition d'esprit pour les jeunes
filles. On est convenu que ce seraient des poupées toutes pareilles. Aussi leur apprend-on une
même leçon à toutes, et l'on se persuade qu'une
fois imbues de ce catéchisme elles peuvent entrer dans le monde. Mais, avec vous qui venez
de m'apporter le bonheur, la vie, je veux être
franche. Tant que nous aurons des yeux pour
voir, un cœur pour sentir, nous aimerons avec
les yeux et le cœur, voyez-vous ; jamais avec l'esprit, l'âme, comme vous dites.

— Mais, répondit Sternina se rappelant les paroles de James, l'amour qui ne vient pas de l'esprit est un mauvais amour.

— C'est tout ce qu'il vous plaira. C'est la voix de la nature, la seule vraie. Qu'est-ce que le reste? Le résultat d'une éducation plus ou moins tourmentée. A force de rêver, il y a des gens qui s'imaginent que l'amour ne doit jamais descendre des nuages.

Je l'adore, ce James, avec toutes les charmantes folies dont son cerveau déborde! Cette idée fixe de s'offrir en holocauste pour régénérer la société ; ce désir de trouver pour compagne une espèce de prêtresse inspirée : tout cela est ravissant! Il n'y a que dans un cœur franc et naïf que peuvent se réfugier toutes ces aberrations... Et vous me répétez tout cela avec un sérieux... James m'aime comme je voulais qu'il m'aimât. Mais l'amour est fragile comme tout ce qui se produit de bon ici-bas. Il faut se hâter d'en jouir ; nous nous aimons, nous serons heureux.

— Mais il ne reviendra plus. Il l'a juré! Il ne vous reverra jamais !

— Mais moi, je le reverrai. Ah! vous avez peur, monsieur! Il faut que je sache jusqu'où va votre courage.

Une vive rougeur colora le visage de la gouvernante. Ses yeux se baissèrent; elle se sentit froid au cœur.

— Mademoiselle, dit-elle, vous ne ferez pas cela, quand je devrais vous en empêcher.

— Comment ?

— Il faut une raison plus mûre que la mienne pour vous éclairer ; j'avertirai votre père.

— Je ne le veux pas.

— Je le ferai pourtant.

— Tenez ! je suis une ingrate ! j'allais me fâcher contre vous. Pardon, mignonne, ce que vous dites là est tout simple ! Vous ne pouvez être une autre que vous-même ; ne vous inquiétez pas. Je vous jure sur la tête de James de dire moi-même à mon père ce que je compte faire. Êtes-vous contente, grondeuse ?

— Je suis tranquille !

— D'ailleurs, si mon père ne veut pas, il faudra bien que je me tue ; mais ce sera lui qui causera ma mort, et non James.

— Que voulez-vous donc faire ? Je ne comprends pas.

— Ce n'est pas nécessaire. Tenez, vous êtes gentille !... Vous me faites l'effet d'une femme en imitation. Vous parlez comme une petite fille qui répète ce qu'on lui a enseigné. Vous ne connaissez rien de la vie, car vous êtes trop jeune ; rien des passions, puisque vous n'aimez pas. D'ailleurs, il y a des personnes froides qui n'aiment jamais que leurs parents ou leurs enfants ; vous êtes peut-être de celles-là. Vous laisserez prendre votre cœur, mais vous ne sauriez pas vous emparer d'un cœur qui vous résisterait.

— Je ne le voudrais pas ; il me semble

que ce n'est pas le rôle de la femme. Il y a dans notre nature une sorte de faiblesse qui me paraît un des plus grands éléments de notre bonheur.

— Moi, je pense autrement. J'ai vu vivre les autres, ce que vous n'avez pas vu dans le cercle étroit où s'est passée votre enfance. De plus le feu de l'amour m'a animée! Je suis une femme. Ne songeons qu'à lui; et que tout ce que je possède de volonté, de désir, tende à l'attirer à moi, ce maître, ce dieu de mon cœur. On ne croit pas à la finesse d'une jeune fille de dix-sept ans; lui, qui ne connaît pas les femmes, ne se méfiera pas de moi.

J'espère encore!

En passant dans l'escalier pour rentrer chez elle, la gouvernante rencontra le domestique de Delmase. Celui-ci s'acquitta de la commission que lui avait donnée le marchand.

La jeune fille reçut son congé comme un bienfait du ciel. Quitter cette maison, où elle n'avait encore trouvé qu'orages et souffrances, c'était une joie! Elle ne prit point garde à la brusquerie avec laquelle on la prévenait, crut son renvoi motivé par son insuccès près de Trimmin, et caressa la pensée de s'en aller.

En revenant dans sa chambre, elle vit Lily éveillée, à genoux dans son berceau.

— Sternina, dit-elle, je t'ai attendue en priant le bon Dieu; je ne peux pas dormir, j'ai peur...

— De quoi donc? dit la gouvernante en s'approchant.

L'enfant lui jeta les bras autour du cou et lui répondit en l'embrassant et en pleurant :

— Je ne sais pas!

Cette même réponse suivit toutes les questions de Sternina.

Quand la jeune fille vit le petit bras que les doigts du marchand avaient meurtri, elle voulut savoir d'où provenaient ces marques; mais Lily fut muette. En retrouvant son élève, la jeune institutrice fut émue. Tout ce qu'elle avait appris dans la famille Delmase, elle l'oublierait en un seul jour ; mais cette ange qui lui inspirait une vive tendresse, elle ne saurait l'oublier. Elle couvrit l'enfant de baisers, de ces baisers qu'une mère n'osait lui donner et lui envoyait en pensée.

XX

DU SANG!

A quatre heures du matin, au moment où le soleil encore incertain blanchit l'horizon, madame Delmase crut entendre un frôlement dans l'escalier ; elle prêta l'oreille, mais tout était calme.

Une voix secrète lui criait sans cesse : Prends garde, écoute, veille.

Il lui sembla de nouveau qu'un bruit de pas effleurait son oreille.

— On marche près de ma chambre ! se dit-elle. Je ne me trompe pas.

Antonie bondit alors, sauta en bas de son lit, alluma sa bougie et ouvrit sa porte.

Effrayée de ce qui se présentait alors à ses yeux, elle se rejeta en arrière, en étouffant un cri dans sa poitrine.

Un fantôme blanc, une lumière à la main, les yeux hagards, les cheveux flottants, se dressa devant elle et la regarda fixement. Madame Delmase passa la main sur ses yeux pour chasser cette vision ; mais l'image était immobile et la regardait toujours avec un air égaré.

Antonie s'avança.

Le spectre avait les mains teintes d'un sang humide et frais.

— Personne ! dit-il ; j'ai cherché partout, personne ! Pas plus de traces de l'assassin que de la victime ; rien que du sang... Le fantôme s'affaissa sur le carré.

Antonie avait reconnu la voix de Sternina.

Sans plus interroger une fille qui perdait l'usage de ses sens, elle franchit les marches de l'escalier et entra dans la chambre des enfants.

Le berceau de Lily était vide, trempé de sang.
La pauvre mère y plongea ses mains et ne retrouva plus rien de ce qu'elle avait tant aimé.

Elle redescendit alors, saisit la gouvernante
dans ses bras, la porta dans sa chambre et lui
dit d'une voix déchirante :

— Parlez! parlez! Qu'avez-vous vu?

Antonie ne cherchait pas à deviner quel était
l'auteur du crime; car elle le connaissait bien.

La gouvernante rouvrit les yeux.

— Qu'avez-vous vu? dites, dites vite! répéta
madame Delmase en la secouant avec force. Que
savez-vous?

Sternina rapporta toute la vérité, sans songer
qu'il n'était guère prudent de parler devant cette
mère désespérée.

— Ce que je sais? Rien! Je n'ai rien entendu,
dit-elle. Oppressée de rêves affreux, je me suis
levée, j'ai regardé, j'ai vu du sang! J'ai remué
le lit, j'ai appelé l'enfant, je l'ai cherchée jusque
dans la cave. Rien! rien!

— Oh! c'est inutile de chercher. L'assassin a
pris ses précautions, murmura Antonie en s'ar-
rachant les cheveux. C'était ainsi qu'elle devait
mourir. Dieu seul pardonne!

Elle joignit les mains machinalement, s'agenouilla et resta comme frappée de la foudre.

Sternina était à moitié folle.

Elle reprit d'une voix éteinte :

— Hier soir, Lily avait peur. Elle me supplia.
de la prendre avec moi dans mon lit. Je ne

voulus point; cela ne se devait pas. Elle se mit
à pleurer. Je vais quitter la maison et il m'était
bien pénible de lui faire du chagrin, moi, qui
ne dois plus la revoir. Elle me dit :

— Je te prie comme si tu étais la Sainte-
Vierge ; si tu ne veux pas me prendre dans ton
lit, il me semble que je vais mourir.

Elle avait bien raison !

Fanny se réveilla, et, comme tous les soirs,
recommença ses supplications. Elle voulait toujours coucher dans le joli berceau de Lily.
J'étais si triste que je ne pus voir pleurer ces
deux enfants.

Antonie sortit de sa stupeur et leva les yeux
sur la gouvernante, qui continua d'une voix
morne :

— J'ai cédé.

— Laquelle est donc morte? demanda madame Delmase en s'élançant vers elle.

— Fanny! Lily dort dans mon lit.

Antonie saisit Sternina dans ses bras.

— Ma fille! tu me l'as sauvée, toi! Oh! sois
bénie mille fois. Je savais bien que c'était Dieu
qui t'envoyait.

La pauvre femme embrassait la gouvernante
en pleurant.

— Attends-moi, lui dit-elle.

Et, prenant la lumière, elle sortit.

Sternina ne faisait pas plus attention à cela
qu'elle n'avait pris garde à la douleur dont cette
mère avait été frappée. Une seule pensée la do-

minait : la mort qu'elle venait de voir si près
d'elle, ce sang! une victime immolée sans qu'on
entendît un souffle !

Madame Delmase avait recouvré toute sa présence d'esprit. Personne n'est indifférent au
malheur d'autrui comme une mère dont l'enfant
est en danger. Elle rentra tenant Lily pressée
contre son sein et dans sa main portant les vêtements de l'enfant qu'on venait d'assassiner et
ceux de Sternina.

Elle mit sa fille sur le lit.

— Mon amour, ne fais pas de bruit, murmura-
t-elle.

Lily dormait à moitié et referma les yeux.

— Revenez à vous, dit Antonie à la gouvernante. Il le faut. Nous n'avons pas une minute à
perdre, si nous ne voulons pas que deux crimes
soient commis.

Sternina lui prêta toute son attention.

— On a tué l'enfant sans lumière. Fanny était
dans le berceau de Lily : c'était donc Lily qu'on
voulait tuer !

— C'est vrai! s'écria Sternina terrifiée.

— Vous l'avez sauvée!... Mais, qu'on le sache,
on tentera de nouveaux efforts. La main qui a
frappé peut frapper encore, tout à l'heure, maintenant peut-être!... Il faut arracher ma fille à la
mort et vous seule le pouvez.

— Que faut-il faire? répondit Sternina avec
élan.

— D'abord, lavez-vous les mains, puis habil-
lez-vous au plus vite.

La gouvernante obéit.

Antonie continuait à parler, et en même temps
elle écrivait quelques mots sur un papier qu'elle
mit dans une enveloppe.

— Ne faites point de bruit ou nous sommes
perdues, disait-elle. Ne cherchez pas à comprendre, vous détruiriez tout l'effet de votre dévouement, et vous ne feriez que nuire à vous-
même. Il faut fermer les yeux et marcher.
Accomplissez les desseins de la Providence.
En ce moment, vous êtes pour ma fille et
pour moi l'espoir. Je ne puis vous en dire
davantage.

La gouvernante, voyant cette femme trouver une précision, une force de volonté, une
présence d'esprit incompréhensibles dans un
pareil moment, ne douta pas de tout ce qu'elle
entendait.

— Parlez, madame, dit-elle, je suis à vous.

Pendant que Sternina s'habilla, Antonie couvrit sa fille avec les vêtements de Fanny.

— Prenez le billet que je viens d'écrire, dit-
elle; gardez-vous bien d'en lire l'adresse. Vous
allez partir par le train de quatre heures.
Vous arriverez juste au moment du départ.
Surtout qu'on ne reconnaisse pas ma fille : je
vais lui mettre un voile épais et vous en donner
un pour vous-même. Je veux qu'on croie que
Lily est morte. Il ne reste donc que Fanny. De

crainte d'un nouveau malheur, je la renvoie chez
sa mère, à Londres, Goodge street. Comprenez-
vous?

— Oui!

— Pour tout le monde vous aurez perdu l'enfant en route; sa mère ne doit jamais la revoir.

— Je comprends. Achevez.

— Maintenant, voici ce qu'il faut faire en réalité : mettre ma fille dans des mains sûres. Personne de ceux qui l'ont connue ne la reverra;
car personne ne doit savoir que c'est Lily qui est
vivante. Écoutez-moi donc bien : Dès que vous
serez à Londres, jetez-vous dans une voiture en
disant au cocher : « *London Bridge, quick* [1], »
et montrez-lui une livre sterling. Il vous des-
cendra au pont de Londres; là, il y a toujours
des voyageurs qui arrivent de toutes parts; vous
vous mêlerez à eux. Lorsque le cocher vous aura
perdue de vue, vous donnerez cette lettre à un
commissionnaire, qui la portera sur-le-champ en
voyant la suscription. Alors vous prendrez une
nouvelle voiture pour vous faire conduire dans
un quartier tout à fait éloigné : à Saint-John's
Wood, par exemple. Il s'agit de faire perdre vos
traces.

—Oui, oui, je saisis votre pensée. Je prendrai
cette voiture, j'en descendrai à Saint-John's
Wood, puis je reprendrai encore une autre voiture, et je recommencerai ainsi pendant tout le

---

[1] Au pont de Londres, vite.

temps qu'il faudra pour rendre toute découverte impossible.

— C'est cela. La personne à qui j'adresse ma lettre la recevra avant six heures. Trouvez-vous, à neuf heures du matin, Bedford square. Appuyez-vous sur la grille du jardin en tenant Lily par la main.

— Après?

— Quelqu'un attirera Lily et vous lui lâcherez la main.

— Mais...

— Ne craignez rien. Ne cherchez pas à voir la personne qui viendra, ne la regardez point, et songez que Dieu n'oublie pas le bien qu'on fait à la plus petite de ses créatures.

— Ensuite?

— Ensuite? dit Antonie.

Elle regarda Sternina sans parler.

— C'est tout!

La gouvernante prit dans ses bras l'enfant qui, brisée par les émotions de la veille, se laissa faire.

Des voiles épais cachaient ces deux figures si pures.

Antonie glissa une bourse dans la poche de Sternina, en disant :

— Il vous faut de l'argent : je vous donne à peu près ce qui vous est nécessaire.

C'était vrai. Madame Delmase tira une petite bague d'un coffret et la passa au doigt de la jeune fille.

— Qu'est-ce que cela? dit celle-ci.

— Une alliance ! Tant que vous le pourrez, gardez-la au doigt. S'il vous arrive de courir quelque danger, cachez ce bijou, qui doit vous être aussi précieux que votre honneur.

— Que veut dire ceci? Qu'y a-t-il donc dans cette bague?

— Votre bonheur.

— Il n'est pas question de cela. Comptez sur moi, dit la jeune fille en allongeant sa main sur la Bible qu'Antonie avait toujours près de son lit.

Tant de générosité toucha madame Delmase, et son amour maternel, quelque entier et quelque absolu qu'il fût, ne put l'empêcher de faire son devoir de chrétienne.

— Arrêtez, mon enfant, lui dit-elle, je dois vous avertir que vous risquez votre vie.

— Ma vie a été sauvée par la volonté de Dieu; je la dois à sa bonté et au courage d'un homme. Le jour où il plaira à Dieu de me la reprendre en faveur de quelqu'un, je ne ferai que m'acquitter d'une dette.

En disant ces derniers mots, Sternina partit. Antonie, marchant sur la pointe du pied, lui ouvrit toutes les portes et revint s'enfermer dans sa chambre.

XXI

A VOUS MA VIE

Le temps était nébuleux. La gouvernante courut pour s'éloigner au plus vite de cette effrayante maison. Elle n'avait pas voulu faire marcher l'enfant et l'avait tenue dans ses bras. C'était un fardeau pesant pour une fille mignonne et affaiblie par de fortes émotions. Elle arriva brisée.

Le train partait; elle se précipita dans un wagon de seconde classe, pour ne pas attirer l'attention.

Après avoir suivi fidèlement toutes les instructions d'Antonie, la pauvre gouvernante, tourmentée par les questions de Lily, exténuée de fatigue, inquiète, palpitante, arriva enfin au coin d'Oxford street, en vue de Bedford square. Un frisson parcourut tous ses membres. Ce qu'elle faisait était grave. Elle le comprenait et croyait ne pouvoir se résoudre à lâcher la main de l'enfant. Pourtant elle s'avança

vers la grille, et n'hésita plus, quand Lily s'é-
cria :

— Voici mon ange gardien !

Sternina interdite regardait à travers la
brume le haut des arbres du square.

Un souffle passa près de son oreille et lui
apporta ces mots, comme un murmure intelli-
gible pour elle seulement : « A vous ma vie! » —

La jeune fille surprise par cette circonstance
fortuite oublia les recommandations d'Antonie
et tourna la tête.

Elle ne vit personne.

Les omnibus, les cabs se croisaient avec la
plus grande célérité. Un petit coupé attelé de
deux chevaux et conduit par un cocher sans
livrée fuyait comme le vent et paraissait lancé
depuis longtemps dans sa course.

Sternina regarda toutes ces maisons sombres
et tristes, sortant d'une boue noire et s'élevant
dans un air épais. Elle se crut le jouet d'un
songe affreux. Depuis quelques heures tant
d'impressions s'étaient accumulées dans son
esprit ! La pensée d'obéir à cette mère éplorée
et de sauver des mains meurtrières une victime
innocente, lui avait donné la fièvre. Sa tâche
était remplie. A son agitation succédait le
calme. Elle sentit alors toutes ses douleurs.
Après lui avoir fourni le courage nécessaire pour
obéir à sa volonté, ses forces l'abandonnaient.
Sa poitrine s'oppressa ; elle fit quelques pas,

mais ce fut un dernier effort ; elle perdit connaissance et tomba près de la grille.

Un brouillard rouge survint.

Les piétons suivaient les maisons et ne passaient pas près du jardin. Sternina resta longtemps là. Enfin un prêtre passa près d'elle.

Il appela, et, aidé d'un ouvrier, porta la
gouvernante dans l'église de Sutton street, où
il lui donna les premiers secours. Puis il pensa
qu'il fallait la mettre dans un hôpital. Cette
idée lui fit peine. Sans songer aux conséquences
que son action pouvait avoir, il fit transporter
la malade dans un couvent et la confia aux soins
des religieuses.

XXII

LES DEUX LÉON

Étienne s'était demandé plusieurs fois si son
courage serait proportionné à sa situation, et
s'il oserait se présenter devant le capitaine.

L'air du matin avait rasséréné ses esprits. —
Il arriva jusqu'à la porte de son maître. — Là,
il se sentit ému, comme il ne l'avait jamais été.
— La crainte d'être renvoyé n'était rien pour

lui ; mais la honte de se présenter, couvert de mensonges, que le succès n'avait pas lavés, voilà ce qui l'effrayait.

Il aurait pu s'éloigner pour toujours, mais il ne le voulait pas : en agissant ainsi, il aurait excité le mépris de son maître. Étienne se croyait dans le moment le plus grave de son existence. Tombé des hauteurs prodigieuses où l'avait élevé son amour-propre satisfait, il prenait une leçon sur le cœur humain.

— Ah ! Delmase est un gueux ! et moi je suis un imbécile ! soupira-t-il, en se décidant à frapper à la porte du capitaine.

— C'est vous ! s'écria en anglais la cuisinière. Vous faites bien d'arriver : monsieur vous a appelé. Il vient de recevoir une lettre, et il vous demande.

Étienne comprenait déjà quelques mots d'anglais, et comme, depuis le commencement de l'affaire Delmase, il craignait l'arrivée d'un message de Charlet, il saisit le mot *letter*.

— Lettre ?

— *Yes, a letter.*

— De Rotterdam ?

— *Yes, from Rotterdam.*

James sonna. Étienne voulut rétrograder ; mais la servante, qui avait refermé la porte, se trouvait derrière lui, et l'en empêchait. Plus mort que vif, il saisit la rampe et s'y appuya ; les jambes lui faisaient défaut.

La servante passa devant pour aller prévenir
son maître.

— Monsieur, lui dit-elle, Étienne est là. Il
est fatigué ou malade, car il ne peut marcher.

Le capitaine, en grand uniforme, se disposait
à sortir. Il allait à la cour où il y avait une
cérémonie.

Il descendit, sa lettre à la main, et trouva
Étienne qui, complétement découragé, s'était
assis sur une marche de l'escalier.

— Que fais-tu donc là? lui dit le jeune
homme.

— Monsieur, je suis assis.

— Je le vois bien! Où as-tu passé la nuit?

— Où? monsieur! Dans l'endroit où le désespoir peut conduire un malheureux qui n'a plus
qu'à mourir!

— Où donc?

— Au cabaret... Ah! monsieur, vous avez
reçu une lettre de votre cousin, n'est-ce pas?

— Oui.

Étienne se laissa glisser sur ses genoux et
joignit les mains :

— Faites de moi tout ce que vous voudrez, je
me livre à votre colère !

L'air dramatique et pénétré du domestique
avait changé en envie de rire l'irritation de
James.

— Il me reste quelques minutes, dit-il en
entrant dans sa bibliothèque, qui se trouvait
au rez-de-chaussée. Viens t'expliquer.

Étienne ne bougeait pas.

— Je suis un monstre, un homme dangereux, disait-il, un serpent, que vous devriez rouer de coups avec le plat de votre sabre.

— Allons! viens donc! reprit le capitaine en riant. Comment se fait-il que Charlet m'écrive qu'il s'étonne de mon silence?

Et, lisant un passage de la lettre, il continua :

— « Je suis encore dans la même situation ; je m'ennuie toujours à Rotterdam. Ne reverrai-je jamais ma belle Angleterre, dont je suis éloigné depuis trois ans? »

— La lettre est d'avant-hier.

Le domestique regardait James d'un air piteux.

— Eh bien?

— Monsieur, cela ne m'étonne pas ; votre cousin est toujours à Rotterdam, c'est vrai, mais je vous assure que je n'ai pas cessé de lui vouloir du bien. Celui qui est venu ici et qui est parti pour l'Amérique, c'est un autre Charlet que Léon Dalèze, le peintre, M. Delmase et moi, avons inventé, et contre lequel vous auriez tort d'être irrité.

— Qu'est-ce que tout cela?

— Une intrigue diabolique que j'ai machinée.

— Toi? C'est impossible!

Étienne avoua tout.

— Monsieur, dit-il en terminant, je ne suis

revenu que pour vous confesser la vérité. Maintenant, ma conscience est soulagée ; je pars.

— Tu n'es plus de notre société. Tu t'es grisé, certainement !

— Monsieur, je suis prêt à boire toute l'eau de la Tamise pour effacer ma faute.

— Va ranger ma chambre !

— Vous me gardez ! Oh ! monsieur, oh ! répondit Étienne en posant ses deux mains sur sa poitrine... Oui ! je vais ranger votre chambre.

Ce furent les seules paroles qu'il put trouver pour exprimer sa pensée.

— Un mot encore ! Qu'est-ce que ce peintre dont tu viens de parler ?

— J'ai parlé d'un peintre ?

— Sans doute !

— Moi ?

— Oui, toi !

— Il ne manquait plus que cela ! Me voilà joli !

— Encore du mystère ? Allons, parle !

— Impossible !

— Je l'exige !

— Ma foi, tant pis !

Le domestique raconta tout ce que Dalèze lui avait confié.

James, suspendu à ses lèvres, l'écoutait et ne respirait pas.

— Et voilà un mois que tu sais cela, toi ! dit-il d'une voix profonde, lorsque Étienne se tut ; un grand mois, et tu n'as rien dit ?

— Puisqu'il veut vous être utile tout d'abord.

— Un homme qui m'aime vraiment et croit qu'il lui reste quelque chose à faire pour s'emparer de mon amitié !... Son nom ? son adresse ? Allons ! vite ! vite ! vite !

Et James, saisissant une plume, se mit à écrire avec rapidité. Le domestique le regardait et ne comprenait pas.

— Tiens ! lui dit Trimmin, porte cette lettre à la poste ; cours ! Tu viens de me rendre le plus grand service qu'un homme puisse rendre à un autre homme ; tu m'as dit : « Quelqu'un vous aime ! » A moi ! qui étais seul au monde !

— Ah ! pour cela, oui, il vous aime ! et il n'aime que vous, encore ! Si j'avais su que cela vous ferait tant de plaisir, je vous l'aurais bien dit plus tôt. Mais, moi, je vous croyais si froid ! Au premier mot d'amitié, voilà que vous partez comme une fusée ! C'est vrai que j'ai eu la langue trop longue ! Après tout, M. Léon n'en sera peut-être pas fâché.

— Ah ! je t'en réponds !

XXIII

UNE FILLE PEUT-ELLE SE PASSER DE MÈRE

Rien ne saurait donner une idée de ce qu'un esprit féminin, quelque jeune, quelque innocent qu'il soit, possède de ressources, quand il s'agit de plaire. Ces petits êtres installés devant leur miroir avec toute la préméditation, toute la perfidie imaginables, sont des merveilles de rouerie.

Balzac a parlé des *mouches!* Il a expliqué ce qu'était une mouche sur une toilette : une rose posée par hasard, un ruban noué ou dénoué d'une certaine façon, que sais-je, enfin? un rien visible, irrésistible.

C'est avec ce rien que s'habille une femme, quand elle veut plaire. — Lorsqu'elle se décide à quitter sa glace, elle oublie ces soins infinis. Interrogez-la, elle ne sait pas quelle robe elle porte. Elle s'est habillée à la hâte et ignore même si ses cheveux sont en ordre.

Il n'était guère que six heures du matin. — Tout semblait calme encore dans la maison Delmase, lorsque Camille ouvrit les yeux. —

Elle s'était endormie avec la douce pensée de son amour et n'avait rien entendu de ce qui s'était passé.

La conversation qu'elle avait eue la veille avec sa gouvernante changeait toute la face des choses, et colorait son présent des teintes les plus riantes.

Elle se leva, et, après avoir cherché tout ce qui pouvait contribuer à la rendre adorable, commença seule sa toilette.

Rien ne pouvait, avant huit heures, faire connaître l'accident.

Chaque jour, les petites filles s'habillaient sous les yeux de Sternina, puis elles descendaient déjeuner.

Delmase ne paraissait pas à ce déjeuner; après avoir pris son café dans sa chambre, il partait par le premier train. En sortant, il entendit marcher légèrement derrière lui.

— Papa! papa ! lui dit-on.

Il crut reconnaître la voix de Lily, et il se retourna effrayé.

C'était Camille, enveloppée d'un long burnous gris. Elle relevait sa robe avec précaution, pour ne pas la mouiller dans la rosée du matin. On ne voyait que sa jambe rondelette ; son pied était si petit, qu'il faisait à peine crier le sable. Elle passa sa main sur le bras de son père.

— Je t'ai fait peur? dit-elle.

— Non; mais je ne t'attendais pas. Tu m'as surpris. Où vas-tu donc, si matin?

— A Londres ; je te raconterai cela dans ton bureau quand nous serons bien seuls, car je ne veux pas avoir un secret pour toi, qui ne me grondes jamais.

Camille avait retrouvé cette gaieté et ce sourire qui réjouissaient Delmase. Lui ne parut pas remarquer ce changement ; elle fut frappée de cette inadvertance.

— Papa, dit-elle en s'arrêtant sur le chemin, regarde-moi.

Delmase continuait de marcher ; il feignait d'être absorbé par d'autres pensées et de ne pas entendre.

— Mais regarde-moi donc, répéta Camille en se plaçant devant lui. Vois comme ta fille est heureuse ! Tu sauras pourquoi tout à l'heure.

Delmase leva les yeux.

— Ah ! qu'as-tu donc ? s'écria-t-elle en reculant, qu'as-tu donc ?

Delmase, épouvanté, passa vivement ses mains sur son visage. Camille le regardait sans parler, mais avec une sorte de stupeur.

— Que veux-tu dire ? Explique-toi ! demanda le marchand. Suis-je rouge ?

— Non.

— Pâle ?

— Non.

— Qu'ai-je donc de si extraordinaire ?

— Je ne sais pas, murmura mademoiselle Delmase, comme s'interrogeant elle-même.

11

— Mais quel effet t'ai-je donc fait?

Ils restaient tous deux immobiles sur la route.

— Tes yeux, dit Camille en regardant toujours son père, tes yeux...

— Qu'ont-ils donc, mes yeux? Parle!

— Quelque chose d'étrange. Ils m'ont fait peur.

— Peur! mon enfant! ma vie! exclama Delmase en replaçant sur son bras la main de sa fille.

Celle-ci eut un mouvement de répulsion involontaire et retira sa main.

— Tu as froid, dit-elle.

— Mais non! reprit son père qui, au contraire, était brûlant; c'est toi qui as froid.

— Oui! Un frisson court sur tout mon corps. Ce que j'éprouve est inconcevable. Jamais, jusqu'à ce jour, pareille impression ne m'avait atteinte.

Delmase, si sceptique, si inaccessible aux autres, si parfaitement égoïste, était frappé au cœur. — Camille remarquait un changement chez lui. — Miracle effrayant! — Toutes les fibres de son individu vibrèrent. — Le besoin qu'il avait de l'estime de sa fille, et l'instinct de sa propre conservation agirent brusquement sur lui, et il changea de ton. Relevant sa tête affaissée sur sa poitrine :

— Je suis occupé d'une grosse affaire, dit-il, J'ai beaucoup veillé. Excusez-moi, mademoiselle, de ne pas avoir été immédiatement tout à vous.

— Mais d'où vient donc cette impression?
continua Camille, en se parlant à elle-même.

— Si mes yeux sont rouges, c'est que j'ai été
hier chagriné par ta douleur.

— Tu as peut-être raison. Puis mon trouble
est sans doute causé par la crainte que j'ai. Si
tu allais m'empêcher d'être heureuse? Je ne le
crois pas; tu m'aimes tant!

— Mon ange ne sais-tu pas que ma seule joie
dans ce monde, c'est toi. Si jamais quelqu'un
te fait de la peine ce ne sera pas ton père. T'en
a-t-il fait déjà?

— Non.

— Pourquoi me prêter des pensées cruelles,
à moi qui ai tant souffert depuis que j'ai vu tes
larmes?

— Mais si j'avais une mauvaise manière d'être
heureuse?

— Pourvu que tu le sois à ton idée, c'est tout.
Qui, mieux que nous-mêmes, juge de ce qui
nous est nécessaire?

— Personne!

Camille fit une petite moue et continua à voix
basse :

— Si tu savais comme je suis vilaine!... Je
suis bien peu sage, va...

— M'aimes-tu? demanda Delmase.

— Oh, oui! la preuve, c'est que je t'ouvrirai
mon cœur.

— Tous tes désirs me sont sacrés; souviens-toi
de cela!

— Que tu es gentil! Tu sais bien m'aimer, toi!

— Sans ce bonheur qui m'est venu, sans ton amour, qui ne me refusera pas d'en profiter, — je le jure, — sans cela, je serais morte. C'est donc la vie que tu me donnes.

— Je ne te comprends pas.

— Tout à l'heure tu sauras tout.

Delmase était interdit.

Impuissant à donner le bonheur à son enfant qu'il aimait, il avait, pour rétablir à moitié l'équilibre, détruit la joie de ceux qu'il haïssait. En écoutant Camille, en entendant ce babil joyeux comme un chant d'oiseau au lever du soleil, il se demandait s'il ne s'était pas trop hâté. Elle espérait encore. Avait-il lui-même brisé l'avenir de son enfant? Il était au supplice. Mille idées se pressaient dans sa tête.

La jeune fille ne pouvait trouver son père mieux disposé pour elle. Il venait, par un crime, de rompre avec le reste du genre humain. Un seul bien lui restait; son enfant! N'était-il pas trop coupable lui-même pour être sévère? D'ailleurs, il se trouvait dans un de ces moments de surexcitation où le bien et le mal ne représentent plus guère que des mots.

— Si tu devais me reprocher ton malheur, je ne m'en consolerais jamais, dit-il aussitôt que la porte du bureau se fut fermée sur lui et sur sa fille.

—Je puis donc tout avouer?... C'est drôle! je n'ose pas.

— Allons! puisqu'on t'accorde d'avance tout sans restriction, ne crains rien; parle!

Elle prit alors la parole et dit ce qui suit sans s'arrêter, — elle n'aurait pas eu le courage d'aborder deux fois ce sujet.

— Eh bien ! James m'aime assez pour que je ne meure pas de chagrin. Mais, vois-tu, c'est un de ces fous qui rêvent des femmes impossibles, les cherchent toujours et ne les trouvent jamais. Ils passent leur vie à être malheureux, parce que rien de ce qu'ils voient ne s'approche de leur idéal. Mais il s'est aperçu que je suis jolie... il sait que je l'adore. Il se sent attiré, entraîné par mon amour. Et comme il ne me trouve pas assez parfaite pour être sa femme, il craint de succomber ; il s'éloigne parce qu'il a peur de moi. C'est pour cela qu'il ne veut plus me voir et qu'il nous fuit.

Camille avait la tête baissée. Son front était moite. Elle ne pouvait se décider à continuer.

— Eh bien? demanda Delmase avec avidité.

— Il a dit, reprit-elle enfin timidement : Cette jeune fille pourrait me perdre... en se perdant elle-même, et...

— Et?

— Et... je me brûlerais la cervelle plutôt que de lui donner mon nom.

— Camille! Camille! dit d'une voix étranglée le marchand, qui craignait de comprendre.

— Est-ce que tu crois qu'il se brûlerait la cervelle plutôt que de m'épouser? demanda Camille avec une feinte ingénuité. Moi, je crois... qu'il m'épouserait.

Delmase fit un bond de lion blessé.

— Infamie! dit-il. Tu crois donc bien à l'honneur des hommes, toi?

— Au sien, oui!

— Oh! mon enfant, que m'as-tu dit? Moi, qui briserais dans mes mains celui qui se permettrait de te regarder d'un œil impur!... Mais qu'est-ce que tu me dis donc là? Tu es folle! Toi, ce que la terre possède de meilleur et de plus saint! Ma pureté, ma conscience! Si tu as cru que je risquerais tout cela, ma part de bonheur, pour ton caprice, tu t'es trompée! Jamais!

— Vaut-il mieux mourir?

— Peut-être!

— Soit! je mourrai!

Et elle tira de sa poche un petit poignard. La vue de cet acier brillant fit tressaillir Delmase.

— Tue-moi! tue-moi tout de suite!

Ces mots foudroyèrent le marchand.

— Tu dois dire la vérité, reprit-elle; tu dois avoir raison. Si tu crois qu'il soit mieux de mourir, eh bien! il faut que tu aies le courage de me tuer, car je ne puis pas vivre sans James.

— Tuer! tuer! s'écria Delmase avec horreur.

— Sans doute! J'ai bien le courage de mourir, moi! Mais je n'ai de courage que pour cela.

Je ne veux pas te tromper, je ne suis plus maîtresse de moi. Tout ce que je puis faire, c'est de te
donner droit sur ma vie, avant que j'aie franchi
cette porte. Après, il serait trop tard.

— Ah! la malédiction du ciel est tombée sur
moi! Mon cœur avait été blessé, c'était à toi
qu'il appartenait de le déchirer!

— Sternina a voulu que je te disse tout. D'ailleurs, avec toi je ne puis mentir.

— Sternina!!!

— Hâtons-nous, dit Camille.

Et elle mit de force le poignard dans les mains
de son père. — Celui-ci saisit l'arme avec fureur,
et la lança contre un meuble dans lequel elle
alla s'enfoncer. Il se leva haletant. Ses jambes
tremblaient. Il s'accrocha des deux mains au
fauteuil qui se trouvait derrière lui.

— Pourquoi hésiter? s'écria Camille. — Tu
m'as donné la vie, tu me la redemandes, je te la
rends, c'est tout simple. N'as-tu pas la force
d'exécuter tes volontés? — Prends garde! Si tu
me laisses vivre, je vais douter de tes paroles,
et me dire : A quoi bon faire un drame de mon
histoire? Ne vaut-il pas mieux sacrifier sa vertu
à son bonheur que son bonheur à sa vertu?
Sont-elles vertueuses, d'ailleurs, ces jeunes filles
qui se laissent pousser avec horreur dans les bras
de maris quelles haïssent, et à qui elles donnent
cette pureté que tu chéris en moi. — Voilà le
véritable anathème, le mensonge, le blasphème,
l'infamie!

— Mais comment donc as-tu appris tout cela ?

— En ouvrant les yeux et les oreilles. Ce n'est pas dificile, va! Je ne pouvais demander à ma mère les secrets de la vie; tu m'empêches toujours de lui parler. Oh! je ne t'en veux pas! Cette jalousie me prouve ton amitié. Être aimée, bien ou mal, c'est ce qu'il me faut. J'ai soif d'amour!

— Va-t'en!

— Est-ce que vous ne me reverrez plus?

— C'est affreux! Je ne veux pas te chasser; je ne peux pas te tuer.

— Que je t'aime!

Le père s'affaissa sur lui-même, et mumura d'une voix inintelligible :

— Si c'est Dieu qui commence à me punir, il entend la vengeance encore mieux que moi!

Camille allait sortir, mais d'abord elle arracha son poignard du meuble où il était resté.

Delmase se précipita sur elle; mais l'arme était déjà caché dans son corsage.

— Et si lui ne voulait pas! dit-elle, en s'enfuyant.

— C'est vrai! Il est honnête, ce fou. C'est un espoir!

XXIV

ON TROUVE SOUVENT LE CHAGRIN QUAND ON
POURSUIT LE BONHEUR DE TROP PRÈS

Camille cachée, voilée, arrivait près de la maison du capitaine. Il y avait tant de naïveté dans son inconscience que la démarche qu'elle faisait lui semblait toute naturelle et toute simple.

Il ne faut pas me laisser sermonner par lui, pensait-elle. S'il devient grave, tout est perdu. Il me reconduira chez moi en me grondant, comme si j'étais une petite fille de dix ans. Je rirai toujours et je ne lui permettrai pas de parler ; c'est ce qu'il y a de mieux à faire.

Les personnes qui connaissent les usages anglais ne seront pas étonnées de voir mademoiselle Delmase circuler ainsi seule dans Londres.

En arrivant, elle frappa plusieurs petits coups réitérés, marque de bonne éducation.

Dès que la porte s'ouvrit, Camille leva son voile, et demanda sir James.

Depuis qu'Étienne était au service de Trimmin, jamais une jeune dame ne s'était présentée chez son maître.

— Madame, dit-il, je suis bien fâché, je vous
assure, de ne pas parler anglais ; je vous dirais que
monsieur est sorti pour son service et qu'il ren-
trera bientôt certainement, je vous prierais très-
poliment d'attendre dans sa bibliothèque ; mais,
malheureusement, je ne sais que le français, et
ie suis excessivement peiné de ne pouvoir vous
être utile.

Camille allait répondre, lorsqu'elle pensa que
cela n'était peut-être pas prudent. Elle voulait
garder le plus strict incognito.

— Mais, reprit Étienne, par gestes je pourrai m'expliquer. Oui, c'est cela.

Il se redressa, imitant le capitaine autant que
le lui permettait sa riche encolure, et fit le signe
de tourner de longues moustaches en disant :

— Capitaine...

Puis il désigna la porte de la rue.

— *Yes*, dit Camille.

Étienne, triomphant, écarta prétentieusement,
avec le pouce et l'index, les pans de son habit,
plia les genoux en souriant, croyant, représen-
ter ainsi une femme qui s'assied et montra
l'entrée de la bibliothèque.

Camille ne put retenir un éclat de rire. Elle
fit un pas, s'arrêta et baissa son voile.

— Madame craint d'être vue par les personnes qui pourraient venir ! dit Étienne ; et il
montra l'escalier, faisant signe à Camille de le
suivre.

— Là, ajouta-t-il, en ouvrant une porte.

Mademoiselle Delmase entra dans un petit salon simple, obscurci par d'épais rideaux.

— Aussitôt que monsieur sera de 'retour, je lui dirai que madame est là... Ah ! quel maître !... Un bien bon maître.

Étienne descendit et rencontra James qui rentrait.

— Monsieur, dit le domestique d'un air mystérieux, en se penchant à l'oreille du capitaine, il y a une dame qui demande à vous parler. Toute jeune ! et jolie ! plus que jolie !

— Une dame ! fit tout haut Trimmin.

— Chut ! chut !

— Que veux-tu dire avec tes chut?... Explique-toi.

— Une robe noire et des yeux bleus ; non, des yeux noirs et une robe bleue... Chut !

— Qu'est-ce que cela?

Et James, un peu impatienté, ouvrit la porte de sa bibliothèque.

— Elle n'est pas là, continua Étienne.

Il monta doucement ; James le suivit.

— Qui t'a permis de laisser pénétrer ainsi jusqu'au premier étage ?

— Monsieur ne me l'a jamais défendu. Depuis que je suis chez lui, c'est la première fois qu'une dame...

— Raison de plus ; tu devais bien penser...

— C'est vrai. Mais elle est si jolie !

— Assez. Tais-toi.

Ils étaient en haut, Étienne désigna le petit salon et redescendit vivement.

— Vous, mademoiselle, vous chez moi ! dit James en entrant.

— Oh ! le bel uniforme ! s'écria Camille. Savez-vous que vous êtes superbe ainsi ?

— Quel singulier hasard vous amène ?

— Ah ! que vous êtes sérieux ! dit la jeune fille en ôtant son chapeau. Seriez-vous le père de M. James ?

— Vous ne voulez plus venir à Kingston ; il faut bien qu'on vienne à Londres... puisqu'on ne peut se passer de vous. — Asseyons-nous.

Trimmin regardait avec étonnement mademoiselle Delmase, qui jetait derrière elle son burnous.

— Vous avez sans doute un petit service à me demander ? reprit-il.

— J'aime le son de votre voix !

James feignit de ne pas entendre.

— Vous savez que je suis le plus humble de vos serviteurs. Ayez donc l'obligeance de m'apprendre en quoi je puis vous être utile... J'espère que vous voudrez bien ensuite me permettre de vous offrir mon bras pour...

— Vous voulez que nous nous en allions d'ici ! Vous ne faites guère bien les honneurs de chez vous ; mais cela ne me fâche pas, et je reste....

— Mademoiselle, interrompit James avec cour-

toisie, je sais bien que votre démarche est tout
innocente.

— Vous savez cela! Que vous êtes savant!

Ils étaient assis assez près l'un de l'autre. Un
rayon de soleil, glissant entre les draperies, vint
frapper la tête du jeune homme.

— Que votre chevelure est d'un blond ravissant! murmura Camille. On dirait de l'or.

Et, saisissant des ciseaux qui se trouvaient
sous sa main, elle coupa lestement une mèche
de ces beaux cheveux.

— Jetez cela, je vous en supplie, s'écria James
en cherchant à lui prendre ces cheveux des
mains.

— Vous disiez donc?...

Trimmin était complétement interdit par l'assurance de la jeune fille et ne savait quelle contenance tenir. Mais, c'était un loyal gentilhomme,
et il avait été reçu comme tel dans la famille
Delmase.

— Mademoiselle, dit-il avec douceur, écoutez-
moi! J'ai un peu d'expérience...

— Tant mieux pour vous, si vous aimez l'expérience. Que vous êtes embarrassé, pauvre ami!

Et Camille éclata de rire.

— Je suis embarrassé, c'est vrai! car vous me
placez dans une situation impossible en ne m'ex-
pliquant pas...

— Pourquoi donc ne mettez-vous pas toujours
votre uniforme? C'est si gentil!

Trimmin, prenant la résolution de trancher court, lui dit :

— Parlons sérieusement !

— C'est cela, parlons sérieusement ! Avez-vous remarqué de quel bleu sont vos yeux, James? Non ! que vous importe !

— Mademoiselle Sternina vous a confié mes sentiments?

— Oui.

— Mais, elle a dû vous dire...

— Que vous ne vouliez pas de moi pour femme? En effet, interrompit Camille en jouant avec l'épaulette du capitaine.

— Eh bien?

— Eh bien! Je ne puis pas vous forcer à être mon mari, malheureusement! Sans cela je le ferais, je vous assure. Oh! je ne suis pas fière avec vous.

— Alors?

— Alors, reprit-elle en soupirant, je me ré-signe à vous laisser poursuivre votre idéal, car vous devez avoir un idéal. Une femme comme on n'en a jamais vu, avec deux bouches, trois yeux et des ailes.

— Nous ne devons donc plus nous voir!

— Il faut avouer que si quelqu'un pouvait vous entendre, vous donneriez une bien faible idée de la galanterie anglaise. Cette galanterie n'est déjà guère renommée. Confessez qu'elle mérite bien sa réputation. Ne plus nous voir! Pourquoi?

Et elle continua avec hypocrisie :

— Si je ne puis être votre emme ne puis-je être votre amie, votre petite amie? Je ne vous demande que cela, mais je ne veux pas que vous me le refusiez. Nous serons ensemble comme frère et sœur. Une bonne amitié, sans contrainte.

— Mais, si c'est impossible?

— Tant pis! Je vous suivrai partout jusqu'à ce que vous me disiez : Je veux bien!

— Allons! dit James avec douceur, puisque vous agissez comme une enfant, vous me mettez dans la nécessité de vous traiter comme telle. Croyez que c'est à regret.

— On ne le dirait pas.

— Allons causer de cela chez vous.

Camille se précipita sur la porte et dit d'un air tragique :

— Vous ne sortirez pas!

Puis, reprenant son ton badin, elle ajouta :

— Comment! vous ne criez pas au secours? Criez donc au secours!

James commençait à ne plus tenir son sérieux.

— Vous croyez que je suis venue ici comme une enfant? Vraiment! Dans un petit baby-carriage, n'est-ce pas? Et vous croyez pouvoir me gronder! Votre air féroce est inutile, laissez-le. Vous perdez votre peine ; je n'ai pas peur de vous. Reprenez tout de suite la figure avec laquelle vous sortez, le minois que je vous connais. Acceptez mon amitié, ou je fais mettre dans le *Times* que je suis folle de vous.

— Folle, c'est possible! dit le capitaine en riant.

— Enfin, vous riez!

— Non!

— Si!

On frappa vivement à la porte; il ouvrit lui-même.

— Monsieur! venez! s'écria la servante, pâle, effrayée et se soutenant à peine.

— Excusez-moi, dit le capitaine.

Il descendit et remonta presque aussitôt.

Une petite photographie du jeune homme était posée par hasard sur sa table; Camille la porta plusieurs fois à ses lèvres et ne put résister à la tentation de s'en emparer.

— Mademoiselle, dit Trimmin en rentrant, n'avez-vous été frappée par rien d'étrange ce matin en quittant Kingston?

— Non.

— Votre père non plus?

— Non, que je sache.

— Un meurtre a été commis cette nuit dans votre maison. On en ignore l'auteur. Mon domestique ayant eu une altercation avec M. Delmase, est soupçonné et vient d'être arrêté. Je suis sa caution. On reconnaîtra bien vite son innocence.

— Un meurtre! Qui donc a été tué? demanda Camille avec anxiété.

James hésitait.

— Parlez! vous me faites mourir, continua-t-elle.

— Votre petite sœur Lily!

— Lily! mon espérance, mon bonheur, ma petite fille! C'est impossible!

— Elle a été assassinée dans son berceau, qu'on a trouvé ensanglanté. Une barre de ce berceau est brisée : voilà tout ce que j'ai appris.

James était pâle d'effroi.

Camille poussa un cri, se couvrit le visage de ses deux mains et tomba dans un fauteuil.

— Le criminel n'est pas encore trouvé. On a vu seulement des traces de pas jusqu'au mur du jardin, puis, dans la terre, la marque laissée par le pied d'une échelle. Les traces sont fraîches. On assure qu'il y aurait eu deux hommes. Toutes les personnes qui habitent la maison seront évidemment interrogées.

— Vous ferez bien d'aller d'abord au bureau de votre père.

La jeune fille avait mis son chapeau et jetait sur elle son burnous; elle descendit.

Jusqu'alors Camille avait été élevée dans une complète ignorance de la douleur : l'ombre d'un chagrin ne l'avait jamais atteinte. Rire, jouer, chercher ses propres désirs, et les voir aussitôt satisfaits, telle avait été sa vie. Ce cataclysme vint détruire à jamais son heureuse ignorance des maux d'ici-bas. Il lui sembla qu'un voile noir tombait sur elle et l'enveloppait.

— Cette maison! s'écria-t-elle, me paraissait

tout à l'heure un lieu de délices ; mais c'est un tombeau. Je n'y puis plus respirer. Lily! Lily! pauvre ange ! toi, morte! Moi qui souffrais tant quand mon père te brusquait!

Arrêtée par cette pensée, elle se rappela, le matin même, avoir été frappée par le regard de Delmase.

— C'est lui! c'est lui!

Ces mots vibrèrent dans tout son être. Ils semblaient prononcés par une voix intérieure. Elle mit sa main sur sa bouche, comme si ces paroles devaient s'échapper de ses lèvres.

James craignit, en voyant ses yeux hagards, qu'elle n'eût perdu la raison.

— Je n'ai pas pris de précautions pour vous annoncer cette triste nouvelle ; je suis bien coupable, dit-il.

— Je l'aimais comme si elle eût été ma fille. Elle était si petite, si bonne!

Et elle courut se jeter dans un cab, sans baisser son voile, sans même songer à James.

DEUXIÈME PARTIE

1

La Comédie française consacre plusieurs soirées de l'année à fêter la mémoire de Molière en représentant la cérémonie du *Malade imaginaire*. Cela se passe ordinairement à l'anniversaire de la naissance de l'auteur, au jour de l'an, au mardi gras, etc., etc. La scène est alors couverte de médecins surmontés de longues perruques grises, bouclées, qui leur cachent la tête, les épaules, le dos et une partie de l'estomac. Ces personnages vêtus d'une robe noire, longue et flottante, sont tous armés d'un certain instrument, que nos pères estimaient beaucoup, et qui, de notre temps, est avantageusement remplacé.

En Angleterre, où les tribunaux ont conservé les anciennes traditions, les juges, les avocats sont habillés exactement comme les médecins de Molière, à l'instrument près.

Le Français naïf, qui n'a vu le costume en question que dans les circonstances mentionnées plus haut, a peine à se persuader que ces avocats et ces juges anglais ne jouent pas un rôle quelconque. Il faut avouer que la magistrature britannique, ainsi drapée a fort à faire pour être imposante. Elle l'est cependant, surtout lorsqu'il s'agit de mettre un être vivant sur le chemin du ciel, en le conduisant jusqu'à la potence. Selon l'usage du pays, on avait, depuis le crime de Kingston, inséré dans les journaux : « *Meurtrier à trouver*. Récompense : six cents livres. » Le gouvernement offrait deux cents livres (cinq mille francs), et le père quatre cents livres. Malgré cet appât, la lumière se faisait difficilement.

On ne s'entretenait que de cette mystérieuse affaire. Les journaux passaient de main en main. On ne parlait que du résultat attendu. Les mères frémissaient d'horreur. Toute la ville était en émoi.

La foule se pressait aux abords de la salle d'audience (*the Court*), les témoins attendaient dans la salle des Pas-Perdus (*the Hall*), pendant que les avocats erraient dans les bibliothèques. Les uns allaient et venaient; d'autres arrêtés en groupe, causaient à voix basse.

— La gouvernante sera condamnée, disait un

conseiller de la reine en se promenant à grands
pas.

Un petit avocat qui marchait à ses côtés lui
répondait :

— Elle n'est pas coupable, cependant ; c'est
évident !

— La question n'est pas là. Il y a des preuves
suffisantes.

— Mais toutes les circonstances ne sont pas
connues, repartit d'une voix grêle le petit
avocat.

— Pardon !

— Le silence obstiné sur certains événements...

— Ruses !

— La persistance à nier la culpabilité...

— Dernière rouerie de tous les criminels !

— Enfin la jeunesse, l'innocence...

— Arguments qui ne sont pas de mise !...
Elle sera exécutée, vous dis-je. — Son congé
lui a été signifié le soir ; la nuit une enfant est
tuée, l'autre enlevée ; elle se réfugie dans un couvent où, pendant deux mois, les poursuites ne
l'ont pas atteinte. On trouve un flambeau avec
l'empreinte de ses doigts encore tachés de sang ;
on trouve un couteau et une petite hachette
cachés sous son lit, et vous ne voulez pas qu'elle
soit condamnée !...

— Non, je ne le veux pas ! s'écria l'avocat
avec feu, non ! mille fois non !

— Vous avez tort.

— Et ce berceau brisé dont il manque un morceau !

— Il faut qu'elle soit pendue.

— Vous êtes cruel, en vérité.

— Il n'est pas question de moi, mais des lois, du peuple, pour qui ces lois sont faites, et devant qui les jugements se rendent.

— Ainsi, vous croyez cette jeune fille coupable ?

— Encore une fois, je ne crois rien ; mais le tribunal... Mon confrère, on voit vos cheveux.

— Merci, dit le petit avocat en ramenant vivement sa perruque sur son front. — Le tribunal ?

— On les voit par derrière.

— Merci, répondit encore le petit homme, en repoussant sa perruque.

— Ah ! observa le conseiller. Ils passent maintenant devant et derrière.

— Merci ! Le jury se compose d'hommes, enfin !

— Non, de juges !

— Mais vous, mais moi !... nous avons de ces convictions claires, qui ne sortent que de la vérité. Le public pensera comme nous.

A toutes les questions qu'on lui a adressées, cette pauvre enfant a répondu ce qu'un ange à sa place aurait répondu. Quoi de plus beau que cette fermeté qu'elle oppose à la tenacité de l'interrogatoire ! Non, dit-elle, je ne parlerai pas !

Car, alors seulement je donnerais la mort.
J'aime mieux mourir innocente que de vivre
coupable !...

Il y a là-dessous un mystère infâme. Cette
pauvre jeune fille, qui, orpheline, a dès l'âge de
treize ans, travaillé pour aider sa mère à élever
de tout petits enfants, dont le travail précoce et
les privations ont pâli le visage, et qui ne dit
point tout cela. Cette sainte qui n'accuse personne, et que tant de voix défendent ! La mère
de l'enfant mort, d'abord ; puis sir James et tant
d'autres... Il y a autour de cette tête une auréole
de pureté qui n'échappe qu'à vous, et je ne me
sens pas la force d'assister à un tel martyre!
Mais non, c'est impossible. On ne peut immoler
une victime à un principe. Si nous avons des lois,
nous avons un cœur. Si les juges sont de pierre,
nous sommes des hommes, nous.

— Non, des avocats ! Ah ! mon pauvre confrère, vous êtes et ne serez jamais qu'un vrai
philanthrope.

. . . .

Depuis l'arrestation de Sternina, Antonie subissait les plus affreuses tortures.

Pendant toute la durée de l'instruction, elle
avait défendu la gouvernante avec chaleur,
répété à satiété qu'elle était innocente, mais
sans arriver à améliorer la situation de l'accusée. Souvent elle avait été sur le point de nommer le coupable. Mais quelles preuves pouvait-
elle donner à l'appui de cette assertion ! Sa

propre faute ? Le désir de vengeance de son mari ? On n'aurait pas trouvé ces raisons suffisantes ; car rien n'accusait directement Delmase. Celui-ci avait pris toutes ses précautions non-seulement pour se garantir, mais pour qu'on accusât Sternina.

D'ailleurs, n'eût-il pas fallu, pour dire toute la vérité, qu'Antonie fît connaître le sort de l'autre enfant, c'est-à-dire qu'elle rendît Lily à la férocité de Delmase ? On aurait su que la victime était Fanny. Dans ce cas, la faute d'Antonie et la vengeance du mari ne pouvaient plus être mises en question. L'histoire du changement de lit n'aurait pas été crue, et les soupçons seraient encore retombés sur Sternina. En parlant, madame Delmase aurait donc déshonoré son nom sans arriver à sauver la pauvre fille.

Au moment où le marchand entendit près de lui l'homme dont il aurait voulu manger le cœur, au moment où il vit les portraits de Sternina, il marqua ses deux victimes au front, la gouvernante et Lily.

Si son honneur avait été flétri jadis par Antonie, le bonheur de sa fille chérie venait d'être détruit par Sternina, Trimmin l'aimait !... La pensée de livrer à une mort honteuse celle qu'on préférait à sa Camille, lui causait une joie de cannibale, et garantissait aussi sa sûreté personnelle.

— Je veux, pensait-il, que la mémoire de cette fille soit un tourment qui trouble les rêves de James. D'un coup j'écraserai deux vipères ; le sang de l'une tuera l'autre !

Jusque-là tout avait bien marché. Seule la disparition de Fanny était inexplicable pour lui. Cet incident l'inquiétait, mais aussi chargeait l'accusée et entrait dans ses vues.

Il n'était pas servi par Antonie, mais il s'était efforcé de gagner dans l'esprit de sa fille l'appui qui lui manquait auprès de sa femme. Ce travail avait été commencé par lui depuis la consommation du crime. Il trouvait nécessaire sous tous les rapports de convaincre Camille. Il était indispensable, d'abord, d'effacer l'impression qu'avait reçue la jeune fille en voyant son père, le matin de l'événement. Cela ne se pouvait qu'à la condition de lui montrer l'auteur du meurtre d'une manière si évidente, qu'elle ne pût conserver aucun doute. Le marchand, à force d'arguments, avait réussi ; Camille, engourdie par sa douleur, avait cru son père, et ne demandait que la punition du coupable, quel qu'il fût.

Enfin, les choses tournaient tout à fait au gré de Delmase. La justice, éveillée, avait une proie. La curiosité se portait du côté de cette proie. On ne cherchait plus. Et, après l'exécution, l'opinion publique cèderait à d'autres préoccupations.

Dans la *Hall* se trouvait la famille Delmase.

Les traits du marchand s'étaient contractés. Sa marche, lente et pénible, accusait un corps brisé. Le sang se précipitait vers les tempes et l'œil s'injectait.

— J'espère, disait-il, que nous ne reviendrons plus ici et qu'on va terminer cette affaire. Il y a assez longtemps que cela traîne ! A quoi pensent donc ces juges ? N'ont-ils pas assez de preuves ? Que leur faut-il de plus ?

Ces paroles, prononcées fiévreusement, firent tressaillir Antonie. Elle fixa sur Delmase un regard sombre et dit en se penchant vers lui :

— Vous haïssez donc bien cette pauvre enfant ?

— Elle me fait horreur comme tous les criminels.

— J'aurais cru le contraire.

— Que voulez-vous dire ?

— Ne vous a-t-elle pas débarrassé d'un être que vous détestiez ?

— Je ne vous comprends pas.

— Regardez-moi bien en face et regardez-moi sans pâlir. Mais levez donc les yeux sur moi : on dirait que je vous fais peur !

Il essaya de soulever sa paupière alourdie par la terreur, — pour la première fois cette douce créature osait parler de la sorte.

— Ce n'est pas Sternina qui a tué mon enfant ! dit-elle d'une voix profonde.

Il crut lire sur son visage tout un acte d'accusation.

— Assez sur ce sujet, reprit-il. La loi saura nous venger.

Puis se tournant vers sa fille, qui n'avait pas entendu cette conversation :

— Je ne comprends pas, dit-il, l'indulgence débonnaire de ta mère. — Les femmes sont faibles, et l'idée de la mort les rend plus sottes que des enfants. — Ne va pas faiblir, au moins, toi ! Si l'on t'interroge, songe que l'on ne peut conserver la vie des innocents qu'en sacrifiant celle des coupables. Qui sait si l'on n'a pas fait grâce de quelque faute à cette malheureuse, et si la mort de notre pauvre Lily n'est pas le triste payement d'un lâche pardon.

— Sois tranquille !

On ouvrit les portes, et les assistants se précipitèrent dans la salle d'audience.

Antonie, s'approchant de sa fille, lui dit d'une voix suppliante :

— Surtout, aie pitié d'elle, au nom du ciel !

— Mère, on m'a tué Lily, je ne puis pardonner, répondit Camille avec une profonde douleur.

Delmase, le premier, monta sur l'estrade où l'on subit les interrogatoires (*witness box*).

Un homme au front vénérable prononça ces mots d'une voix grave :

— Vous le jurez sur la Bible, ce que vous allez dire sera la vérité, toute la vérité et rien que la vérité ?

— Oui, fit le marchand en portant à ses lèvres le livre sacré.

Quand il eut terminé sa déposition, il descendit. Son visage était inondé de larmes.

— Oh! pauvre père!... disait-on dans l'auditoire; malheureux homme! Des murmures d'horreur circulaient de bouche en bouche à propos de la monstrueuse gouvernante, qui se vengeait sur les enfants quand les parents la chassaient.

On n'interrogea pas madame Delmase. Depuis le commencement du procès, elle s'était montrée si vivement impressionnée, qu'on ménageait sa douleur maternelle. — On lui demanda seulement si elle avait quelques nouvelles révélations à faire.

Elle rencontra l'œil de son mari, et répondit:
— Non.

On appela la mère de Fanny.

Elle ignorait toujours la mort de son enfant.

Mademoiselle Delmase fut interrogée aussi. Son père s'était réservé, comme dernière ressource, d'allumer sa vengeance et sa jalousie personnelle en lui révélant le prétendu amour dont jusqu'alors il lui avait fait mystère.

— Camille, lui dit-il tout bas, lorsqu'elle se leva, le capitaine aime cette criminelle ; voilà pourquoi il ne veut pas de toi et pourquoi il faut qu'elle meure.

La jeune fille fut frappée de cette révélation. Pour monter les marches de l'estrade, il lui fallut s'appuyer sur la rampe. Elle se soutenait à peine.

Mademoiselle Delmase avait bien supposé que James pouvait donner à une autre la tendresse qu'il lui refusait; mais la certitude que ce cœur était déjà possédé par quelqu'un, la brisa.

Elle se tourna vers le public, et aperçut dans un des coins les plus obscurs de la salle une figure blafarde et crispée qui lui parut plutôt appartenir au fantôme de Trimmin qu'à Trimmin lui-même. En voyant le changement rapide qui s'était opéré en lui depuis leur dernière entrevue, elle ne put douter des paroles de son père. Elle ferma les yeux comme pour se recueillir.

— Sternina a tué Lily et brisé ma vie à jamais! pensa-t-elle.

Ses longues paupières se relevèrent mouillées de larmes.

— J'ai réussi, se dit Delmase; je suis sûr d'elle maintenant.

Le président prit la parole.

— Mademoiselle, dit-il, maintenez-vous votre précédente déposition?

— C'est elle qu'il aime, pensa-t-elle encore.

Camille. — Non, monsieur le président.

Le président. — Que voulez-vous dire?

Camille. — Que, dans ma douleur, j'étais prête à accuser qui que ce fût. Persuadée par la conviction de ceux qui m'entouraient, j'ai légèrement soupçonné une personne, innocente sans doute, qui m'a été dévouée, et dont la loi va peut-être faire une martyre.

Le président. — Laquelle de vos dépositions doit-on croire ?

Camille. — Devant Dieu, mon vœu le plus cher est que l'accusée soit acquittée.

Le président. — Cependant, vous avez vu vous-même les taches de sang sur le flambeau?

Camille. — Monsieur le président, en vous disant quelle est ma conviction, j'écoute ma conscience : je fais tout ce que je peux, et tout ce que je dois faire. Je n'ajouterai pas un mot; je n'ai plus rien à dire.

Ces paroles furent prononcées avec fermeté.

La jeune fille descendit. Son père plongea sur elle ses regards scrutateurs et terrifiés.

— Il l'aime : elle est sacrée pour moi, murmura-t-elle en passant près de lui.

Vinrent les plaidoyers : de part et d'autre, une pluie de paroles.

Sternina n'avait dit rien que la vérité, mais pas toute la vérité ! Pour le défenseur, c'était une excuse ; pour l'accusateur, c'était une preuve du crime. Sternina s'obstinait à tenir secret ce qui s'était passé entre elle et la victime, le soir qui avait précédé l'assassinat! Elle refusait de dire ce qu'elle avait fait de l'autre enfant. Ce qu'elle voulait, ce n'était pas épargner Delmase, mais tenir secrète l'existence de Lily pour qu'elle pût échapper à la fureur du criminel. Toutes les marques de sang avaient été mises par Sternina. Elle l'avouait. Une hachette avait été trouvée sous son lit. C'était exact. Pourtant

elle niait toute culpabilité ; et quand on lui demandait de nommer le meurtrier, elle disait :

— Si je le connaissais, je ne le livrerais
pas.

Les avocats parlèrent longtemps . . . .

. . . .

Puis un grand mouvement se fit dans l'assemblée. Le jugement allait être enfin prononcé.

Tous les yeux se portèrent sur Sternina.

En Angleterre, on n'interroge jamais les ac-
cusés publiquement, mais ils doivent être présents à tous les débats, et sont obligés de se tenir
debout.

La pauvre fille était fatiguée par de longues
nuits passées sans sommeil, et l'on eût dit que
le souffle de la mort l'atteignait déjà. Sa figure
avait pris une expression singulière ; ses yeux
creusés, la prostration qui l'accablait, tout an-
nonçait qu'elle attendait sa condamnation ; mais
son regard avait une fixité surnaturelle qui imposait. Il est évident qu'elle obéissait à une puissance inconnue, en gardant le silence aux dépens de sa vie.

Les douze juges se consultaient.

Tout le monde se tut !

Bientôt une rumeur vague agita l'assemblée.
Ici l'on chuchotait, là des femmes pleuraient
déjà, plus loin une discussion s'engageait. De
toutes parts des réflexions faites à mi-voix accu-
saient l'anxiété du public.

Ces graves Anglais avaient-ils donc perdu leur contenance magistrale?

C'est qu'une fois encore s'élevait cette question brûlante qui va chercher le cœur dans la poitrine et le brise entre ces deux pensées : le devoir et le remords ! c'est-à-dire la nécessité de punir, la crainte de frapper l'innocent. Nulle part cette question n'est plus terrible qu'en Angleterre, où l'exclusion des circonstances atténuantes veut que celui qui ne peut se montrer sans souillure aucune soit condamné à mort?

Est-il un bourreau qui puisse dire : Je ne suis taché que du sang coupable ?

Une jeune fille, une enfant!

L'émotion s'était emparée de cette grande âme commune qui semble planer sur les assemblées dans les circonstances palpitantes. Cette émotion grandissait et devenait presque dangereuse.

On fit évacuer la salle.

L'arrêt du tribunal devait paraître dans le *Central criminal Court*.

II

CONDAMNÉE A MORT

Le jour de la disparition de la gouvernante, le capitaine avait écrit à Léon ce seul mot : Venez !

L'artiste accourut, serra James dans ses bras jusqu'à lui ôter la respiration, et depuis, tous deux, vivant dans la même maison, agissant ensemble, n'avaient eu qu'une pensée : sauver Sternina. Ces deux forces réunies devaient faire des miracles; pourtant, elles n'avaient pas atteint leur but.

Quand Léon avait reçu la première lettre de James, son cœur tout frémissant de joie s'était ouvert à de douces émotions; mais ce bonheur s'était interrompu brusquement à l'arrestation de Sternina.

Depuis trois mois que durait ce fameux procès, le capitaine n'avait pas eu une minute de calme. Le moment approchait, rien n'était encore découvert; bien que James eût l'âme brisée, le corps épuisé, il ne se laissait pas envahir par le désespoir.

Les deux amis, après avoir assisté à l'audience, étaient rentrés dans la petite maison de Portland-Place.

— Sternina sera condamnée! s'écria Trimmin.

Que de tortures renfermées dans cette idée!

— Calme-toi! Il faut la sauver.

— C'est impossible.

— Impossible! c'est un mot trouvé par les sots.

— Oui! tu as raison! s'écria James avec fureur. Cela ne sera pas!

Il s'approcha vivement d'une table qui le séparait de Léon. Tous deux s'y accoudèrent, et, les yeux dans les yeux, cherchèrent une pensée, une inspiration.

— Écoute, dit le capitaine, c'est Delmase qui est l'assassin, j'en suis certain. Tout le jour nous agissons, mais la nuit je pense; et, quand on cherche la vérité, qu'on la poursuit sans relâche, on l'atteint. C'est lui!

— Sans doute!

— Et c'est sur lui qu'il faut diriger tous nos coups. Nous l'avons fait déjà sans succès. Il faut recommencer, l'épier, le suivre, ne pas perdre un de ses mouvements. Malheureusement, il me connaît; mais il ne t'a jamais vu.

— Je me charge de lui.

— Je me procurerai tous les renseignements nécessaires. Je gagnerai ses domestiques; je rendrai sa maison transparente. Je trouverai des

moyens de lui arracher son secret. Mais, toi,
sois prudent, déguise-toi ! Il se méfie.

— N'aie pas peur, je te dis que je m'en charge.

— Ne perdons pas une minute, dit Trimmim.

— Je pars.

Leurs mains se rapprochèrent et s'unirent dans
une étreinte vigoureuse. De ces deux hommes
l'amitié faisait un seul être puissant comme dix.

Ils allaient se séparer quand Étienne se précipita dans la chambre. Il tenait dans ses mains
le *Daily Telegraph*. James le lui arracha. Dès
qu'il eut jeté les yeux sur l'article : *Central criminal Court*, un cri rauque s'échappa de sa poitrine.

Étienne fixait sur son maître le regard du
chien fidèle.

— Je sais bien, dit-il résolûment en s'adressant à Léon, que vous donneriez votre vie pour
monsieur ; hélas ! cela ne servirait à rien. Moi,
j'ai été soupçonné ; je me suis presque battu avec
Delmase la veille de l'événement. Je m'avouerai
coupable.

— Toi! fit Trimmin en bondissant. Je ne
veux pas qu'on te pende, excellent garçon !

— Pardon ! son idée peut, à la rigueur, nous
donner du temps ; nous en avons besoin, interrompit Léon.

— Nous avons trois semaines avant l'exécution. Deux hommes bien décidés, c'est plus qu'il
n'en faut pour cette affaire. J'ai voulu être un
homme utile. Voilà l'occasion de prouver la

puissance de ma volonté, dit James. Léon, tu m'appartiens, n'est-ce pas ?

— Oui, et tu ne sais pas, toi, ce que c'est que les enfants du peuple. Quand ils ont quelque chose en tête, ils peuvent tout, parce qu'ils donnent tout, même leur vie ! Ceux d'en bas tiennent l'échelle à ceux d'en haut, c'est comme ça qu'on renverse des mondes. Comment ne renverserait-on pas une potence ?

— Viens !

III

FIN CONTRE FIN

Pendant l'intervalle qui séparait le jugement de l'exécution, Trimmin ne cessa de courir dans Londres, d'interroger, de solliciter, de fouiller. Recherches inutiles. Pas une révélation, pas un appui ! des cœurs de pierre !

Léon, de son côté, avait observé Delmase sans relâche et n'avait rien pu découvrir. Le temps s'était écoulé.

Trois dimanches doivent précéder l'exécution. On était arrivé à la veille du jour fatal, lorsqu'un indice vint éclairer les jeunes gens.

Dalèze l'avait remarqué, le marchand souffrait et ne se traînait qu'avec peine ; James, à force de ruses, avait su d'un domestique de la maison que Delmase dissimulait son mal et s'enfermait pendant de longues heures, quand ses souffrances étaient trop vives.

— Nous n'avons plus que quelques heures, dit James à Léon. Frappons un dernier coup ! Il faut agir directement cette fois. Attirer cet homme dans un piége, l'avoir seul, l'enfermer, et pendant ce temps-là aller à Kingston, fouiller son cabinet, enlever le plancher, les boiseries ; le cadavre ne peut être que là. La famille habite Londres depuis le procès ; la maison est seule. Rien de plus facile !

— Mais comment avoir l'autorisation de la police, demanda Léon ?

— On s'en passe, on enfonce les portes, et, si l'on s'est trompé, l'on est quitte pour payer des dommages et intérêts.

— Je vais prendre mes mesures. Attends ici, Aussitôt que je tiendrai le coupable, je t'en préviendrai par un mot. Parbleu ! quand j'aurai dans les mains la boîte au secret, si je ne l'ouvre pas, je ne suis qu'une bête !

Il fallait que Léon jouât une comédie, et cette comédie ne pouvait durer que bien peu de temps. Il avait le nerf de la guerre, l'argent : on est puissant avec cela. Il parlait anglais et n'avait besoin de mettre personne dans sa confidence.

Après s'être muni de tout ce qui pouvait lui
être utile, après s'être transformé lui-même,
il courut aux docks. Pour s'introduire chez
un marchand, il fallait parler commerce, et
Dalèze devait trouver là des idées, des auxiliaires
même.

Un magnifique bateau à voiles arrivait majes-
tueusement. C'était une cargaison de coton. Dalèze s'arrêta, se renseigna, parla longtemps à
plusieurs personnes de l'équipage, dépensa un
millier de francs, et quitta les docks, en se disant tout bas : « Marchand de coton! Pourquoi
pas?»

Quelques minutes plus tard, il se présentait au
bureau de Delmase.

Le peintre trouva son homme dans de bonnes
conditions. Sternina était condamnée ; et, tranquille sur l'avenir, le marchand allait se replon-
ger plus que jamais dans ses spéculations.

— Pardonnez-moi, monsieur, si je vous dérange, dit Léon en entrant, mais je tenais absolument à vous voir.

Delmase regardait avec curiosité le bon-
homme qui s'offrait à sa vue. Il était épais, bour-
geonnant et lourd, mais ses lunettes d'or cachaient deux yeux noirs et perçants.

— Qui vous envoie, monsieur ?

— Personne.

— Mais qui vous a parléde moi ?

— Tout le monde! Voici ce dont il s'agit :
Vous voyez un homme qui, depuis peu, s'est re-

tiré du commerce, un rentier enfin ! Les cotons, vous le savez, montent et descendent continuellement. Un de mes amis, se trouvant en Amérique et me sachant un peu embarrassé de mes capitaux, acheta pour moi une cargaison de ce produit, afin de me faire une surprise. Je lui écrivis, je le remerciai avec effusion, et, pendant que mon avoir arrivait à toutes voiles, je me renseignai. J'appris que j'avais fait une excellente affaire : le coton remonte !

— Un peu ; très-peu.

— Je ne m'occupe guère de ce produit, si ce n'est pour mes usages, qui sont restreints aux mouchoirs, chemises, bas, tricots, etc., et, malgré toute l'estime que m'inspire ce végétal, je ne l'ai pas étudié. Je suis heureux de posséder cette cargaison, mais, en même temps, tout ce coton sur les bras, cela m'embarrasse. Je crains qu'on ne me trompe, ou je crains de me tromper moi-même. Un des bateaux vient d'arriver ; on peut le visiter. Je suis venu de Paris à Londres exprès pour conclure ce marché, et je veux m'en aller demain matin, avec tout mon coton dans mes poches. Je ne tiens pas à gagner ; toutefois, je ne veux pas perdre. Dans la sphère modeste où j'ai vécu, l'ambition m'était inconnue ; d'abord mes goûts ne m'y portaient pas ; d'autre part, je n'ai pas eu l'occasion de me montrer. Je ne le regrette point ! Mes opinions s'y opposent. L'homme doit être modéré en tout, et ne pas souhaiter trop de s'élever.

— Vous disiez donc, monsieur, qu'un bateau vient d'entrer dans le port?

Le rentier se prit le menton et poursuivit :

— J'ai quarante ans; et dans l'honnête industrie que j'ai exercée, mon caractère paisible n'a souffert aucune altération. Je suis calme, tranquille, et je ne vais pas pour cela plus lentement qu'un autre. Voici mes papiers. Ils vous prouveront que vous n'avez pas devant les yeux un intrigant, un homme sans aveu.

. Le rentier fouilla dans sa poche et exhiba son passeport.

— Gardez... je vous crois.

— Non, non. Il est bon de voir soi-même. Voici mon adresse, voici des lettres...

— Je préfère que vous veniez au fait.

— Voici mon acte de mariage. Je ne m'embarque jamais sans toutes ces pièces. Voici mes titres de rente, mon extrait de naissance.

— Monsieur, il fera jour pendant une heure encore. Si vous le voulez, nous allons visiter les marchandises, dit Delmase avec impatience, et je vous donnerai tout de suite une réponse. Avez-vous une voiture en bas?

— Oui.

— Partons.

— Partons!

Léon avait pris le bon moyen pour aller vite : c'était d'irriter un peu son sujet, de l'impatienter, pour le lancer à toute vitesse; maintenant, il le suivait.

— Prenez garde de glisser dans l'eau, disait-il, quelques minutes après, à Delmase, qui traversait péniblement le petit pont qu'on avait jeté de terre à bord du navire chargé de coton.

Sur un mot de Dalèze, un ballot fut dégagé; il l'éventra avec un canif et en tira plusieurs flocons d'une blancheur de neige. Le marchand les examina, fouilla lui-même, prit çà et là, épluchant avec la plus grande attention.

— A qui appartient ceci? demanda-t-il enfin au gardien en parlant anglais.

— A ce monsieur-là, répondit le marin en désignant Léon.

— A-t-il d'autres denrées?

— Oui, plusieurs vaisseaux doivent arriver demain, et le coton sera mis en vente immédiatement, à ce qu'il paraît.

— Qui vous a dit cela?

— Les bateaux sont annoncés. Monsieur peut s'en assurer lui-même.

Delmase partit devant et Léon glissa dix louis dans les mains du marin, qui ne demanda pas d'explication sur ce don. Cet homme coûtait cher déjà; mais il avait été fidèle. Il mentait bien; il lui fallait une seconde récompense.

Dans l'affaire proposée par le peintre, Delmase voyait une somme énorme à gagner. C'était une de ces opérations comme il s'en présente peu. Aussi avait-il suivi avec empressement le vendeur aux docks. Il ne pouvait supposer que ce Français eût intérêt à le tromper, et ne doutait pas de ses paroles, surtout après ce qui avait été dit sur le bateau. Selon lui, cet homme ne connaissait pas la valeur de ce qu'il possédait; il s'agissait de mener les choses rondement, d'empêcher que jusqu'au lendemain un autre acquéreur ne se présentât et de conclure vite le marché.

Delmase, flairant une bonne aubaine, cherchait dans sa tête par quel moyen il pourrait accaparer le vendeur jusqu'à l'arrivée des bateaux. C'était là ce que Léon avait voulu.

Il avait obtenu du marin qu'il dît que le chargement lui appartenait. Quant à la cargaison qui arrivait, elle était imaginaire et n'avait pour objet que de servir d'appât, d'attirer Delmase, de le charmer, pour qu'il ne s'éloignât point. Il fallait que Léon eût cet homme à sa disposition pendant quelques heures. Or, comme le seul attrait infailliblement puissant sur un homme d'argent, c'est l'argent, le peintre avait réussi.

— A quelle heure croyez-vous que nous puissions avoir le tout demain? demanda le marchand.

— De bonne heure. Les navires entreront dans le port cette nuit.

Delmase parut réfléchir.

— Adieu, reprit Léon. J'avais prié le maître de mon hôtel de faire venir ce soir quelques négociants, s'il en connaissait, et je me trouve forcé de rentrer.

— Ces messieurs ne se dérangent guère dans la semaine et jamais le dimanche, dit vivement

Delmase. Vous n'aurez pas à en recevoir. D'un
autre côté, je vous avoue que le procédé me paraît peu flatteur. Pourquoi vouloir vous adresser
à un autre que moi? Doutez-vous de ma délicatesse?

— Non, non !

— Croyez que je ne conclurai aucun marché à
votre désavantage. Votre ignorance des affaires
et de la valeur des marchandises en question me
fait un cas de conscience de vous traiter avec la
plus scrupuleuse honnêteté.

Ces paroles, prononcées d'un air prude, firent
incliner la tête du vendeur.

— Je vous suis on ne peut plus reconnaissant,
dit-il.

— Voyez-vous, je fais toutes mes opérations à
l'anglaise. Il faut me prendre quand je suis disposé. Souvent, le lendemain, je ne veux plus
d'une affaire qui me souriait la veille.

— Vraiment?

— Il faut tout faire vite dans le commerce.

— Voulez-vous que nous causions ce soir et
que nous convenions de l'affaire? Ne retournez
pas à votre hôtel. Je ne rentrerai pas chez moi;
nous dînerons ensemble aux *Chambers*; nous y
coucherons, et demain, à la première heure,
nous verrons les marchandises et nous conclu-
rons.

— Qu'est-ce que les *Chambers* ?

— Un endroit très-confortable où nous passons
la nuit, où nous donnons rendez-vous quand

une affaire imprévue nous oblige à rester dans la Cité. Nos maisons de ville sont fermées l'été, nos domestiques sont à la campagne ; il nous est commode d'avoir ce qu'il nous faut tout prêt dans ces sortes d'hôtels privés.

— C'est fort bien vu, et je vous remercie de l'honneur que vous me faites. Mais je crains d'abuser...

— Au contraire. Je suis forcé de rester ici pour être demain de bonne heure en mesure de visiter vos cotons avant d'aller à mon bureau, et vous me rendrez service en acceptant.

L'œil fauve de Delmase cherchait à persuader ; la figure bonasse de Léon était tendue vers lui.

— Ainsi, nous n'allons pas nous quitter jusqu'à demain, dit le peintre en riant naïvement.

— C'est convenu !

— Je vous demanderai seulement la permission d'écrire à mon hôtel pour prévenir que je ne rentrerai pas.

— Sans doute. Il faut que j'envoie aussi chez moi. Écrivez. Je vais commander notre dîner. Une bouteille de Xérès ne vous fait pas peur ?

— Je bois peu, très-peu ; j'ai la tête faible.

— Vraiment ! Nous ferons attention.

Le négociant s'assit, mais avec un certain effort.

— Qu'avez-vous donc ? lui demanda Léon. Vous paraissez souffrir.

— J'ai un rhumatisme.

— Ne vous traitez-vous pas pour cela?

— Il n'y a point de remède! D'ailleurs, j'estime les médecins, mais je ne crois plus à la médecine.

Le garçon entra avec un plateau chargé de verres de formes différentes.

— Écrivons, dînons; nous parlerons d'affaires ensuite, dit gaiement Delmase.

— Je préférerais traiter avant, observa Dalèze en regardant les verres avec frayeur.

— Impossible! Je ne suis plus capable de rien, car je meurs de faim. Dépêchons.

Léon traça ces mots à la hâte :

« Cher capitaine,

» Je fais illusion au point que tout va seul. Patience et courage !

» On me suppose aussi sot qu'on se croit spirituel ; on se met en frais de quelques bouteilles, afin de me tourner la tête. Pour mon compte, je vais faire goûter à mon acheteur un certain vin de France qu'il ne connaît pas.

» Décidément, l'esprit avec lequel on fait fortune n'est pas le plus retors de tous. Il faut que ce digne homme ait enfoncé bien aisément un grand nombre d'imbéciles, pour ne pas s'apercevoir que moi, mon estomac et mes cotons, nous nous moquons de sa seigneurie.

> » Je suis, avec mes cargaisons,
> » Ton humble serviteur,

> » Léon.

> » Aux *Chambers*. — City.

> » Je n'ai pas besoin de toi pour le moment. Attends. Espère. »

Il cacheta sa lettre, sortit pour la faire porter, et rentra en toute hâte.

— Garçon, dit Delmase, le dîner est-il prêt?

— Oui, monsieur; les huîtres sont ouvertes.

— Servez! Laissez-nous, et qu'on ne nous dérange sous aucun prétexte.

Ils étaient seuls, bien seuls. Le but était atteint.

IV

UN MORCEAU D'ÉBÈNE

Comme l'oiseau qui décrit des cercles dans

l'air et s'apprête à tomber sur sa proie, Léon se disposait à fondre sur Delmase.

Poulet et poisson furent joyeusement dépecés. Dalèze mangea beaucoup ; le négociant, plus prudent, ne fit que tourmenter doucement quelques bribes de nourriture.

— C'est singulier, dit-il en relevant ses paupières qui retombaient malgré lui. Je ne sais si je dois attribuer cet effet aux deux nuits que mes occupations m'ont forcé de passer sans sommeil, mais je me sens très-fatigué. Parlons affaire.

Il se leva résolûment et fit quelques pas en boitant.

— Nous avons bien le temps. Assoupissez-vous dix minutes, cela vous remettra, dit Léon.

Le marchand reprit sa place à table. Sa goutte ne lui permettait pas une longue promenade.

— Il faut se secouer, dit-il. Je ne veux pas dormir... je ne dormirai... que quand nous aurons fini... Parlez.

Malgré les efforts que fit Delmase pour se tenir éveillé, ses yeux se fermèrent, ses deux bras tombèrent perpendiculairement de chaque côté de son corps, ses jambes s'allongèrent et sa tête s'inclina sur sa poitrine.

Le masque de Dalèze s'effaça. Il appuya ses deux coudes sur la nappe, murmurant entre ses dents ces paroles intelligibles pour lui seul :

— J'ai souvent lu dans les procès que les preuves du crime se trouvent parfois sur l'indi-

vidu qui l'a commis. Quand tu te seras enfoncé
de quelques degrés encore dans ton sommeil,
mon bon ami, je procéderai à une visite complète. — Nous passerons ensuite aux révélations forcées. — Tu goûteras alors d'une autre
liqueur, et tu n'auras pas besoin d'en boire une
demi-bouteille. Quel type sauvage! A quoi ces
êtres-là servent-ils sur terre? Oh! comme je
l'étranglerais de bon cœur! Mais non, c'est
défendu. Bornons-nous à jouer notre rôle.

Delmase ronflait.

La salle où le dîner avait eu lieu était atte-
nante à une chambre à coucher. Léon souleva
péniblement le gros homme et le transporta sur
le lit de la pièce voisine.

— S'il se réveille, pensa-t-il, je lui dirai que,
le voyant endormi, j'ai voulu le placer com-
modément. Quand on est habillé on repose
mal ; j'aurai même eu la prévenance de le débar-
rasser de ses vêtements. Doucement, donc!...
la veste, le gilet... Rien sur la poitrine... rien
sur les bras... les mains sont affreuses.., mais
nettes... sur la tête... rien... Le pantalon!...
C'est plus difficile à ôter. Il n'y a pas de
danger qu'il s'éveille ; il dort d'un sommeil de
plomb.

Le peintre tira les deux jambes du pantalon
ensemble, par petites secousses presque imper-
ceptibles. Lorsqu'il découvrit le dessus du genou, il s'arrêta, terrifié du spectacle qui s'offrait à sa vue.

Le gaz qui brûle dans presque toutes les maisons de Londres éclairait la chambre, et tous les objets se voyaient comme en plein jour. La chair du malheureux Delmase était noirâtre et meurtrie. Un gonflement tendait la peau de toutes parts ; au centre du mal, il semblait qu'on eût fouillé, déchiré avec acharnement.

Dalèze examina de près la blessure, le cœur palpitant, le feu au visage, puis il ramena la couverture du lit sur Delmase, et courut appeler un garçon.

— Allez me chercher un médecin et un chirurgien. Qu'ils viennent immédiatement, dit-il.

Bientôt après, une voiture s'arrêtait à la porte, ramenant les deux docteurs.

Léon glissa entre les lèvres de Delmase quelques gouttes d'un liquide qui devait prolonger encore son sommeil, et il courut à la rencontre des médecins.

— Merci de votre empressement, messieurs, dit le peintre. Parlons bas ! Je veux appeler votre attention sur une blessure qui nous inquiète. Allons doucement, je vous prie, le malade dort.

Dalèze marcha sur la pointe du pied pour donner l'exemple, entra dans la chambre et découvrit la jambe de Delmase.

— Ceci est du ressort de mon confrère, dit le médecin en faisant approcher le chirurgien.

— La plaie est fort grave, fit celui-ci d'un ton doctoral ; les tissus sont lésés par la présence

14

d'un corps étranger. Il ne faut pas plus de temps que cela pour fixer mon opinion, opinion basée sur l'expérience. L'infection purulente provenant de la mortification peut se répandre et doit se répandre infailliblement dans les tissus ambiants, et de là dans toute l'économie, si l'on ne procède tout de suite à l'opération, je veux dire à l'extraction du corps étranger. Le malade, en cherchant lui-même dans les chairs, a produit un engorgement des vaisseaux.

— Enfin, qu'est-ce que c'est? demanda Léon au médecin.

— Probablement une écharde que votre ami a voulu ôter lui-même.

— Une écharde!

— C'est un tort de laisser le mal s'aggraver sans consulter quelqu'un.

— Mon ami exècre les médecins; c'est son travers, dit mystérieusement le peintre.

— Ce travers coûte la vie à bien des personnes, ajouta sentencieusement le chirurgien.

— Il souffrait beaucoup, et pourtant je ne pouvais le décider à vous voir. Voilà pourquoi j'ai profité de son sommeil pour vous faire appeler. Puisque vous dites que si l'on n'ôte pas immédiatement cette écharde, il peut courir un danger sérieux, veuillez, à l'aide d'un peu de chloroforme, la lui enlever sans qu'il s'en aperçoive.

— J'ai du chloroforme sur moi, répondit le

chirurgien ; mais pour l'administrer, c'est grave,
très-grave ! et pour une opération aussi peu douloureuse que celle-ci, je crois qu'il est inutile...

— Pardon ! interrompit Léon. Si vous ne voulez pas consentir à faire ce que je vous demande,
je ne puis vous laisser opérer. Mais ne disiez-
vous pas qu'il y a danger ?

— De mort ! exclama le chirurgien.

— Cela vaut bien la peine qu'on y pense. Il
faut parfois sauver les gens malgré eux.

— Vous avez raison peut-être.

— Au nom de l'amitié que je porte à ce digne
homme, dépêchez-vous donc, et tâchez qu'il
passe du sommeil à l'insensibilité sans s'éveiller.
Vos soins seront bien payés.

— Le résultat seul me préoccupe, fit le chirurgien, en cherchant des instruments dans sa
trousse.

Pendant ce temps, usant de précaution, Léon
sortit, appela le policeman qui veillait dans la
rue, et l'amena dans la première pièce.

Les deux médecins étaient trop préoccupés
pour s'apercevoir de l'absence du peintre. L'a-
gent de nuit lui avait adressé bon nombre de
questions, mais Léon lui répondait en lui imposant silence par un geste mystérieux. Il le laissa,
après lui avoir fait signe de prêter l'oreille à ce
qui se passait dans la chambre voisine.

Le médecin plaça du chloroforme dans un peu

de coton, et l'appliqua sur la bouche de Delmase. Le chirurgien commença.

Le peintre n'osait plus respirer.

Voici déjà quelque chose, dit l'opérateur, en
posant délicatement sur un morceau de verre une
parcelle de substance noire. Nous en avons bien
d'autres.

Il continua.

Dalèze, lui avait pris des mains le verre qui
portait l'objet intéressant, il le plaça sur la
table, derrière une carafe d'eau claire et parvint
ainsi à le grossir suffisamment pour voir que
cela devait être du bois.

— Admirable ! voici, je crois, le tout, reprit
le chirurgien triomphant en extrayant un éclat
presque aussi gros qu'un bec de plume ; ceci était
très-avant dans les chairs. Il ne reste plus qu'à
appliquer un petit cataplasme.

— Non, interrompit Léon en se jetant sur
Delmase, et regardant la plaie. On ne voit aucune
trace de l'opération. Laissons cela.

Il profita du reste de l'insensibilité du marchand
pour le rhabiller. Puis il entraîna les deux médecins dans la pièce où se trouvait le policeman,
et ferma à double tour la porte qui les séparait
de la chambre à coucher.

— Qu'est-ce à dire ? demanda gravement le
chirurgien ; de quoi s'agit-il ?

— De faire votre salut et votre réputation.

— Comment ? s'écrièrent ensemble les deux
docteurs.

— Je demande des explications, interrompit le policeman.

— Vous connaissez le procès de Delmase et de la gouvernante qu'on pendra demain ?

— Oui, fit le médecin. Hé bien ?

— Vous savez que le berceau de l'enfant était brisé ?

— Oui !

— Il m'est avis, messieurs, que vous venez d'en retrouver un morceau, et précisément celui qui manquait. Cet homme que j'ai déshabillé par surprise et fait opérer de même...

— Est? dirent précipitamment les docteurs.

— Delmase !

— Ah ! mais, interrompit le chirurgien, c'est fort intéressant !

— Il se plaignait de la goutte et cachait sa blessure...

— Preuve, preuve irrécusable ! interrompit encore le chirurgien.

— Hâtez-vous donc, allez à Kingston. Il faut, à l'aide du microscope, comparer le bois du berceau avec les parcelles que vous avez. Je suis sûr que c'est le même.

— C'est évident pour moi, dit le chirurgien enthousiasmé. Mais on ne va pas si vite en justice.

— Il faut bien aller vite, interrompit le policeman. Le gaillard est riche et fort. Si vous n'avez pas de quoi le faire pendre avant qu'il sorte

d'ici, il est capable de prouver que c'est vous qui
avez tué l'enfant.

— Cet homme a raison, fit le chirurgien; il
faut dresser un *indictment*.

— Surtout ne perdez pas de temps, s'écria
Léon. Je vous garderai Delmase jusqu'à ce que
l'enquête là-bas soit terminée; car il ne faut le
faire arrêter qu'à coup sûr. Je vous attendrai
ici.

L'identité du prévenu fut facilement prouvée
par des lettres qu'il avait laissées sur la table.

— Nous allons peut-être sauver la vie d'une
fille innocente, disait le médecin en sortant.

— Nous allons peut-être populariser notre
nom, répondait avec emphase le chirurgien.

Dalèze envoya précipitamment à James ces
seuls mots : A Kingston.

Comme on l'a vu plus haut, cela voulait dire
pour le capitaine : J'ai des preuves de la culpabilité de Delmase. Fais fouiller son cabinet.

Léon entra dans la chambre à coucher et
ferma la porte sur lui.

— Le marchand rouvrait les yeux et cherchait à rassembler ses idées.

— Vous vous éveillez déjà? dit le peintre, sans
lui donner le temps de se retrouver. Vous dor-
miez si bien que je vous ai couché sur votre
lit.

—.Combien de temps ai-je pu passer ainsi?

— Cinquante minutes à peu près.

— Cela m'a paru beaucoup plus long, dit Delmase en posant sa large main sur ses yeux, Vous m'excuserez, n'est-ce pas?

— De tout mon cœur.

— C'est étrange! je rêvais que j'étais entouré de monde...

Il s'arrêta.

— Les oreilles me tintent.

— Vous êtes peut-être indisposé? Voulez-vous que j'envoie chercher quelqu'un?

— Non, non. Cela sent l'éther, ici!

— Oui, j'en ai toujours sur moi.

Et Léon, le plus naturellement du monde, montra la petite bouteille que les médecins avaient oubliée.

— En vous voyant vous endormir tout à coup, j'ai craint que votre digestion ne se fît mal, et je voulais vous offrir de prendre un peu de calmant.

— Merci! je n'aime pas cela. Je suis fatigué, mais je n'ai besoin de rien. Cette odeur me fait mal à la tête.

Dalèze ouvrit la fenêtre.

— Si nous prenions du café? dit le marchand.

— Pourquoi? Le sommeil est une bonne chose.

— N'avons-nous pas une affaire à traiter?

Le marchand s'était levé.

— Cette affaire, nous la traiterons demain. Vraiment, vous n'êtes pas un homme comme un autre. Vous devez avoir la fièvre du commerce.

Delmase s'arrêta. Il tenait essentiellement à ne pas attirer l'attention sur lui.

— Vous avez raison, en me conseillant de dormir, reprit-il. — Et il s'étendit de nouveau sur son lit.

— Nous causerons demain matin de nos cotons, demain, de bonne heure. Je vous éveillerai à cinq heures, si vous voulez.

— Je vous assure que je me porte parfaitement.

La voix de Delmase s'éteignait.

En général, les personnes qui ont été chloroformées tombent dans un sommeil qui dure quelques heures.

Delmase subissait l'effet de ce phénomène.

Après l'avoir longtemps regardé dormir, après avoir écouté sa respiration, Léon se décida à se retirer dans la salle à manger, non sans avoir enfermé le marchand à double tour et mis dans sa poche la clef de la porte. Puis il attendit, dévoré d'inquiétude et d'impatience.

A cinq heures, un petit mouvement se fit dans la maison des *chambers*.

Léon, croyant que les docteurs revenaient, se précipita sur l'escalier ; mais il ne vit que deux garçons qui partaient pour Newgate.

Dans tous les pays du monde, voir mourir quelqu'un par ordre judiciaire est un spectacle intéressant à tous les points de vue. Un certain public négligera d'assister à la représentation d'un chef-d'œuvre, mais jamais à l'exécution d'un

coupable.Les femmes mêmes, ces êtres essentiellement sensibles et compatissants, y abondent.
Les enfants, créatures faibles et craintives, se
ruent dans la foule des curieux, montent les uns
sur les autres, crient et vocifèrent contre le mal-
héureux condamné. Les ouvriers, les apprentis,
les domestiques prennent sur leur sommeil, afin
de pouvoir réjouir leur esprit et leurs yeux par
cette scène !

Le peintre devina l'idée qui poussait les garçons hors du lit et rentra. Quelques instants plus
tard, le marteau de la porte fit retentir un coup
vigoureux. Autre alerte d'un augure plus certain. Cette fois, Léon sortit de sa chambre pour
voir ce qui venait.

C'était Étienne, le corps affaissé, les joues
blêmes, les cheveux mouillés de sueur.

— Le capitaine n'est pas revenu ; il n'y a pas
de nouvelles à la prison. Puis-je vous servir?

— Tu n'as pas été te constituer prisonnier?

— Si, j'ai dit que j'avais tué l'enfant.

— Et te voilà?

— Oui. On m'a fait tant de questions, je suis
si bête ! enfin, je ne sais comment cela s'est fait,
mais on ne m'a pas cru.

— Diable ! s'écria Léon. Qu'est-ce qu'ils ont
dit?

— Que je tenais trop à être coupable; que je
voulais sauver la jeune fille ; que lors de mon arrestation, autrefois, on avait eu de bons renseignements sur mon compte. Même en offrant ma

vie, je ne puis être utile à mon maître, à cette pauvre petite qu'il aime! Au fait, qu'est-ce que la vie d'un animal stupide comme moi? Quand je l'offre, on me rit au nez... et l'on me dit : Tu n'es bon à rien, pauvre chien!

Étienne sanglotait.

— L'exécution est pour huit heures, je crois. J'avais compté sur tes aveux pour gagner quelques heures. Si nous allions arriver trop tard! Nous ne pouvons rien en ce moment, rien absolument! Moi, je ne puis sortir d'ici, je ne veux pas lâcher ma proie.

Léon se tordait les mains avec rage.

— Mon sang bout! ma tête éclate! Ils ne reviennent pas!... Sept heures un quart! Ils n'arriveront jamais! S'ils revenaient, nous aurions encore le temps, peut-être.

— Je cours à Newgate, dit Étienne. J'apprendrai peut-être quelque chose.

Le peintre resta seul. Les déchirements de son cœur augmentaient à mesure que le temps passait.

.   .   .   .

Enfin, huit heures sonnèrent.

Dalèze se laissa tomber à genoux en murmurant :

— Il faut prier pour les morts.

On entrait dans la maison.

Des agents de police venaient procéder à l'arrestation du marchand. Dalèze se releva, ouvrit la porte dont il avait gardé la clef, et ils se précipitèrent dans la chambre avec l'ordre d'arrêter Delmase.

V

HAUT ET COURT

Il est temps de nous transporter à Old Bailey place, en face de Newgate, pour assister à la cérémonie de la pendaison, puisque nous y sommes forcés. Il nous est impossible d'admettre que tous ceux qui éprouvent autant d'enthousiasme à courir au pied de l'échafaud ou de la potence qu'ils éprouveraient de répugnance à y monter, soient autre chose que d'affreux scélérats incompris. Il n'en est probablement pas ainsi. Comme nous ne pouvons juger froidement la question, nous ne nous permettrons aucune appréciation sur cette foule qui s'étend depuis le lieu du sacrifice jusqu'à l'endroit où l'on ne peut plus rien voir et où les enfants se consolent en jouant au pendu...

De toutes parts, la foule s'était précipitée sur la place de Old Bailey. Elle était amassée, pressée devant Newgate. L'échafaud se trouvait adossé à la grande porte de cette prison. La multitude regardait les planches et les tréteaux en ricanant, en glapissant, comme si elle eût dû assister à une de ces scènes burlesques que les bate-

leurs donnent à la porte de leur théâtre. La dé-
coration est bien simple. Imaginez deux poutres
noires soutenant une traverse de bois posée ho-
rizontalement, et garnie de morceaux de fer
courbés, qui sont les griffes de la mort.

La représentation commence enfin.

Un vasistas gigantesque s'ouvre dans la grande
porte qui reste fermée. Un homme paraît, — puisqu'on appelle hommes ceux qui font cet office,
— un homme paraît avec Sternina. Elle a courageusement gardé son secret et accepté avec
résignation l'arrêt qui la condamne.

Tous les apprêts du supplice attendu pendant
de longs jours semblent lui faire horreur. Ses
forces sont épuisées, mais son visage a gardé sa
pureté tranquille. Son regard cherche le ciel
comme l'endroit vers lequel elle va se diriger. Ce
calme est pour les assistants un indice de son
innocence. Ses mains sont attachées derrière son
dos; une corde s'enroule autour de ses pieds.

Le prêtre entre le dernier. Il dit quelques mots
à la condamnée, sans doute lui demande-t-il une
fois encore de rompre ce silence fatal?·Elle fait
un signe ferme et négatif.

Il faut que le sacrifice s'accomplisse!

La victime est placée sur une trappe pratique-
quée dans le plancher, et se trouve alors sous
un des crocs de la potence. Le bourreau lui cache
la tête dans une espèce de bonnet. Vivante encore, on lui jette le linceul sur le front. Elle
pousse un cri déchirant.

Le capitaine se jette dans la foule, l'écarte, et se précipite au pied de l'échafaud en criant :

— Arrêtez! arrêtez! elle n'est pas coupable!

Le prêtre l'entend et cherche d'où vient ce cri. Est-ce un contre-ordre? Non! la voix part de la foule. Des policemen entraînent James malgré lui. Il ne peut plus voir.

Si ceux qui se trouvaient là avaient pu deviner ses souffrances, eux qui venaient pour voir une torture, ils auraient eu deux plaisirs au lieu d'un.

D'affreux bourdonnements le rendaient sourd. Ses yeux s'obscurcissaient ; une sueur froide ruisselait sur son visage.

Le bourreau va passer la corde au cou de Sternina, puis descendre et ouvrir la trappe. Ce corps adoré aura quelques ondulations convulsives, puis le bourreau le tirera par les pieds pour en faire un cadavre.

James crut que la terre tremblait. Il lui semblait sentir ses propres débris se précipiter dans le chaos. Il cacha sa tête dans ses mains.

A force de courage et de précision, il était parvenu à établir la culpabilité de Delmase. Au milieu de la nuit, il avait trouvé des ouvriers, et, conseillant les uns, encourageant les autres, travaillant lui-même, il avait découvert le cadavre de l'enfant caché derrière une plinthe, dans le cabinet du marchand. Mais il n'avait pu faire plus. Il y a des formalités indispensables ; les employés pouvaient seuls accomplir le reste.

Voilà pourquoi il se trouvait maintenant perdu dans la foule, et dévoré par d'atroces souffrances.

Tout à coup de grandes clameurs se font entendre. La foule sépare Trimmin des policemen qui l'avaient saisi. Elle l'entraîne. Il peut revoir l'échafaud. La corde se balance légèrement dans l'air... mais seule. Sternina n'est plus là. On se presse, on s'interroge.

Le bourreau vient d'emporter la jeune fille.

Un cri parti de l'intérieur de Newgate avait répondu presque immédiatement au cri de James.

La mêlée hurlait de ses mille voix.

— On l'a dépendue, disait l'un.

— Trop tard, disait un autre. Elle est morte.

— Je vous dis que non ! interrompait un troisième. On l'a rattrapée avant que son poids l'ait entraînée. J'ai vu plus de vingt-cinq pendus ; je sais bien ce que c'est. Ils ne meurent pas si vite. Je l'ai toujours dit, elle est innocente. Ce n'est pas gai, ces erreurs-là ; on devrait bien faire attention.

Il fallut quelque temps pour que les agents de police parvinssent à repousser la foule.

— Vous saurez tout par les journaux, répétaient-ils sans cesse en cherchant à disperser la masse compacte qui se ruait sur eux.

Enfin, à quelques obstinés près, les flots de spectateurs se répandirent lentement dans les rues, et James parvint à l'entrée de Newgate.

Un fiacre en sortait au pas. Le capitaine put apercevoir madame Delmase dans l'intérieur de la voiture.

— Quelles nouvelles ? s'écria-t-il en s'élançant à la portière ouverte.

— Montez ; je ne veux pas attirer l'attention.

Il obéit. Le cab pressa sa course et quitta la Cité en toute hâte.

— Elle est vivante ! dit Antonie.

Une ineffable expression de joie éclairait son visage, que les inquiétudes de la matinée avaient rendu livide. Son manteau de soie était posé sur une masse appuyée dans le coin du fiacre.

— C'est elle ? s'écria James.

— Oui, son innocence a été prouvée. Je ne sais rien de plus. La pauvre enfant est sans connaissance, et l'on craint les suites de cette révolution. Le médecin a dit qu'il vaudrait mieux qu'elle ne revît pas la prison. J'ai tant supplié qu'on m'a permis de l'emmener de ces lieux sinistres.

Le capitaine ne voulut pas instruire madame Delmase de la culpabilité de son mari. Elle devait apprendre la vérité toujours assez tôt.

— Je vous ai prié de venir avec moi, dit-elle, parce que vous pouvez nous être utile. — Vous la porterez pour descendre ; j'ai peur qu'on ne lui fasse mal. — Je ne veux pas qu'elle revienne chez moi ; c'est impossible. Cela lui rappellerait l'affreux événement.

Dès que vous verrez un écriteau d'appartement meublé, vous ferez arrêter le cab.

.. Il est nécessaire d'informer ici nos lecteurs que l'usage des appartements garnis est excessivement répandu en Angleterre comme en Amérique.

James, avide, regardait le manteau de madame Delmase et ne pouvait se persuader qu'il cachât Sternina. Une réaction se faisait en lui. Tout son sang, arrêté au cœur et à la tête, se précipitait dans ses veines comme un torrent longtemps contenu.

La voiture s'arrêta bientôt devant une petite maison d'assez belle apparence.

Le capitaine descendit, échangea quelques mots avec l'hôtesse et revint.

. Il allait soulever la jeune fille dans ses bras, lorsqu'un homme s'approcha de lui. Il sortait d'une voiture qui avait suivi la leur.

— Je me nomme ***, dit-il en donnant sa carte à Antonie.

C'était le premier médecin de Londres.

Il voulut prendre lui-même la malade, qu'il transporta dans une chambre du rez-de-chaussée, et déposa sur un lit.

— Une pièce sur la cour, dit-il, bien ; le calme est nécessaire.

Il y avait sur le devant un petit salon, où James resta pour attendre l'avis du docteur.

— Qui vous envoie, monsieur? demanda Antonie en entrant avec le médecin dans la chambre à coucher.

— Lord Clifford, qui connaît cette jeune fille et s'intéresse vivement à elle. C'est en arrivant aux Indes, il paraît, qu'il a eu connaissance du procès. Il est revenu immédiatement; mais la traversée est longue : six semaines! Lord Clifford n'est arrivé que ce matin, au moment où l'on interrompait l'exécution. Il est venu me chercher et m'a conduit à la prison. Vous partiez, je vous ai suivies.

Trimmin resta pendant plusieurs minutes seul, oublié dans son coin. Madame Delmase reparut enfin. Le docteur venait de sortir par l'antichambre.

— Sauvée! dit-elle à voix basse. Elle a repris l'usage de ses sens.

Le capitaine avança jusqu'à la porte. Antonie ne songea pas à le renvoyer. Elle pressa sur ses lèvres les mains de Sternina, lui baisa le front avec une sorte de folie.

On voyait sur le visage de la pauvre enfant l'altération maladive qu'une longue souffrance morale laisse après elle, et sur son cou la trace de la corde. Pour tout autre que madame Delmase ou James, elle eût été un peu effrayante; mais elle était belle pour Antonie, qui lui devait plus que la vie, et pour James, qui n'avait qu'une pensée: elle est vivante.

Sternina promenait autour d'elle des regards

15

étonnés, sans avoir le sentiment de ce qui se passait. Mais, quand ses yeux rencontrèrent ceux de James, elle eut comme un mouvement de délire.

— Ah! c'est vous qui m'avez sauvée! s'écria-t-elle. J'en suis sûre.

James ne répondit rien et s'effaça un peu.

— Retirez-vous! dit Antonie. On dirait qu'elle a la fièvre. Nous devons être prudents; je désire demeurer seule avec elle.

Trimmin ne pouvait rester là ; mais il craignait que madame Delmase, rappelée brusquement par les nouvelles qu'elle apprendrait, n'abandonnât la pauvre enfant.

— Vous quitterez mademoiselle, et...

— Je laisserai quelqu'un auprès d'elle, mais ce doit être une femme.

James n'avait rien à répondre. Il se retira en demandant la permission de venir savoir des nouvelles.

Son cœur débordait de joie.

VI

LADY CLIFFORD

Sternina ne tarda pas à se sentir mieux. Elle accabla de questions Antonie, qui raconta tout ce qu'elle savait.

Jamais entretien ne fut plus tendre, plus intime que celui de ces deux femmes. Il eût été impossible de dire laquelle était la plus heureuse : Sternina, de revenir à la vie, ou madame Delmase de la voir revivre. D'un côté, la reconnaissance, les bénédictions, les caresses de la pauvre mère; de l'autre, tous les enfantillages d'un joie immodérée.

Enfin, la jeune fille voulut se lever; mais elle n'avait que son costume de condamnée à mort. On frappa doucement. Antonie ouvrit la porte, et, après avoir échangé quelques mots avec une personne qui était en dehors :

— Une femme de chambre pour vous, dit-elle mystérieusement.

— Une femme de chambre?

— Qui parle anglais et français.

— D'où vient-elle ?

Madame Delmase se rapprocha de Sternina, lui prit tendrement la main et lui dit :

— Lorsque j'ai mis mon enfant dans vos bras, je ne vous ai pas caché qu'en la sauvant, vous jouiez votre vie. Vous avez été muette et courageuse jusqu'à la mort. Aujourd'hui la récompense commence. Vous m'avez conservé ma fille, Dieu vous donne un père. On veut vous rendre heureuse. N'interrogez pas et laissez-vous faire. Je ne me pardonnerais jamais d'avoir risqué vos jours, si vous doutiez aujourd'hui du bonheur qui vient à vous.

— Mais je ne demande pas mieux que d'être heureuse! dit Sternina.

— Sur l'honneur, reprit gravement Antonie, vous pouvez tout accepter de la personne qui s'intéresse à vous.

— Je ne refuserai rien.

— Vous me le promettez?

— Je vous le promets.

— Merci.

— Cette personne, cette femme de chambre, vous a donc dit de quelle part elle vient?

— Non, mais je le devine. On vous avait envoyé ce matin un docteur. Le docteur a dit que vous seriez levée ce soir; voilà pourquoi, sans doute, il vous arrive une femme de chambre.

— Qu'elle entre donc.

La jeune fille parut. Son visage blanc et rose avait des teintes nacrées, qui se fondaient avec ses cheveux blonds. Elle était svelte, et toute sa personne était empreinte de cette distinction, qui est un don de naissance chez les Anglaises.

— Avez-vous déjà servi chez quelqu'un? lui demanda madame Delmase.

— Non, madame. J'étais ce matin encore avec ma mère. Nous sommes très-pauvres et nous avons failli, pendant ce dernier hiver rigoureux, mourir de faim et de froid. Quelqu'un nous a sauvées par ses aumônes. Cette personne est venue tout à l'heure chez nous; elle a dit à maman : « Il me faut votre fille ! Elle seule est assez sage pour soigner et servir une jeune demoiselle qui est aussi pure qu'un ange. » Je me suis habillée vite, et me voilà !

— Soyez donc la bienvenue ! Comment vous nommez-vous, mademoiselle ma femme de chambre ?

— Nelly.

— Gentil nom !

— J'ai beaucoup de choses pour vous, reprit Nelly en sortant.

La soubrette rentra bientôt, étalant aux yeux de sa maîtresse tout ce qui pouvait servir à la toilette d'une jeune personne.

— Vous vouliez vous lever ; vous n'aviez pas de robes. En voici, et de charmantes, dit Antonie.

Sternina regardait avec un plaisir enfantin tout ce que Nelly lui montrait.

— C'est pour moi tout cela ? disait-elle en ouvrant de grands yeux. Je crois que je suis morte ce matin et que je me trouve dans un autre monde. Vous voulez donc me faire mourir de joie, maintenant ?

— Chère enfant, répondit madame Delmase, je vous aime d'une affection dont il me semble que je ne comprends pas moi-même toute l'étendue. Le hasard a voulu que votre âme se montrât, et toutes les tendresses vont s'abattre sur vous.

— Vous êtes bonne, répondit Sternina. Eh bien ! Nelly, est-ce là tout ce que vous m'apportez ?

— Presque !

— Qu'avez-vous donc encore ?

— Une lettre !

— C'était par là qu'il fallait commencer. Donnez vite!

La femme de chambre prit dans sa poche un petit billet cacheté de blanc, le lui remit et se retira.

Sternina ouvrit le papier et se pencha vers madame Delmase pour lire avec elle.

La lettre ne contenait que ces quatre mots :

« A vous ma vie ! »

— Encore ces mots ! s'écria Sternina, qui devint rêveuse.

— Vous n'êtes pas beaucoup plus instruite, dit madame Delmase en cherchant à dissimuler le plaisir qu'elle éprouvait. Qu'est-ce donc que ces quatre mots magiques ?

— Le chant qu'on entend près des grands arbres quand l'oiseau s'envole. J'ai entendu ces mots quand j'ai, selon votre désir, donné la liberté à Lily.

— La personne qui a prononcé ces mots sera désormais votre appui, votre père.

Il se fit un moment de silence entre elles.

— Mais la voix était fraîche encore, il me semble; et mon père doit être bien jeune, dit Sternina.

— Il ne faut pas considérer l'âge, mais la nature des gens. Où est ma bague? Vous l'aurez perdue? C'est tout simple !

— Je suis une bien méchante fille ! dit Sternina, écartant ses cheveux. Voyez donc si, par
hasard, elle ne serait pas attachée là.

Antonie glissa le bijou dans un petit ruban qui
liait un des présents que Nelly avait apportés et
le passa au cou de Sternina.

— Vous mettrez cette bague, dit-elle, quand
vous verrez l'auteur du billet que vous venez de
recevoir. Ce doit être lui qui a fait reconnaître
votre innocence. Je n'en suis pas certaine, mais
je le crois.

En rentrant à Portland place, le capitaine
trouva Léon et Étienne qui l'attendaient avec
impatience.

— Enfin, te voilà ! s'écria Léon. Où est-elle ?

— Dans une chambre meublée.

— Ah !... Et qui la soigne ?

— Madame Delmase.

— Eh bien ! qu'est-ce que tu fais là ? Pourquoi
l'as-tu quittée ?

— On m'a renvoyé. Il lui faut du calme. Une
seule personne doit être près d'elle, et ce ne
peut être un homme.

— Qu'est-ce que cela fait ! Ce n'était pas une
raison pour partir, cela ! Il fallait rester dans
l'antichambre, dans l'escalier, dans la rue ! Oh !
ces Anglais ! Veux-tu prendre bien vite ton chapeau et partir ! Est-ce que tu crois que nous
l'avons sauvée pour les autres ? Comment, toi qui
transportais des montagnes pour arracher cette
enfant au bourreau, maintenant, tu t'exposes à

la perdre par convenance! Si tu l'aimes, tâche qu'elle le sache, et vite; car un autre pourrait bien te devancer. Sais-tu que tout Londres ne s'occupe que d'elle. Une fille qui a failli mourir victime de sa discrétion! Se laisser pendre plutôt que de divulguer un secret! C'est beau, cela! c'est grand! c'est noble! c'est digne des anciens qui faisaient tout mieux que nous. Il y a là de quoi tourner la tête d'un trappiste et desserrer les cordons des sacs d'écus les mieux fermés. Tu crois que personne ne s'occupe de ta Sternina peut-être? Mais moi-même, si tu ne l'aimais pas...

— J'y vais!

— Plus vite que cela!

— Delmase est arrêté, n'est-ce pas?

— Il n'y a plus aucun danger; c'est tout ce qui t'intéresse. Pars donc! Occupe-toi de tes affaires. Il faut la voir, lui parler. Du courage! du cœur! Va! je suis curieux de savoir comment un grave personnage, un savant comme toi s'y prend pour se faire aimer d'une femme.

Jamcs partit.

— Ah! soupira Dalèze, quel brave garçon! quel trésor!

— C'est dommage qu'il soit si timide avec les femmes, dit Étienne.

— Bah! nous avons été tous de même.

— Pas à son âge, du moins.

— Tais-toi! tu ne peux rien comprendre à cela. Sa retenue, c'est le silence éloquent de l'aube; la nature ne respire pas... elle attend, et tout à coup s'enflamme de toutes parts, lançant aux cieux ses concerts amoureux! Sa timidité, c'est une fleur de poésie divine qui renferme un monde à faire éclore. Ah! l'amour vrai! Ce feu-là me réchauffe le cœur. Je me sens revivre, moi. Et j'ai cru aimer! Triple idiot!

VII

LE PARFUM DES FLEURS

Depuis trois mois, James était en proie aux plus vives agitations. L'amour, cette exaltation qui fait tant de mal ou tant de bien, qui nous brise ou nous complète, s'était mêlé dans son cœur aux poignantes inquiétudes de voir se dresser un échafaud où seraient allées mourir toutes ses espérances terrestres. Cette nature riche, forte, arrivée à sa maturité sans avoir rien perdu d'elle-même, avait une surabondance de vie, une puissance qu'un mot, qu'un souffle devait faire éclater. Jusqu'alors il n'avait songé qu'à sauver Sternina; maintenant il fallait se faire aimer d'elle, lui dire qu'il l'aimait. James se sentait envahi par un trouble inconnu. Sa poitrine était oppressée; lui, le courage même, il avait peur!

En arrivant, il apprit que la santé de Sternina ne donnait plus aucune inquiétude.

Il s'informa si madame Delmaso était là ; et, sur la réponse affirmative, fit porter sa carte par Nelly. Celle-ci reparut bientôt et l'introduisit dans le petit salon où il avait attendu le matin.

Cette pièce était transformée en serre et renfermait une quantité de fleurs toutes choisies du blanc le plus pur. Un air parfumé, un aspect de bonheur et de fortune étaient répandus dans cette maison si modeste le matin. La reconnaissance de lord Clifford ne marchandait pas.

Il n'y a rien d'indiscret comme les fleurs. Il semble qu'elles disent toujours clairement d'où elles viennent, soit par l'impression qu'elles font sur nous, soit en révélant le sentiment de celui qui les a choisies. Depuis la rose attachée au corsage jusqu'au bouquet de violettes mis dans un verre d'eau, toutes parlent.

Que de jeunes gens se trouvent comme James, livrés à une attente silencieuse, en tête à tête avec un bouquet nouveau dans la maison, un bouquet que seuls ils voudraient apporter !

Sternina se leva pour voir Trimmin. Malgré les suppositions d'Antonie, elle ne pouvait renoncer à la pensée que c'était James qui l'avait sauvée. Elle le répétait sans cesse.

— Je ne le crois pas, répondait madame Delmase, il me l'aurait dit. Il est vrai que le capitaine est doué d'un excellent cœur. Je suis bien malheureuse qu'il n'ait pas aimé ma fille, car elle est perdue, je le crains!

— Perdue! Pourquoi? s'écria Sternina. Oh! c'est impossible!

— M. Trimmin est un honnête homme, j'en suis certaine; mais, s'il était épris d'une femme, je serais plus tranquille encore. Vous ne savez pas, ma chère enfant, ce que c'est qu'un péché qui a dix-sept ans, un cœur tendre qui se donne tout entier! Je vous dis cela, parce que vous connaissez cette histoire, et que, d'ailleurs, vous êtes plus sensée que votre âge ne le comporte. Camille se meurt de langueur. Si ce jeune homme voyait son visage, que la souffrance a pâli, il aurait pitié. La douleur de Camille est plus touchante que n'est sa beauté. Peut-être l'épouserait-il... par devoir!... Et alors le malheur ne serait pas moins grand; car le mariage sans l'amour, c'est le péril incessant, c'est la faute inévitable.

Madame Delmase avait touché la corde sensible de son propre cœur, et ce cœur saignait.

Elle partit pour ne pas attrister la convalescente.

La jeune fille ouvrit la porte qui la séparait du capitaine.

— Sir James, dit-elle, n'est-ce pas à vous que je dois de vivre?

— Pourquoi supposer cela? demanda-t-il vivement.

Je ne sais pas. Il est vrai qu'aucun lien ne

vous rattache à moi ; mais vous pouvez avoir désiré prolonger des jours que déjà vous avez sauvés
au péril des vôtres. Pendant ces derniers temps,
dans ces séances, le monde entier avait disparu pour moi. Seul, au milieu de tous, vous étiez
là, je ne voyais plus que vous. Tant qu'il est
là, pensais-je, je puis espérer encore. Le souvenir
du naufrage me revenait toujours. Enfin, tout à
l'heure, quand mes yeux se sont rouverts, madame Delmase était près de moi; eh bien ! c'est
vous que j'ai vu d'abord, et j'ai pensé tout de
suite : Je savais bien qu'il ne me laisserait pas
mourir ! Est-ce que ce ne sont pas des preuves,
cela ?

James était bien heureux; mais il ne voulait
rien de la reconnaissance.

— Voilà de bonnes pensées, dit-il ; mais si je
vous assurais que vous vous trompez, et qu'un
autre...

— Oui, je sais. Madame Delmase dit que
c'est...

— Qui donc ? qui donc ?

— Une personne riche que mon malheur a
touchée, qui s'intéresse à moi, et veut se charger du soin de mon avenir. J'accepte cette protection avec l'autorisation de madame Delmase.
Oui, pour moi la vie change d'aspect. On m'en-
toure de tant d'affection, que je commence à
m'apercevoir que j'occupe une petite place sur
la terre. On doit écrire à ma mère... Vous savez.
qu'elle est bien loin. J'espère qu'elle n'aura rien

su de mon procès, et elle ne connaîtra que mon
bonheur.

— Un seul mot? indiscret, peut-être?

— Parlez.

James hésitait.

— Cette personne qui vous protége, est-ce...
une femme? demanda-t-il enfin.

— Non.

— Connaissez-vous l'homme qui étend sur
vous sa générosité? dit James, dont le visage
pâlit.

— Non; mais madame Delmase m'en répond,
et je la crois.

— Est-il jeune?

— Je ne sais pas.

— Avez-vous bien réfléchi? Cet homme, songez-y, s'empare de votre vie.

— Oh! je la lui donne de tout mon cœur!

— Voilà une phrase qui veut dire beaucoup,
si elle peint bien votre pensée.

— Je pense tout ce que vous pouvez comprendre,
répondit-elle gaîment. Vous avez un peu d'amitié pour moi, j'en suis sûre, et je veux être
franche avec vous. Notre cœur doit être ouvert
à ceux qui nous aiment, n'est-ce pas?

— Laissez-moi donc lire dans votre cœur. Si
cet homme est vieux et vous aime comme un
père?

— Je serai pour lui une fille dévouée, je soi-
gnerai ses vieux jours.

— S'il vous considère comme... une sœur?

— Je partagerai sa vie, ses pensées, ses impressions. Je dépenserai tout ce qui me reste d'existence à lui plaire, à lui et aux siens.

— Et si… si…—James ne pouvait se décider à compléter sa pensée, — si… cet homme voulait un jour vous épouser?

— Je ne le crois pas, répondit Sternina en riant.

— Enfin, si cela était?

— Je serais sa femme. Et je ne voudrais pas qu'il y eût au monde un homme plus heureux que lui.

James crut devenir fou.

— Mais, pour se marier, il faut… aimer, et cela ne vient ni par le raisonnement ni par la reconnaissance.

— Pourquoi pas?

— Il est peut-être vieux, affreux?

— Si vous étiez comme moi, ignoré, sans position dans le monde, dit gravement Sternina; si, tout occupé des autres, vous n'aviez jamais pu mêler votre nom à vos rêves d'avenir, et, si de ce néant, tout à coup vous étiez élevé à la sublime hauteur d'une véritable affection, ce jour-là, vous ne me feriez pas la question que vous me faites.

— Mais il pourrait venir dans votre vie un homme vers lequel vous vous sentiriez attirée.

— Il ne le saurait pas, s'écria Sternina. Je ne voudrais pas le savoir moi-même.

— Mais pourquoi? pourquoi donc?

— Je ne m'appartiens pas. Quand mon père est mort, ma mère l'a remplacé, et moi, j'ai dû remplacer ma mère. Je ne puis disposer de moi avantque ma tâche soit accomplie, à moins que je puisse faire en un jour ce que mon travail aurait accompli pendant de longues années. La personne dont nous parlons donne à ma famille le bonheur matériel... Je lui donne en échange le droit de disposer de moi comme elle voudra.

— Et vous l'aimerez? dit le capitaine d'une voix profonde.

— Je l'aimerai.

— Mais vous ne l'avez pas vu! Qu'est-ce qui vous lie donc à lui, déjà?

— Ces fleurs! et...

— Et quoi encore?

— Quatre mots!

Elle tira un papier de son sein, et lut avec émotion : « A vous ma vie! »

— Mais pourquoi cet homme plutôt qu'un autre? dit-il avec une sorte de désespoir.

— De celui-là je puis accepter ce que je ne pourrais accepter d'un autre.

— Il est bien riche, n'est-ce pas? noble, peut-être? Enfin, mieux qu'un autre il fera votre bonheur?

— Je le crois.

Un éclair passa dans les yeux de James.

Il allait parler, mais il appela à son aide toute

sa grandeur d'âme, et fut maître de lui. L'homme du dévouement triompha.

— Je ne pourrais rien ajouter à son bonheur; je ne pourrais que l'entraver, pensa-t-il, car elle ne m'aime pas. Je serai malheureux, mais je ne veux pas être égoïste. Ce serait lâche.

— Dois-je donc croire aussi, demanda Sternina, que c'est à cette protection invisible que je dois de vivre?

— Croyez-le! dit James en lui saisissant la main. Croyez-le! Adieu! Vous allez être heureuse... bien heureuse!... Je dois m'en réjouir, et... je m'en réjouis... Laissez-moi emporter une de ces fleurs!

Il cueillit une petite branche d'oranger.

Les Anglais sont peu expansifs. Ils aiment les souvenirs qui, silencieux comme eux, ne parlent pas pour tout le monde.

— Mais qu'avez-vous donc? dit Sternina en s'élançant vers lui... On dirait...

— Que j'ai envie de pleurer, n'est-ce pas? C'est la joie.

— Oui. Que serait-ce?

Et elle resta les yeux fixés sur lui pendant qu'il continuait :

— Je m'en vais, mais si quelque nuage traversait jamais votre bonheur, si vous aviez besoin d'un ami...

— Merci, fit-elle avec effort. Je vous dois assez déjà.

— Ainsi, vous me refusez!... oh! c'est injuste, cela, dit James.

— Oui, cela est injuste! vous avez raison ; pardonnez-moi!

— Au moins, vous me direz pourquoi vous ne voulez rien de moi?

— Non.

— Je le saurai.

— Non. Vous avez bien vu que je sais garder mes secrets.

Le capitaine sortit. Il ne pouvait se tenir debout et vacillait comme un homme ivre. Il lui semblait que son histoire sur terre était finie et que tout son être se désorganisait. Dès qu'il fut rentré chez lui, il s'enferma et plaça dans une bible la fleur qu'il avait prise à la jeune fille.

— Adieu, doux rêve! dit-il; tu ne visites l'homme qu'une fois dans sa vie! Adieu, espérance et bonheur! Adieu, Sternina!

Puis, un torrent de larmes s'échappa de ses yeux; ses sanglots éclatèrent. James n'avait jamais pleuré.

Il était tellement absorbé par sa douleur qu'il n'avait pas entendu plusieurs coups frappés à la porte de sa chambre. Enfin on heurta violemment, et il ouvrit. La servante lui remit une lettre qui contenait ces mots :

« Au nom de celle que vous aimez, venez tout de suite York hotel, York street.

» DAVIS. »

16.

Qui pouvait avoir écrit ces mots?

Depuis longtemps la nuit s'étendait sur la sombre ville.

James partit.

VIII

UNE GOUTTE DE POISON

La maison de York hotel, l'une des plus convenables de Londres, est calme et démesurément triste. Il semble que jamais personne n'en franchisse le seuil.

L'appartement du premier étage est somptueux, entouré de rideaux et de longues glaces; il est sombre et mystérieux. Le salon s'ouvre sur une chambre à coucher plus simple et toute petite.

Dans cet appartement, une jeune femme était seule, assise près d'un coffre dont elle s'était munie pour avoir l'air d'une voyageuse. Elle avait apporté dans ce coffre un déshabillé, ou plutôt une toilette de mousseline blanche dont elle venait de se vêtir. Aucun bijou, aucun ornement ne la parait. Les deux dentelles qui terminaient de chaque côté son corsage ouvert étaient rattachées l'une à l'autre sur son sein par un

étroit ruban blanc. Ses bras arrondis, sa poitrine
gonflée de soupirs, tout était frais et jeune sous
ce voile transparent; c'était un buisson de roses
sous le demi-jour du matin. Sa figure pourtant
était blanche comme un lis, tant la souffrance
l'avait altérée. Deux épaisses tresses noires tombaient lourdement sur son cou. Son front s'inclinait, et du bout de son doigt mignon elle suivait
l'aiguille d'une montre comme on suit impatiem-
ment quelqu'un dont on voudrait en vain hâter
la marche. Enfin elle crut entendre un léger
bruit au dehors. Elle courut ouvrir la porte, se
tint derrière, et la referma sans que la personne
qui entrait la vît.

James, car c'était lui, chercha des yeux, se
retourna et fut en face de Camille, ou plutôt de
l'ombre de Camille, dont une douleur immense
avait ébranlé, exalté l'esprit.

Le jeune homme recula devant ce fantôme qui,
pour lui, ne pouvait être la réalité souriante
qu'il connaissait. Ses yeux, dont la douleur avait
voilé le feu, ses lèvres pâlies qui ne souriaient
plus, enfin, son expression de muette et froide
résignation la faisaient ressembler au souvenir
qui s'efface.

— Pardon! dit mademoiselle Delmase; pardon
du moyen que j'ai employé pour vous faire venir
ici. On m'a dit que vous aimiez Sternina. Je ne
sais si cela est; mais, en tout cas, j'ai pensé que
vous en aimiez peut-être une autre. Ces mots ma
giques qui me feraient traverser le monde, de

vaient donc vous amener ici ; il fallait que je vous visse.

Elle désigna au capitaine une chaise assez éloignée de celle où elle se plaça, et continua froidement.

— Si vous avez choisi Sternina, elle vous aime ou vous aimera. Celle à qui votre tendresse est réservée sera toujours heureuse de vous donner sa vie, et vous ne connaîtrez jamais, sans doute, ce martyre du cœur : aimer seul !... Je ne vous expliquerai donc pas ce qui s'est passé en moi, car vous ne pourriez me comprendre. Ma seule consolation est de penser que cette torture vous est épargnée. J'ai tant souffert que je ne comprends pas comment les forces d'une femme peuvent résister à de semblables ébranlements. Il faut que nous soyons spécialement organisées pour la douleur. J'espérais mourir, mais non.

Trimmin se demandait si vraiment l'amour de Camille était profond, si ce qui le brisait, lui homme, avait atteint cette pauvre enfant, et il la regardait avec une tendre sympathie.

— Si quelqu'un avait souffert pour moi ce que j'ai souffert par... vous, je n'aurais pas eu le courage de le repousser, reprit-elle. Mais vous ne pouvez pas savoir tout cela, pas plus que vous n'avez pu comprendre mes actions. Aussi, j'ai voulu m'expliquer tout entière à vous, avant de m'enfermer à jamais dans l'éternelle solitude où je suis tombée ! Affreuse solitude de l'amour, vide

que rien ne comble, pas même les consolations
divines.

— Oh ! mademoiselle, interrompit vivement
James d'un ton suppliant, ne niez pas la bonté de
Dieu.

— Vous croyez qu'il donne la consolation à
tous ceux qui le prient. Gardez cette pensée ! La
foi doit être au nombre de vos joies terrestres.
Mais ne cherchez pas à me convaincre. Nos
croyances sont différentes comme nos pensées.
La souffrance nous éclaire et nous vieillit. Pour
moi, Dieu, c'est l'inconnu ; l'âme c'est le mouvement ; le bonheur, c'est l'amour à deux. La
mort... c'est le vent qui nous disperse comme la
poussière du chemin.

— Oh ! je vous ai fait bien du mal, mais c'est
involontairement, croyez-le, dit James. Je ne
savais pas ce que vous pouviez souffrir !

— Merci de cette bonne parole. Vous avez cru,
n'est-il pas vrai, que j'étais une petite fille
effrontée ? Vous avez cru que je ne savais pas ce
que je faisais ? Vous vous trompiez. Il vous est
arrivé peut-être, en marchant au fond de quelque forêt, d'écraser sans le savoir une fleurette
imperceptible qui s'épanouissait dans le gazon ?
Eh bien ! je m'étais dit : Je serai pour lui cette
petite fleur. Nul n'a vu mon cœur avant lui, nul
ne le verra après. Tout le travail que la nature a
fait en moi pendant dix-sept années n'aura eu
pour but que de me préparer à sa venue. Que son
regard ait ébloui mes yeux, que ses lèvres aient

effleuré mon front, que sa main m'ait pressée sur son cœur, et j'aurai eu ma part de bonheur en cette vie. Je venais enfin vous demander de mourir sous votre pied comme la fleurette de la forêt.

On est toujours sensible au récit des maux qu'on souffre soi-même. James sentait sa douleur se mêler à celle de Camille. Il ne comprimait son émotion qu'avec peine.

— Et vous pensiez que j'étais assez lâche pour profiter de cette abnégation! s'écria-t-il.

— Vous auriez cru commettre une faute, n'est-ce pas?

— Un acte indigne, infâme!

— Vous vous trompez! Il me serait facile de vous le prouver. Mais non! je voulais un élan de votre cœur; je ne veux rien de votre pitié.

— Expliquez-vous.

— C'est inutile! Il était inconvenant de nous voir chez vous, je l'ai compris; et, comme je voulais vous parler, je vous ai fait venir ici. J'ai dit dans cet hôtel que j'attendais mon mari, M. Davis, au nom duquel je vous ai écrit. Vous voyez, les convenances étaient gardées autant que possible. Si je vous ai déplu en quoi que ce soit, pardonnez-le-moi aussi?

Elle s'arrêta pour refouler la douleur qui l'envahissait.

— Encore un instant, continua-t-elle. Plaignez-moi, James! Oh! laissez-moi vous nom-

mer ainsi. Je n'ai plus que quelques mots à vous
dire.

Puis, s'approchant du jeune homme, elle lui
prit les mains, fixa les yeux sur lui et ajouta :

— Adieu, James! je vous ai bien aimé!

Ces paroles furent prononcées avec l'accent
d'une tendresse profonde, mais tranquille. Ses
yeux restèrent un moment attachés sur ceux de
Trimmin, puis elle se laissa tomber à terre, posa
sa tête sur leurs mains unies et versa d'abon-
dantes larmes. Le capitaine n'osait faire un mouvement. De l'étreinte de ces mains, du contact
de cette douleur se dégageait un fluide magnétique qui se répandait sur lui. Il avait lutté
jusque-là pour cacher sa souffrance, qui aurait
établi un lien entre eux deux. Mais les larmes
attirent les larmes par une puissance irrésistible.

Il parut ému.

— Maintenant, partez! dit la jeune fille, qui
se leva brusquement. Je n'ai plus rien à vous
dire.

Il restait immobile.

— Partez! je vous en supplie.

James, surpris de ce changement subit, ne
comprenait pas ce qui se passait en Camille, et
ne pouvait se résoudre à l'abandonner à elle-
même.

— Partez donc! répéta-t-elle avec impatience,
Mon amour s'est calmé dans la tristesse. Mais il

y a en nous de si forts instincts d'espérance que
nous nous cramponnons à nos désirs, malgré les
efforts de notre raison. Adieu! Vous ne voulez
pas que ma résignation s'en aille et que ma folie
revienne, eh bien! partez!

Le capitaine se leva.

— Voici quelques mots, dit-elle alors en lui
donnant une lettre cachetée. Vous n'ouvrirez
cela que chez vous. Entendez-moi bien, que chez
vous! C'est l'adieu de ma pensée qui veut suivre
celui de mes lèvres.

— On dirait que vous renoncez à la vie! dit
James avec terreur.

— Quelle idée!

Un trouble tout nouveau avait saisi Trimmin.
Sa tête se perdait sous l'œil fixe et presque égaré
de Camille. Il se trouvait martyr et bourreau.
Elle le poussa jusqu'à la porte. Il descendit précipitamment, courut sous la lumière du vestibule,
brisa le cachet de la lettre et lut :

« Veuillez prendre connaissance de ces lignes.
Je le désire... je l'exige, vous ne pouvez me refuser cette seule grâce. »

Il continua. A peine s'il pouvait distinguer les
mots :

« Mon père,

» James est ton fils, tu n'a plus d'autre enfant.

» Si ma mémoire vous est chère à tous deux,
si ma dernière volonté est sacrée pour vous,

que la fortune que tu me donnais lui appartienne. Tu trouveras cette lettre en double chez toi... »

James n'en lut pas davantage, il remonta, ou plutôt franchit les marches de l'escalier, se precipita dans la chambre, saisit la jeune fille et lui arracha un flacon qu'elle tenait déjà sur sa bouche.

— C'est à refaire! dit-elle avec fermeté.

— Non, car je ne veux plus vous quitter! s'écria-t-il. Je suis à vous, Camille; je vous donne tout ce que je puis donner encore de moi-même.

— Par pitié! Je ne veux point.

— Non, non! J'ai besoin de pitié autant que vous; et si je ne veux pas mourir, c'est que je crois en Dieu. Sternina ne m'aime point!

— Sternina! s'écria la jeune fille. Oh! les voilà bien ces femmes de glace, avec leur front chaste et leurs yeux d'anges! Elles font des miracles de sagesse, de pureté aux dépens de leur vie; mais elles sont comme des statues de vierge; elles n'ont pas de sang dans les veines, point de feu dans l'esprit. Il faut qu'on les adore malgré soi, et elles n'ont pas besoin d'aimer.

L'œil noir de Camille étincelait.

— En apprenant mon malheur, le désespoir m'a saisi et s'est transformé bientôt en une flamme étrange. Je ne sais plus ce qui se passe en moi. Je souffrais avant de venir ici, mais je

me possédais encore; maintenant, je suis fou.
L'amour qui émane de vous m'enveloppe. Il faut
qu'on m'aime! Oubliez que j'ai été ingrat! Ne
vous éloignez pas! Aimez-moi!

— James, je vous aime! lui dit-elle; je vivrai
pour vous!

D'un geste caressant il l'entoura de ses bras,
l'attira vers lui, la pressa sur sa poitrine, et, se
penchant vers elle, il lui couvrit la tête de baisers.

Les mains de la jeune fille s'étaient rejointes
sur la blonde chevelure de Trimmin. Un brusque
changement s'opéra en lui, son visage pâlit. Et,
tout frémissant d'émotion :

— Vous m'aimez, dit-il, mais savez-vous ce
que c'est que l'amour? Enfant, qui êtes venue
comme un oiseau effrayé vous abattre sur mon
cœur! Savez-vous que l'amour n'est pas ce
trouble qui nous agite en ce moment? Savez-vous
que l'amour vrai est tout un monde grandiose et
chaste formé du plus pur de nous-mêmes? Savez-
vous que ce n'est pas l'union de deux corps, mais
la fusion de deux âmes? Car il y a en nous un
être invisible, une lueur divine, une âme qui est
un peu de Dieu! Cette âme que vous me donnez, ne me maudirez-vous pas de l'avoir prise,
moi, qui savais ce que vous ignoriez?

Il y avait dans ce jeune homme qui, se maîtri-
sant lui-même, avertissait cette jeune fille de
l'erreur qui la poussait dans ses bras, une conviction, une autorité sainte sous lesquelles le

scepticisme de Camille hésita. Ses yeux se baissèrent. Elle rapprocha ses mains de sa poitrine comme pour ramener sur son sein un voile invisible.

Tout à coup, elle vit se dresser devant elle un spectre noir à face blanche.

— Ma mère! s'écria-t-elle en s'éloignant du capitaine.

— Vous ici, monsieur? dit madame Delmase avec sévérité. A deux heures du matin, avec mademoiselle?

— Avec madame Trimmin, quand il vous plaira de le permettre, répondit James.

Antonie avait aperçu le flacon brisé à terre et la lettre ouverte sur la table.

— Il suffit, dit-elle; je vous ferai connaître ma réponse. Ma fille, on accuse votre père d'être l'assassin, et on vient de l'arrêter.

Camille poussa un cri et tomba sur un fauteuil.

— Le malheur viendra donc toujours me chercher dans ses bras! s'écria-t-elle.

Antonie continua:

— Cet événement a remis tout à coup votre destinée dans mes mains. Voilà pourquoi vous me voyez pour la première fois paraître dans votre vie intime; mais comme jusqu'à ce jour vous étiez étrangère à mon autorité, je serai pour vous une amie, rien de plus. Monsieur, ajouta-t-elle en s'adressant au capitaine, cette enfant ne se comprend pas elle-même. Les malheureuses circonstances qui frappent notre maison ne sauraient me faire oublier que ce moment doit décider à jamais de son avenir. Vous n'aimez pas ma fille... mais vous ne voulez pas la laisser mourir. C'est dans cette perplexité que vous vous trouviez, sans doute ; je ne vous accuse pas. Je veux échanger quelques mots avec elle ; je l'emmène. Elle renoncera volontairement et sans danger pour sa vie à l'amour qui la trouble. Je l'espère, et je vous engage à le croire. Viens, mon enfant!

IX

A QUOI PEUT TENIR LA VERTU DES FILLES

La voiture de madame Delmase attendait à la porte de l'hôtel. Une vapeur blanchâtre s'élevait au-dessus du cheval. La pauvre bête était rendue. Depuis trois heures Antonie faisait des recherches pour trouver Camille. En rentrant chez elle, la malheureuse femme avait appris l'arrestation de son mari et le départ de sa fille. A l'aide des domestiques, elle était parvenue à retrouver la trace de Camille. Toutes deux firent le trajet sans échanger un mot. Dès qu'elles furent rentrées :

— Tu sais que M. Trimmin ne t'aime pas, dit Antonie, et tu veux le forcer à t'épouser, en l'entraînant à commettre une faute.

— Ma mère !

— Ne dis pas non ! Cela est. Tu spécules sur l'honneur d'un homme sans reproche. Ce serait le fait d'une femme indigne, si ce n'était pas un pur enfantillage. Mais cet enfantillage a failli te coûter cher ; car tu te condamnais non-seulement à vivre avec un homme qui ne t'aime pas, mais encore à vivre sans l'estime de ton mari, sans ta propre estime. Tu dois t'étonner de voir l'intérêt soudain qui m'attache à toi, quand d'autres préoccupations devraient m'absorber. C'est ici, dans notre foyer, le théâtre d'un assassinat, que je dois avoir avec toi cette explication. Écoute, et tu comprendras tout : ce que je vais te dire n'aurait jamais frappé tes oreilles, si ton honneur et mon devoir n'exigeaient pas qu'aujourd'hui je parusse devant toi, ma fille, comme je paraîtrai devant Dieu, mon juge. Prête-moi donc toute ton attention. Tu as souffert, tu souffres encore, et tu veux mourir. C'est à cela que je vais répondre.

La voix d'Antonie avait une gravité, une puissance qui frappèrent Camille. Quelque chose d'étrange allait se passer ; elle le comprit, leva la tête et écouta sa mère avec anxiété.

— Te souviens-tu qu'autrefois ta vie se passait dans mes bras, et que mes lèvres quittaient à peine ton front chéri ?

—Oui, ce fut ainsi jusqu'à ma onzième année.

— Te souviens-tu que ce portrait suspendu là, devant toi, représentait fidèlement mon visage, mes épaules et mes bras. Il y a six ans de cela?

— Oui.

— Regarde-moi!... Je suis jeune; pourtant mes cheveux ont blanchi, les rides se creusent sur mon visage décoloré, mes vêtements s'arrêtent anguleux sur mes os. C'est qu'en un jour ma beauté, tes douces caresses, mon bonheur, tout a fui! Depuis six longues années, Camille, je pleure seule, au milieu de vous tous! J'ai vu ton âme, privée de mes conseils, se perdre insensiblement dans une mauvaise éducation. Ce jour, qui devait venir ne te laissant que le choix entre le déshonneur ou le poison, je l'ai vu s'approcher d'heure en heure. Depuis six ans, j'ai vécu entre toi et ce malheur, sans pouvoir étendre la main pour te défendre, moi, mère. Si j'ai vécu entre toi et ton déshonneur, j'ai vécu aussi entre Lily et le couteau qui s'approchait insensiblement pour la frapper. La main de l'assassin était levée. Je savais qu'elle tomberait, et je ne pouvais ni l'arrêter, ni crier au secours. Il fallait que j'attendisse et que je visse tout cela s'accomplir.

— Mais pourquoi? s'écria Camille.

Antonie était la souffrance personnifiée.

La jeune fille entendait s'élever dans son cœur une voix divine qui lui criait : Enfant, humilie-toi devant cette immense douleur.

— Je ne pouvais me tuer. Une mère qui se tue

est un monstre. Si je n'ai pas succombé à mes tortures, c'est que Dieu avait encore besoin de moi. Je suis restée comme la nuée suspendue par l'orage au-dessus de la récolte qui se dessèche, et qu'elle ne peut rafraîchir et sauver.

— Mais, pourquoi donc? demanda Camille.

— Pourquoi?

Antonie baissa gravement la voix.

— Parce qu'un amour irrégulier a traversé mon cœur, parce qu'une scène comme celle de tout à l'heure se passait dans ma vie il y a sept ans. Pourtant, moi, je ne jouais pas ton rôle, mais celui de James. On ne voulait pas se tuer, mais... j'aimais.

La tête de Camille s'inclina sur sa poitrine.

— Je n'ai plus eu le droit d'être ni épouse, ni mère. Le reproche et la menace me fermaient la bouche à toute heure. Je n'ai plus eu le droit d'embrasser mes enfants! Enfin, j'ai vu les petits bras de ma Lily meurtris souvent par l'étreinte de fer du juge-homme, celui qui ne pardonne pas!... Les restes du cadavre ont été trouvés chez M. Delmase, dans le mur de son cabinet, des fragments du berceau dans son corps à lui. Le chef de la famille est publiquement déshonoré par un crime. Voilà ce que j'ai fait, Camille! Il tombe souvent des gouttes de sang sur le front qu'on livre au plaisir... Tu sais tout, mon enfant! Pardonne-moi! Arrête ici le châtiment, et que ta vertu me reste, au moins.

— Maman, s'écria Camille en se précipitant

aux genoux de sa mère, maman, tu as raison.
Les enfants occupent toute l'existence et la pensée des parents, mais ils sont aussi leur consolation. Toutes tes larmes tomberont désormais sur
mon cœur, où je les recueillerai avec un religieux
respect. C'est une vengeance sauvage et féroce
qui s'est exercée sur toi !

— J'ai été sévèrement châtiée ! mais crois bien
qu'il en est presque toujours ainsi. Si je n'avais
eu à déplorer que la perte de ton honneur, crois-
tu que j'eusse moins souffert?

Camille, frémissante, cacha sa figure dans le
sein d'Antonie.

— Oh! je comprends, maintenant, dit-elle, je
crois, et j'ai peur du mal. Je suis faible; si ces
affreuses pensées allaient me revenir !

— Ne crains rien! J'ai commencé; Dieu achè-
vera. Tu ne crois pas en Dieu? Écoute bien....
Sais-tu qui a dénoncé et découvert ton père?...
Un ami de James, qui, sachant son amour pour
Sternina, désirait la sauver. Ton père voulait se
venger sur elle, et s'est arrangé pour qu'on la
crût coupable. S'il n'avait pas voulu faire mourir
cette jeune fille, il se serait encore caché lui-
même dans l'ombre ! Cette sainte qui savait son
secret à lui, qui savait pourquoi sa main avait
frappé, aimait mieux mourir que de divulguer le
double déshonneur de notre maison. Pourrait-il,
sans Dieu, y avoir de telles perfections?

— Oh! ma mère, dit Camille en joignant les
mains, tu as raison, la vertu de cette femme est

un rayon divin! Il n'y a rien d'humain en elle.
C'est à genoux qu'il faut lui parler.

Madame Delmase ajouta :

— Si l'homme ne croit pas, c'est qu'il ne veut
pas croire. Il n'y a pas de saine réflexion qui
analyse la vie sans y trouver partout la vérité
infinie. Le doigt suprême est posé sur toutes
choses. Mon enfant, retiens et médite ceci : la
Divinité se fait jour tôt ou tard. Est-ce la faute
de Dieu si la vertu, parfois, meurt de faim près
de l'infamie qui porte une fortune à son cou?
Est-ce sa faute si toi, qui aurais donné tout
pour un mot de James, tu passais près d'un enfant en lambeaux sans lui donner un sou? Dieu a
dit : « Soyez maîtres! Agissez! » Puis il veille,
avertit, console ou punit... et pardonne enfin. Le
mal porte en soi son châtiment. La haine empoi-
sonne et brise celui qui la ressent, bien plus que
celui qui l'inspire n'en est victime. Crois bien
que ton père a souffert plus encore que moi-même.
Tout mauvais sentiment est une torture intérieure.

— Mère, je te crois, dit Camille en relevant
la tête ; tu es la conviction et Sternina la preuve.

Antonie pressa sa fille sur son cœur.

— L'as-tu aimé longtemps? demanda Camille
en hésitant.

— Jusqu'au jour de ma chute. Il était beau,
pourtant! Ma pauvre enfant, le péché, vois-tu,
c'est bien la science du mal, le fruit défendu.
On le porte à ses lèvres et on le rejette avec dé-

goût. Si l'on s'enivre de son amertume, on en meurt!...

— Tu l'as oublié?

— Oublié!... C'est une autre chose. Tu oublieras James, toi! Mais, moi, je n'ai pas oublié. C'est encore un châtiment! Quand on a commis une faute, on n'oublie pas! La faute macule notre âme d'une tache indélébile. C'est comme une sorte de mariage infernal. Le souvenir qu'on ne peut chasser est un remords de plus.

— Tu m'as bien sauvée! Une dernière question. James aime Sternina; mais il ne se croit pas aimé d'elle. Un autre occuperait-il l'esprit de cette jeune fille?

— Cela se peut, dit madame Delmase, qui ne put maîtriser un mouvement de joie.

— A qui sera-t-elle?

— Au meilleur, sans doute, ma fille. Que désires-tu?

— Qu'elle soit l'épouse de James.

— Bien, mon enfant. Souhaiter la plus pure des femmes connues à l'homme qu'on a aimé et qu'on n'a pas le droit d'aimer toujours, c'est d'une âme droite et calme. Tu auras l'estime de James.

La jeune fille courut à une table, traça quelques lignes et les mit sous les yeux de sa mère.

Voici ce que Camille écrivait :

« Je crois! je suis guérie d'un amour insensé!

» CAMILLE DELMASE. »

— Ai-je tort d'écrire ?

— Pourquoi ? La femme qui dit : « J'aime » est-elle moins coupable que celle qui l'écrit ? Ah ! ne songe jamais à ces honteuses précautions des âmes perdues.

— Hélas ! mon père me disait le contraire.

— Pardonne-lui... Je ne veux rien excuser ; je ne reconnais pas aux parents les droits illimités que leur donne l'opinion publique ; je ne condamne pas les enfants à une admiration passive pour toutes les actions de ceux qui les ont mis au monde. Les enfants ne sont pas des choses inertes, comme le voudrait établir la masse des égoïstes ; non, je te dis : Pardonne-lui, comme je t'ai dit : Pardonne-moi ; car tous deux nous avons péché contre toi.

— Oh ! ma mère, dit Camille fondant en larmes, que tu es puissante dans ton amour ! Tu as trouvé les chemins les plus secrets de mon cœur ; tu as fait renaître en moi tout ce qui restait de l'enfance ; quel miracle ! Et je ne regrette rien, car j'ai ta tendresse, c'est cela qu'il me fallait !

X

C'EST BIEN DE L'AMOUR

Vingt-quatre heures seulement s'étaient passées depuis que Sternina avait quitté la prison.

Madame Delmase vint visiter la jeune fille.

— Ma chère enfant, lui dit-elle, la personne
à qui vous devez le bonheur désire que vous de-
meuriez chez elle tant que vous ne serez pas
mariée. J'écris à votre mère à ce sujet. Comme
je suis convaincue qu'elle ne s'opposera pas à
nos projets, je vous conseille d'accepter sans
crainte la place qu'on vous offre au foyer d'une
des plus grandes et des plus honorables familles
de Londres. Lord Clifford jure de veiller sur
votre bonheur comme votre mère y veillerait
elle-même. Il a fait venir de France une de vos
parentes, une vieille tante, je crois ; elle demeu-
rera chez lui avec vous. Sternina consentit sans
peine à ce que lui demandait Antonie.

— Je vous quitte. Faites-vous belle, lui dit
celle-ci, car on va venir vous chercher bientôt.

Nelly habilla sa maîtresse. Cette innocente
fille y mettait une coquetterie qu'elle n'eût
jamais eue pour elle-même. Elle voulait que la
protégée de son bienfaiteur fût charmante, et

elle réussissait à merveille. Sternina riait de
tout son cœur en voyant les soins de sa camé-
riste.

Un roulement sourd se fit entendre. Nelly
sortit de la chambre et rentra presque aussitôt.

— La voiture de mademoiselle est là, dit-elle
d'un air triomphant.

Sternina s'approcha de la fenêtre et vit dans
la rue un beau cheval qui piaffait, un petit coupé
qui scintillait au soleil.

— Cette voiture va me mener chez lui. Je vais
le voir ! s'écria Sternina.

— Oh ! mademoiselle, laissez-moi regarder,
avant de partir, si vous êtes bien.

— Oui, oui, dit la jeune fille distraite.

— Attendez... ce ruban se dérange.

— Lord Clifford va me trouver laide ; si j'allais
lui déplaire !

— S'il n'allait pas vous plaire ?

— Il me plaît. Que dis-tu ? il n'est pas question de cela. Il est charmant, il me plaît, répéta
Sternina d'une voix convaincue. Je l'aime ! Oh !
que je suis émue !

— Allons, mademoiselle, du courage !

— Bonne fille ! Viens.

Elles sortirent.

Un groom ouvrit la portière, regarda avec
une curiosité discrète, et enferma soigneusement
ce trésor tant recommandé.

La voiture partit.

Le capitaine était à quelques pas de là, et

vit passer Sternina. Elle était belle ! Le bonheur
s'était répandu sur son visage. Personne aussi
bien que lui ne pouvait apprécier cette trans-
formation presque magique. Pourtant cela ne
charma pas le pauvre James, au contraire. Il
aurait bien mieux aimé retrouver la petite institutrice. Planté sur l'asphalte longtemps avant le
jour, il avait épié, attendu, sans savoir ce qu'il
épiait ni ce qu'il attendait. Elle est là ! Cette
pensée le retenait.

Tout ce luxe passa devant lui et lui traversa
le cœur comme une flèche.

Tout à coup Trimmin sentit qu'on lui frappait
sur l'épaule.

— Léon ! pourquoi m'abandonnes-tu ? s'écria-
t-il.

— La question est bonne ! Où t'aurais-je
trouvé ?... Tu as fait ta déclaration à cette jeune
fille ?

— Non !

— Au moins lui as-tu dit que nous l'avions
sauvée ?

— Non ; je veux qu'elle l'ignore.

— Enfin, que s'est-il passé entre vous ?

— Je lui ai fait mes adieux ! dit le capitaine
avec humeur.

— Voilà qui est très-bien, morbleu ! je te
félicite.

— Raille-moi, tu as raison ; j'étais un enfant.

— Voyons, fit Léon, en prenant le bras de
James et se dirigeant vers Portland place ; tu as

en moi un ami, presque un père ; traite-moi donc comme tel.

— Je vais tout te dire : c'est une confession. Quand j'ai vu Sternina la dernière fois, je ne me rendais.pas encore bien compte de mes sentiments. Je ne savais pas encore tout à fait ce que c'est que l'amour. Car l'amour se cache pour entrer dans notre cœur, il s'y installe, rattache à lui toutes les fibres de notre individu, et ne jette son voile que lorsqu'il peut dire : « Je suis maître ! » Elle allait être heureuse, et j'ai cru pouvoir me sacrifier. Je l'ai fait.... Quelle dérision ! D'abord j'ai souffert !... Ces tortures ne se décrivent pas. Ensuite, j'ai voulu me consoler. Hier, j'ai failli commettre un acte infâme ; j'avais besoin d'être aimé : j'ai pris dans mes bras une jeune fille frissonnante d'amour. J'étais fou ! La volonté de Dieu est tombée entre nous pour nous séparer, et je me suis rejeté en arrière. Je voulus alors m'étourdir. J'errai dans Londres toute la nuit. Ma tête se perdait. Le matin, je me retrouvai devant la maison de Sternina, les yeux fixés sur ses rideaux. Il n'y avait plus rien en moi de l'adolescent de la veille ! l'homme s'était révélé ! Sternina n'était plus la jeune fille libre d'elle-même, c'était ma fiancée. Elle sera à moi, vois-tu, quand je devrais la disputer au monde entier !

Tu ne sais pas ce que c'est que l'amour ? c'est l'heure suprême de l'homme, l'épanouissement de toutes ses facultés, son accomplissement ! Une

lumière se fait dans son esprit et l'éclaire ; une
poésie inconnue s'infiltre dans son sang.
L'homme moral et l'homme physique s'achèvent
en lui. Quoi qu'on en dise, seuls, nous ne
sommes pas complets. C'est la loi de la nature.
L'homme isolé erre sur la terre et croit se suffire ; mais tout à coup la puissance universelle
se manifeste, lui désigne une femme, et lui dit :
« La voilà ! » Ce jour, il est atteint d'une étincelle mystérieuse. Si jusque-là, noble dans ses
aspirations, il a côtoyé le vice sans vouloir le
connaître , s'il ne s'est pas, par faiblesse ou par
curiosité, dispersé sur les chemins, c'est alors
que le miracle éclate dans toute son intensité.
L'homme sent quelque chose d'inconnu s'éveiller
en lui ; il n'est plus seulement l'animal civilisé,
mais la créature avec le rayon divin qui l'illu-
mine, la matière éclairée par la pensée, une
volonté enfin ! Celui-là peut défier tous les
autres, car sa puissance est presque infinie.
Passé, présent, avenir, tout se concentre dans
mon amour. Ce que je suis, ce que je vaux, ce
que j'espère, tout est en Sternina : mon moi
s'est fondu en elle. Pour que je puisse vivre
désormais, il faut que je me rassemble, c'est-à-
dire qu'elle m'aime et s'unisse à moi, puisqu'elle
est une partie de moi-même. Jusque-là, la terre
me brûlera les pieds, l'air m'étouffera.

— Voilà comme je voulais te voir ! Tes yeux
brillent ; tu as une flamme au front ! Et moi qui
ai laissé ton portrait à Paris ! Ah ! je le finirais

bien maintenant! Fiez-vous donc aux airs tranquilles!

— Tais-toi, et pour le moment agissons!
Sternina vient de sortir. Où peut-elle aller?

— Elle va chez lord Clifford.

— C'est un lord?

— D'Angleterre, mon Dieu, oui. Espérais-tu
que ce serait un portefaix? Ah! je ne le cache
pas, ton rival est à craindre sous tous les
rapports.

— Est-ce que tu l'as vu?

— Certainement.

— Où donc?

— Où tu étais toi-même tout à l'heure. Quand
deux chasseurs poursuivent le même gibier, il
ne faut pas les chercher loin l'un de l'autre. Je
me suis déjà renseigné. Depuis trois mois, je
me suis habitué à ce métier-là, je deviens très-
habile. Lord Clifford vient d'écrire à la mère de
Sternina pour la prier de lui permettre d'assurer
à elle et à ses enfants une petite fortune. La
jeune fille et une de ses parentes vont demeurer
chez lui.

— Qui t'a dit cela?

— Madame Delmase! je sors de chez elle. Je
ne veux pas te tromper. J'ai bien examiné ce
lord Clifford quand il regardait de loin les fenêtres de Sternina. Voici quelle est ma conviction : Il n'a pas d'autre but que d'épouser la
petite. Oh! c'est évident pour moi, et je crois
qu'il mènera rondement les affaires. Il l'adore.

Il est possible que Sternina s'effraye d'une passion aussi ébouriffée ; mais il ne faut pas compter là-dessus. Il y a des jeunes filles bien modestes, bien timides, qui n'ont pas d'autre envie que de se jeter dans le feu.

— Enfin, ce lord, est-il vieux ?

— Vieux ! mais non !

— C'est impossible ! un homme qui se permet de protéger une jeune fille ne peut pas être jeune.

— Pourquoi donc ? Il a trente-huit ans au plus.

— Il serait son père.

— Il est bel homme, ma foi !

— Il y a tant d'hommes affreux ! Il faut que précisément celui-là...

— Une bouche aimable, de beaux cheveux noirs, des sourcils arqués, l'air jaloux.

— Jaloux !... Ah ! voilà qui m'est indifférent. Je le suis bien plus encore, jaloux, moi !

— Il ne s'agit pas de casser les vitres de ce monsieur dont nous avons besoin.

— Il s'agit de se faire aimer de Sternina ! s'écria James.

— Ton projet ?

— Il est bien simple. Ce soir, lord Clifford saura mon secret.

— Ceci est difficile.

— Pas du tout.

— Comment le saura-t-il ?

— Par la voie des journaux.

M. Delmase ne peut nier son crime, il va chercher à l'atténuer. Il dira que s'il a fait accuser Sternina, c'est pour se venger d'elle et la punir de l'amour qu'elle avait inspiré au jeune homme que sa fille aimait. Soyez tranquille ; un homme comme lord Clifford ne laissera pas cet incident tomber inaperçu. Partout où Sternina ira, j'irai. Je la rencontrerai au concert, au théâtre ; je ne chercherai pas à lui parler, mais je la suivrai, je la regarderai.

— Jusqu'à ce que lord Clifford se dise : Quel est donc ce drôle, ce blondin qui se permet de trouver ma protégée de son goût ?

— Précisément.

— Et tu crois que cela fera bien ?

— Il voudra savoir mon nom. Il interrogera Sternina. Il lui demandera si elle m'aime.

— Elle dira que non....

— Et la glace sera rompue ! C'est tout ce qu'il me faut. Lord Clifford aura compris. Il voudra voir de près son ennemi. Et si, dans quelques jours, il ne m'invite pas à venir chez lui, eh bien ! je me présenterai sans invitation. Cet homme est généreux, il doit être bon ; le bonheur de celle qu'il aime lui sera cher, il la laissera libre de choisir entre nous.

— Ainsi, tu espères ?

— Tout ! cet homme peut être noble, riche, mais il a trente-huit ans ; il n'est pas marié et doit avoir gâché sa vie. Moi, je suis jeune ! Elle ne l'épousera pas, je te le répète ; il peut toucher son cœur, exalter son imagination. Moi, je l'attirerai toute par la puissance de mon amour ! Tu verras !

Les deux jeunes gens étaient arrivés à Portland place, mais ils se promenaient de long en large, et James ne paraissait pas disposé à rentrer chez lui.

— Je gage, dit Léon, que tu voudrais bien voir l'habitation de lord Clifford ! C'est beau ! un vrai palais ! Oh ! aimant des aimants ! Tiens, voici l'adresse... c'est à Bays-Water.... Mais rentre quelquefois chez toi et mange de temps en temps. Moi, je vais faire venir mon attirail d'atelier. Je ne te quitte qu'après la noce.

— Ami ! tu es toute ma famille, fit James en lui serrant tendrement la main.

XI

TROP ET TROP PEU

Lorsque madame Delmase confia sa fille à la gouvernante le matin de l'assassinat, on se souvient qu'elle lui remit une lettre par laquelle lord Clifford devait apprendre que sa bien-aimée Lily allait lui appartenir.

Fidèle à ses instructions, la jeune fille, sans

regarder la suscription, avait fait porter la lettre,
et lord Clifford y avait lu ces mots :

« Partez pour les Indes. Emmenez votre enfant, si vous voulez la garder. La personne qui
vous l'amènera lui aura sauvé la vie. Elle fait ce
que je n'ai pas eu le courage de faire jusqu'à
présent. Elle vous donne votre fille, et pour cela,
expose ses jours ; mais pour le moment ne cherchez pas à la connaître, vous la perdriez. »

Edward partit. Son but unique était atteint ;
il avait son enfant ! Mais tout événement heureux a son ombre derrière lui. Le bonheur de
lord Clifford ne fut pas complet. Une pensée le
poursuivit : Qui est cette femme à qui je dois
tout ; envers qui il faut que je m'acquitte, cette
femme qui joue sa vie pour mon enfant ?

A peine se fut-il embarqué, que l'idée de
revenir à Londres le tourmenta. C'était impossible. Il fallait avant tout mettre Lily en
sûreté.

Il se rendit compte d'abord du besoin qu'il
avait de voir cette inconnue, en songeant à la
reconnaissance qu'il lui devait et à la nécessité
où il était de s'acquitter envers elle ; mais ces
sentiments tout naturels ne suffirent pas longtemps, pour expliquer l'idée qui l'occupait. Cette
idée l'obsédant de plus en plus, devint intolé-
rable. Chaque fois qu'on rencontrait un bateau,
Edward avait besoin de toute sa force de volonté
pour ne pas dire : Prenez-nous à bord. Rem-
menez-nous à Londres.

Lily n'était plus le bonheur complet. Plus de sommeil, plus de repos.

L'existence de lord Clifford s'était, pour ainsi dire, dédoublée depuis six ans. Chez lui, la solitude intime ; au dehors, la vie de gentleman, les distractions de l'homme du monde. Mais aucun plaisir pour lui ne s'était coloré d'amour ; rien n'avait altéré le souvenir d'Antonie. Qu'était-ce donc que ce sentiment nouveau qui l'agitait? Un trouble, une surexcitation continuelle, une souffrance.

En arrivant aux Indes, on lui avait appris l'arrestation de Sternina. Il était revenu. Maintenant, il allait enfin la voir.

Depuis la mort de sa mère, Edward avait fermé l'appartement qu'elle habitait dans l'hôtel. En revenant à Londres, il le rouvrit discrètement et y cacha sa fille. Personne n'y pénétrait, une exception fut faite pour Sternina.

Cet appartement composait tout le premier étage, à l'exception d'un petit salon où lord Clifford se tenait presque toujours. Ce fut là qu'on introduisit d'abord la jeune fille.

A l'aide de la lumière, nos yeux forment les couleurs, dit-on. Nos yeux aussi ne perçoivent-ils pas d'après nos propres facultés ou nos dispositions les personnes que nous voyons, puisque chaque personne produit une impression différente sur ceux qui la voient?

Nous n'avons pas dit ce qu'était Sternina, mais bien ce qu'avait pensé James en la voyant.

Nous allons dire maintenant ce que pensa lord Clifford.

Celui-ci vit la femme et sa séduisante beauté ; celui-là avait vu l'âme et sa lumière.

Voici donc l'effet que Sternina produisit sur Edward :

Une taille moyenne, des mains petites et potelées, un poignet tout mignon ; les formes sveltes, mais rondelettes, qui distinguent la jeune fille de l'enfant ; des cheveux châtains, de courtes touffes d'une nuance plus claire s'échappant pour friser autour du visage et sur le cou ; une figure petite, des yeux doux et malins, un regard perçant, des narines mobiles et rosées, la lèvre inférieure un peu accusée, une de ces petites bouches bien ourlées, relevées des coins et qui sourient toujours.

La première pensée d'Edward fut qu'il aurait préféré ne l'avoir jamais vue.

Nelly avait amené la jeune fille ; dès qu'elle eut disparu, lord Clifford appuya fortement sur un endroit de la tapisserie. Sous cette pression, une porte s'ouvrit. Sternina, Edward entrèrent dans l'appartement où se trouvait Lily. L'enfant sauta au cou de son ancienne institutrice et l'accabla de caresses.

— Comment va maman ? demanda-t-elle.

— Bien, mon ange !

— L'as-tu vue ? Dis-moi où elle est !

— Très-loin, interrompit lord Edward, je te l'ai déjà répété souvent.

— Elle reviendra ?

— Je l'espère.

— Chère enfant ! êtes-vous heureuse ? demanda Sternina.

— Oh ! oui.

Lord Clifford prit sa fille dans ses bras.

— Oui ! fit la petite, je suis heureuse, et je le serais tout à fait, si j'avais maman ; mais elle dirait que je suis trop gâtée. Je suis bien gâtée, va, petite mère !

Edward mit sa main sur la bouche de Lily.

Elle, ne comprenant pas que son père lui imposait silence, continua :

— Nous parlons toujours de toi, petite mère !

— Chère Lily, pourquoi me nommez-vous donc ainsi ? demanda Sternina.

— Cela te fâche ?

— Non, au contraire !

— Pardonnez-moi d'avoir pris cette liberté, mademoiselle, dit Edward. Mon enfant vous doit la vie, et j'étais heureux de lui faire prononcer ces paroles qui la placent, en quelque sorte, sous votre égide. — Quittons-nous, mon cœur, ajouta-t-il, en embrassant sa fille avec une tendresse folle.

— La laissez-vous ici, seule ?

— Quelquefois, il le faut ; mais rarement. Je dois être prudent. Il y va de son bonheur. Dans quelque temps, j'espère qu'elle courra moins de dangers. D'ailleurs, elle est raisonnable.

— Oui, dit l'enfant. Si l'on m'entend, mon

ange s'en ira, et je retrouverai papa méchant. Aussi je suis bien sage. Petite mère, tu viendras bientôt, n'est-ce pas ?

Et elle retourna gaiement à ses poupées.

— Excellente fille, dit Sternina, obéissante, douce et déjà si sensée.

— Elle est parfaite !

Lord Clifford rouvrit la porte du salon.

La tapisserie retomba et ils furent seuls.

Edward raconta succinctement ce qui s'était passé depuis que, pour la première fois, il avait dit à Sternina : « A vous ma vie ! » Il ne parla pas de son amour.

— Je suis arrivé le jour même où l'on a su que vous n'étiez pas coupable, ajouta-t-il ; mais j'ai eu le chagrin de n'avoir point contribué à votre salut, — et même je n'ai pu parvenir à récompenser vos bienfaiteurs. Un certain Étienne se défend de vous avoir servie. On ne peut lui arracher un mot. Celui qui a paru est un Français très-habile, ma foi ! mais il est parti ou se cache, car je ne peux le retrouver.

— Un Français !

— Certes, il doit y avoir une troisième personne, une main invisible et forte. Avez-vous quelques renseignements ?

— Aucun !... Sauvée par des inconnus !...

Ah ! monsieur, je vous en supplie, cherchez leur trace, que je puisse au moins les remercier, bénir leurs noms.

— Je cherche et j'espère trouver ; mais on

18

se soustrait aux poursuites avec une habileté extrême.

— Que de générosité !

Edward fit une vive impression sur la jeune fille. Son air noble, joint à la haute opinion que ses actions donnaient de lui, cette superbe tête de race, cette espèce de majesté, cet œil hardi, tout cela étourdit, intimida la pauvre enfant. Elle s'était imaginé Edward autrement qu'il n'était. Nelly le lui avait fait supposer gros, vieux, mal fait, afin de lui laisser le plaisir de la surprise.

Les yeux de Sternina se baissèrent ; elle avait les joues pourpres, et eût donné tout au monde pour être hors de la maison.

Lord Clifford, qui s'aperçut de son émotion, lui dit avec douceur :

— Mademoiselle, dans mon égoïsme, j'ai désiré votre présence près de ma fille bien-aimée ; je l'ai désirée même pour moi, car maintenant mon cœur se partage entre vous deux. Mais si cet arrangement vous contrariait en quoi que ce fût....

— Non ! non ! interrompit vivement Sternina.

— Voulez-vous monter auprès de votre tante qui vous attend ? D'accord avec madame Delmase, nous avons pris la précaution de placer quelqu'un près de vous, mais ce n'est qu'une concession faite aux convenances ; car vous êtes ici sous ma garde, comme ma propre fille.

Sternina leva les yeux pour remercier lord Edward, mais elle les rebaissa en rencontrant son regard. Il lui avait semblé qu'une puissance étrange l'enveloppait. Elle se sentit oppressée.

Telle fut la première entrevue de ces deux êtres que la pensée réunissait longtemps avant qu'ils se vissent.

La tante de Sternina était une personne spirituelle, distinguée ; elle servit immédiatement de trait d'union entre le jeune lord et sa protégée.

Ils s'enhardirent insensiblement en parlant de la famille de la jeune fille, de sa mère, de ses frères qui déjà intéressaient lord Clifford comme sa propre famille.

La maison d'Edward était charmante, comme tous les intérieurs aimés où s'écoulent les jours d'un être intelligent qui vit seul. Artiste de nature, il avait fait de son *home* un temple à l'art, comme son cœur était un temple à l'amour paternel. Dans les salons du rez-de-chaussée, de magnifiques peintures anciennes et modernes s'étendaient sur des tentures de couleurs discrètes qui ne nuisaient pas à leur effet. La lumière, habilement ménagée, leur arrivait comme un rayon de soleil entre les nuages. Des statues graves ou badines tendaient vers elles leurs bras de marbre ou de bronze. Tous ces personnages semblaient parler et se dire : Que nous sommes bien ici ! Une bibliothèque contenait tous les ouvrages les plus remarquables que l'esprit humain

ait conçus sur l'histoire, la science et la philosophie. Quelques-uns de ces amis quittaient leur
place pour se promener çà et là ; celui-ci rêvait
sur une console, cet autre s'égarait sur un cous-
sin ; plusieurs se réunissaient sur la table pour
y tenir quelques conciliabules inconnus. Tous
gardaient de petites marques pour rappeler
à leur maître et lui répéter de temps en temps
quelque douce pensée, quelque parole qu'il
aimait.

Dans une autre pièce, où se trouvaient des
fleurs en profusion, un orgue était ouvert et
presque caché par des cahiers de musique.

Edward, comme toutes les personnes sensibles, trouvait que les plus suaves pensées
émanent du parfum et de l'harmonie.

Dans cet intérieur aimé, tout était si plein, si
complet, que les habitants n'y paraissaient être
d'aucune nécessité.

Rien de ce que vit Sternina ne lui fut indifférent. Lord Clifford se faisait un bonheur de lui
montrer toutes ces richesses tranquilles qui
jusqu'alors avaient existé pour lui seul. Les trois
premiers jours suffirent à peine pour tout connaître.

La jeune fille retrouvait partout le reflet de
ses sentiments, mais plus grandioses et plus
élevés. Le luxe de la famille Delmase ne l'avait
pas étonnée ; ce faste n'était rien pour elle. Là,
tout était compassé, froid, ennuyeux, mort, sot
enfin. Ici tout parlait. Dans ce centre, ses facul-

tés d'artiste s'éveillaient. Son esprit s'élançait parfois pour atteindre des hauteurs prodigieuses et dépasser encore tout ce qui l'entourait ; puis il retombait impuissant, écrasé et restait plongé dans de longues rêveries. Le travail intellectuel qui se faisait en elle l'absorbait à un tel point que ses dispositions s'en ressentaient. Elle éprouvait un malaise indéfinissable.

XII

ENTRE LES LAURIERS ROSES

Un soir que la vieille dame s'était retirée de bonne heure, Sternina était restée seule avec Edward.

Abîmée dans ses pensées, elle croyait que les lumières du lustre lui tombaient sur le front, que les coussins l'étouffaient, que ses pieds étaient attachés aux longues laines du tapis.

— Vous êtes musicienne? lui dit lord Clifford.

La jeune fille sortit tout à coup de sa rêverie.

— Par qui savez-vous cela? dit-elle.

— Par Lily ! Si vous voulez essayer mon orgue, vous me ferez grand plaisir ! C'est un vieil ami qui sera bien étonné de sentir de petits doigts passer sur l'ivoire de ses touches.

Sternina fut heureuse de pouvoir satisfaire un désir de son protecteur.

Ils passèrent tous deux dans le salon des fleurs ; elle s'assit et joua, sans s'entendre elle-même, honteuse du peu de talent qu'elle se trouvait. Mais dans les quelques notes qui s'échappaient de ses mains incertaines et tremblantes, elle rendit intelligibles les mouvements de son âme tourmentée.

Lord Clifford parut avoir compris cette douce et naïve plainte.

Lorsque la jeune fille s'arrêta :

— La musique, lui dit-il, est un langage... Vous venez de me parler.

— Je n'ose vous demander de me répondre. Ce serait...

— Me faire une grâce, dit Edward.

Il conduisit Sternina sur un étroit sofa qui s'enfonçait entre deux lauriers roses :

— Hélas ! continua-t-il en retournant vers l'orgue, cet instrument est le confident de ma solitude. Il me produit l'effet d'une de ces boîtes où l'on enferme ses secrets et ses souvenirs. S'il pouvait parler, il aurait bien des choses à dire..

Sternina ne pouvait être vue de lord Clifford. Elle respira plus librement.

Le jeune homme effleura quelques touches et les cordes vibrèrent à peine. Les sons qu'elles rendirent étaient insaisissables, comme ceux que la brise apporte, en devançant un chant qui vient à nous. Les pensées se réunirent, pressèrent

leur vol sur le même point; leurs voix timides
murmurèrent d'abord, puis le timbre en devint
clair et limpide ; elles s'approchèrent se tenant
enlacées et chantant une poésie divine. C'était
la poésie qui vient d'en haut, voltige d'esprit
en esprit, de cœur en cœur, sans jamais sortir
des lèvres, et retourne ensuite se reposer aux
cieux qu'elle habite ! Poésie aussi invisible, aussi
insaisissable que le sont dans l'air les vibrations
d'un chant ou l'odeur d'une fleur, Sternina oubliait
tout ; elle ne pensait plus, elle ne voyait plus,
elle écoutait. Voici ce qu'elle entendit :

— Enfant craintive, tu te plains à moi. Tu ne
me connais pas, et tu veux savoir qui je suis.
Laisse-moi donc m'expliquer, c'est-à-dire, me
plaindre à mon tour. Tu as peur de moi, et moi
j'ai peur de te parler. Écoute pourtant.

Et les voix grandirent, devinrent sonores et
splendides. De larges accents entonnèrent un
hymne de gloire à tout ce qui est ici-bas, et pa-
rurent retentir jusqu'au bout du monde.

Sternina se leva transportée d'enthousiasme.
Cet homme, pensa-t-elle est le premier et le
plus grand de la création. Je suis fière qu'il m'ait
tendu la main ! Cette pensée lui rappela les mots
d'Antonie. Et brisant le ruban attaché à son cou,
elle passa dans son doigt la bague qu'elle avait
oubliée jusque-là.

Mais l'hymne s'était changé en un chant bouil-
lonnant comme la mer, roulant des désirs tour-
mentés, exhalant de longs soupirs.

— J'ai tout connu, disait l'harmonie, tout
étudié. J'ai trouvé la paix. Mais un jour, le désir
m'a atteint. Dis-moi! Vers quoi tend-il, ce désir?
Vers l'inconnu, vers Dieu, ou vers l'amour encore?
Vers toi! Es-tu ce mystère de la vie que ma pensée attire, que ma voix appelle, que mes bras
ouverts attendent?

La jeune fille fut épouvantée de nouveau. Elle
crut comprendre la frayeur qu'Edward lui
inspirait. Mais tout cessa. Puis quelques sons,
tombèrent séparés, mornes et sourds comme des
larmes... Ne crains rien! dirent les voix qui
s'éloignèrent chantant une pastorale simple,
naïve et tranquille comme le gazouillement d'un
ruisseau. Elles se perdirent insensiblement,
près aavoir rendu à Sternina un peu de la
quiétude qu'elle avait perdue depuis son entrée
chez lord Clifford.

Il quitta l'orgue et revint à la jeune fille.

— Merci, lui dit-elle.

Ce *merci* fut aussi éloquent que l'avait été la
musique.

Sternina se sentait disposée à l'expansion.
Elle était convaincue que son protecteur l'avait
comprise, qu'elle n'aurait plus rien à lui apprendre
et ne pourrait plus rien lui cacher. Elle lui aurait
en ce moment confié les plus secrets mouvements
de son cœur, tout! jusqu'à la peur indéfinissable
qu'il lui inspirait.

Edward était dans des dispositions à peu près
semblables.

— Vous me trouverez peut-être bien original
lui dit-il, mais je vous avouerai que cette petite
pièce, où nous sommes, a la vertu d'épanouir
mon âme. Je ne sais si je dois attribuer cet effet
à l'habitude que j'ai contractée d'y faire des
confidences à mon orgue; je le crois. Tenez, ce
soir, par exemple, je me sens tout disposé à vous
adresser beaucoup de questions. Voulez-vous?

— Volontiers

L'enjouement de lord Clifford, son air de franchise étaient irrésistibles.

— Vous êtes chez vous, reprit-il.

En vous écrivant ces quatre mots que vous
connaissez, je vous disais toute ma pensée. Je ne
puis donc rien y ajouter. Je vous demanderai
seulement à quel titre vous voulez être ici?
Voulez-vous garder une entière liberté, être ma
sœur? ou voulez-vous être ma fille?

Ce doux nom de fille fixait les idées de Sternina sur un point charmant.

Sa joie n'échappa pas à Edward.

— Je ne puis plus être qu'un père ou un ami,
dit-il. Tout autre titre m'est désormais interdit.
J'aurais pu, comme un autre, avoir une compagne,
mais à celle qui a traversé ma vie, j'ai donné mes
éternels serments, quoiqu'elle ne pût me donner
les siens en échange. Elle a passé emportant
tout. Et, si jamais quelque rêve venait dans
mon esprit, il ne descendrait pas jusqu'à mes
lèvres où se trouvent encore mes promesses
d'autrefois.

Sternina regarda lord Clifford; et vit ses longs cils noirs projeter une ombre sur ses joues brunes et mates.

Les yeux du jeune homme s'étaient baissés tout à coup.

— Pardon, mademoiselle, lui dit-il, voulez-vous me permettre de voir la bague que vous avez au doigt ?

Sternina la lui donna.

Un éclair de bonheur illumina le visage d'Edward.

— D'où vous vient cette bague ? s'écria-t-il.

— C'est un talisman, le souvenir d'une amie. J'avais promis de le porter à mon doigt, lorsque je vous connaîtrais, et je viens de le mettre, quand vous avez fait cette charmante musique.

— Ne savez-vous rien de plus sur cette bague?

— Rien; si ce n'est que, durant mon procès, ne voulant pas m'en séparer, je l'ai cachée dans mes cheveux, et qu'elle a failli être pendue avec moi.

— Antonie ! murmura Edward, nos âmes étaient bien pareilles !

Je suis sûr que vous avez reçu ce bijou au moment où vous avez sauvé mon enfant, n'est-ce pas ?

— En effet.

Lord Clifford pressa l'alliance dans ses doigts: elle s'ouvrit.

Sur les deux anneaux entrelacés qu'elle forma des caractères étaient tracés.

Edward présenta cet anneau double à la jeune fille, qui y lut ces mots :

« Quiconque me porte est lady Clifford. »

Sternina se troubla.

— C'est l'alliance de ma mère, dit Edward. Je vous parlais tout à l'heure d'un serment. En prenant l'amour de cette personne, à qui je ne pouvais donner mon nom, je lui remis cette bague et lui donnai la liberté de disposer de mon sort. — Si jamais une femme doit être ma compagne, lui ai-je dit, c'est vous ou celle que vous me désignerez. Disposez donc de moi, de ce sort qui, par malheur, ne peut être à vous.

Sternina, l'œil fixe, était suspendue à la parole du jeune lord. Il lui semblait que toute sa vie se décidait.

— Comprenez-vous ? ajouta-t-il.

— Oui, dit-elle, et son front s'inclina.

— Votre cœur est-il libre ?

— Qui pouvais-je aimer dans mon néant ? Ma mère, ma famille, occupaient seules mon esprit.

— J'achève donc la pensée qui tout à l'heure s'arrêtait sur mes lèvres, s'écria lord Clifford en venant s'asseoir sur l'étroit espace qui restait libre à côté de Sternina.

Elle ne put réprimer un mouvement de timidité.

— Le jour où j'ai reçu de vous ma fille, continua-t-il avec une sorte de délire, vous avez été pour moi la seule femme aimée sur terre. Vous êtes lady Clifford dans mon âme, comme l'a

voulu Antonie. Cette pensée est née dans nos
têtes presque en même temps. Tous deux nous
vous avons souhaitée pour notre Lily chérie. Mais
je veux vous dire la vérité : je vous ai désirée
pour moi aussi. Je vous vouais ma vie par reconnaissance, mais vous avez pris mon cœur.
Je vous avais devinée. Je savais par avance que
vous étiez jeune, charmante, irrésistible, que
vous aviez le plus doux visage qui fût jamais.
Non, je ne vous aime pas comme ma fille ; j'ai
pour vous l'amour le plus envahissant qui ait
jamais agité le cœur d'un homme.

Les paroles d'Edward étaient brûlantes.

Sternina avait pâli ; elle tremblait.

— Mylord, je comprends votre reconnaissance,
balbutia-t-elle ; mais n'avez-vous pas depuis
longtemps donné votre cœur?

— J'ai aimé Antonie ; je l'aime encore ; mais
cette affection ne peut se comparer à ce que
j'éprouve. Ce n'était que de l'amour qu'elle
m'inspirait; vous, vous avez ravagé tout mon
être. D'un homme de trente-huit ans sérieux et
fier, il ne reste plus qu'un esclave. Cher ange
adoré, poursuivit-il en lui saisissant les mains;
chère petite enfant, ayez pitié de moi, je souffre
le martyre. Aimez-moi ! aimez-moi !

Une sueur fine perlait sur son front.

Les mains de Sternina s'étaient glacées dans
ses mains de feu.

Elle se leva vivement et fit un pas pour s'éloigner... Elle ne pouvait se soutenir et s'arrêta.

Lord Clifford avait fixé sur elle ses longs yeux indiens étincelants, et la tenait frémissante sous son regard.

— Oh! non, s'écria-t-elle, ne me regardez pas ainsi... Vos yeux m'effrayent... Ils me font mal, ajouta-t-elle d'une voix craintive.

Edward fit un brusque retour sur lui-même et reprit avec tristesse :

— Pardon! pardon! J'aurais dû me taire encore ; je n'ai pas été maître de moi. Oh! ne soyez pas fâchée, enfant chérie! Écoutez. Cette heure est celle où nous devons voie clairement dans nos âmes. Expliquez-moi donc les sentiments que je vous inspire; dites ce que vous pensez de mon amour.

— Ce que je vais vous répondre va vous déplaire ou du moins vous étonner; car je ne me l'explique pas à moi-même, et je m'interroge sans cesse sur ce que j'éprouve en votre présence.

Sternina hésitait.

— Oh! parlez! parlez! dit-il. Qu'éprouvez-vous donc ?

— J'ai peur! Comprenez-vous pourquoi ?

— Peut-être, répondit tristement lord Clifford.

— Mais cette frayeur passera, je l'espère, je le veux.

— Si elle ne se passe pas, vous serez pour moi une autre Lily que j'endormirai sur mes genoux.

— Merci!

— N'avez-vous plus rien à me dire?

— Depuis que je suis ici, il me semble rêver. Je ressens ce que doit ressentir l'homme qui s'élève trop haut dans l'atmosphère et atteint des régions où l'air brise sa faible poitrine. Tout ce que je vois ne me semble pas fait pour moi. C'est trop; et pourtant cela ne comble pas mes désirs.

— Que souhaitez-vous encore? Oh! dites vite.

— Vous voulez que je parle sans réserve?

— Je vous en prie à genoux.

— Eh bien! votre existence que vous m'offrez de partager, c'est le bonheur... c'est aussi l'inaction, une sorte d'engourdissement dans les délices de la vie opulente... l'oubli de tout ce qui souffre.

— Mais non! chaque année je donne une certaine somme aux pauvres.

— De l'argent? Est-ce assez?

— Chère enfant! dit Edward en souriant, vous avez les défauts de vos qualités sublimes ; il ne faut rien exagérer. Vous êtes une petite quakeresse. Cela ne durera pas.

— Cela durera!... Oh! ne riez point. Quand on a connu la souffrance, on garde avec les malheureux une sorte de parenté qui ne s'oublie jamais.

XIII

QUINZE PAIRES DE GANTS

— Voilà la quinzième paire de gants depuis huit jours ! On a bien raison de dire qu'il ne faut pas parler de ce qu'on ne connaît pas ! Il y a un mois, si quelqu'un m'avait dit : Il existe sous le soleil des gens qui, sans se gêner, consomment trente gants par semaine, j'aurais dit : C'est impossible ! Si ce quelqu'un avait ajouté : Avant que la lune te regarde de face, tu auras consommé une quantité semblable de ce vêtement gênant, inventé par la malice humaine, j'aurais été convaincu que l'individu susdit gambadait dans les espaces. Cependant les événements me rient au nez en me montrant les débris informes et convaincants d'objets absorbés par moi-même. Le mot absorbé n'est pas une figure. Ces cuirs de couleur claire déteignent littéralement sur ma peau ; elle blanchit avec une promptitude qui me bouleverse. Ne voyant plus les nuances légèrement irisées auxquelles mes yeux étaient habitués, je crois toujours avoir des gants à ôter, et par distraction, je me tire les doigts.

James, à quoi penses-tu ? *A la porte de la Cité ?*

— Moi, mon ami, à rien! — Encore une tasse de thé?

— Merci, j'aime mieux du porto! Le thé me monte à la tête! James, à quoi penses-tu donc?

— A rien, à rien, mon ami. Veux-tu une beurrée?

— Merci, cela me fait mal : elles sont trop minces. Une voiture s'arrête à la porte; serait-ce Jaune? C'est ce drôle, ce maroufle!

— Prononce donc Jone.

— Non, j'aime mieux Jaune... Que ce garçon là m'inspire de tendresse! J'ai un faible pour son corps droit, qui paraît ne faire qu'un avec son siége. Une banquette, un cocher, un fouet, le tout d'un seul morceau! Oui, je l'aime cet insulaire, qui le premier dans ma vie vint me dire : La voiture de monsieur!... Il me l'a dit en anglais, mais c'est égal; ces mots sont si doux à l'oreille d'un homme qui n'a jamais eu d'autre moyen de locomotion que la semelle de ses souliers....

— Avoir une voiture, c'est une folie!

Petite, et do plus nócossairo! Je te l'ai dit, cette voiture je l'aurai tant que tu ne seras pas marié avec Sternina. Il y a un an que je pourrais en avoir une, mais, seul, cela ne me souriait pas. James!... Comment! tu exiges que je t'appelle par ton petit nom, et tu ne me réponds pas!

— Pardon!

— Il faut t'habiller: nos stalles nous attendent. Je ne crois pas qu'il y ait à l'Opéra deux places

aussi avantageuses que celles que nous possédons.
Je les avais remarquées l'autre soir, il y a un
effet de lumière qui donne beaucoup d'éclat à la
beauté. Nous allons être éblouissants ! Regarde-
moi. On dirait que tes yeux sont rouges : aurais-
tu pleuré ?

— Non, mon ami.

— C'est bien la peine de te mettre dans la
lumière. Tes yeux bleus, blancs et rouges ont
l'air d'un drapeau français.

— Je suis ennuyé, impatient.

— Il y a longtemps que tu n'avais dit cela.

— Nous n'avançons point. Nous courons de
tous côtés sans obtenir seulement un regard.

— Que dirai-je donc, moi ? Au moins, tu as
le plaisir de la voir !

— Tu la vois aussi !

— Mais avec ta permission, je n'en suis pas
amoureux.

— Quelle fantaisie a cet homme de la montrer
ainsi ?

— Il veut la distraire, lui faire oublier son
passé.

— On dirait qu'il veut que tout le monde
l'aime.

— Plains-toi de cela. S'il ne la montrait pas
où la verrais-tu ?

— Plutôt que de la regarder durant une grande
soirée avec tout ce monde, je préférerais attendre
huit jours dans la rue pour la voir une minute a
sa fenêtre.

— Que de fois j'ai fait sentinelle
Pour voir le coin de sa prunelle
Quand son rideau tremblait au vent!

— Tu chantes! et moi je suis dévoré de jalousie. Je souffre... Partons!

Ils arrivèrent à l'Opéra. James n'osait pas se tourner du côté des loges.

— La voici, dit Dalèze.

— Où donc?

— En face, avec une robe blanche et une étoile dans les cheveux.

Le capitaine tourna bien vite les deux ronds de sa lorgnette vers cette direction.

— Qu'elle est belle! dit-il.

— Très-mignonne.

— Ah! tu ne vois que l'étoile qui brille dans sa chevelure ; moi je vois celle qui scintille sur son front, son âme qui jette ses éclats jusque dans mon cœur.

— Très-joli! Oui, c'est bien la tête d'ange qu'il me faut pour mon grand tableau. Dépêchez-vous de vous marier! Mais ne parle pas, on comprend peut-être le français à côté de nous.

— Elle est charmante ainsi!...

— Plus bas, James!

— Délicieuse...

— Délicieuse me paraîtrait mieux appliqué à quelque chose qui se mange. J'ai faim. Je croquerais volontiers un bonbon, même un pâté de foie gras. J'ai un ami si amoureux que j'en perds le boire et le manger.

On chanta. Léon s'enivra des yeux et des
oreilles. James ne vit et n'entendit rien absolument. Quand il ne lui semblait pas convenable
de regarder Sternina, il fermait les yeux pour la
revoir encore. Enfin, le rideau tomba. Le capitaine et son ami sortirent des premiers pour que
la jeune fille passât devant eux.

Elle était soigneusement enveloppée ; sa main
s'appuyait sur le bras d'Edward.

Lord Clifford, en passant, regarda Trimmin
profondément.

— Ah ça, dit Dalèze, j'ai fait assez de con-
cessions à ton amour ; fais à ton tour quelque
chose pour mon estomac.

— Quoi donc ?

— Soupons !

— Ce n'est guère l'usage chez les gens tranquilles, mon ami.

— Ce sera l'usage ce soir, interrompit le
peintre en se précipitant chez un marchand de
comestibles.

Il revint un instant après, portant un homard,
un quartier de jambon et une bouteille de vin.

— A présent, s'écria-t-il d'un air victorieux,
je suis à toi.

Ils rentrèrent chez James.

— Une lettre, dit Étienne dès qu'il les aperçut.

— Étienne, plusieurs assiettes ! répondit Léon.

Le capitaine prit le billet.

— Des armes ! s'écria-t-il en regardant l'enveloppe.

— Enfin c'est de lui ! qui voit Sternina, qui lui parle.

Il pressa la lettre sur ses lèvres et lut.

— Magnifique ! exclama le peintre, tu baises un papier qui vient de ton rival? Par ma foi ! voilà ce que j'ai vu de plus fort.

— Baiser les lettres, c'est un usage français. Autrefois je ne trouvais rien de plus stupide.

— Va, va, tu ne feras plus de bêtises comme celle-là quand tu auras cinquante ans. Et que te dit ce monsieur, de choisir tes armes ?

— On ne se bat pas en Angleterre.

— Qu'est-ce qu'on fait donc, si quelqu'un vous donne un soufflet?

— Le juge condamne celui qui insulte à trois francs d'amende.

— Et si l'on rend le soufflet?

— Cela coûte trois francs à celui qui le rend.

— Et si l'on soufflette... avec le pied ?

— Il faut payer dix shillings.

— Très-drôle !

— Je plaisante, ceci n'est que pour les bourgeois, les gentlemen se battent comme partout ailleurs.

— Tu as l'air bien gai! — Que te dit donc M. Clifford!

— De venir le voir. Lis.

— A midi !

Moi, j'y serai à dix heures, ajouta Léon dans sa pensée.

XIV

La vue des quartiers aristocratiques de Londres offre un spectacle magnifique et grandiose. Là des centaines de palais uniformes se suivent, décrivant des cirques, des croissants, de longues avenues où l'œil se perd.

Ces vastes habitations, à l'aspect grave et imposant, allongent fièrement devant vous leur escalier de pierre, ouvert comme un éventail. Quelle admirable netteté dans la neige de ces marches ! Dans cet ensemble, rien qui choque l'œil, rien qui l'attire même. Personne ne semble se mouvoir à l'intérieur de ces maisons. On dirait qu'une cité magique vous apparaît en rêve.

Voilà ce qu'ignorent tous ceux qui n'ont pas vu la grande ville ou qui ont cru la voir ! Ceux-ci, parce qu'ils se sont voilé la face en apercevant les premières fabriques des faubourgs ; ceux-là. parce qu'ils ont entendu dire à leurs compatriotes qu'au delà de la Manche, il n'y a que murs noirs. fumée, brouillard. Or, comme l'orgueil patriotique trouve son compte à cette opinion, il est établi que Londres est un cercueil de plomb enfoncé dans la vase infecte de la Tamise.

Partout, en France, vous trouverez les arts et la gaieté. Allez-y donc pour élever et ravir votre esprit. Allez chanter en Italie, danser en Espagne, fumer ou rêver en Allemagne ; mais en Angleterre, allez seulement travailler et prier ; car c'est là que la vie sérieuse et sainte se recueille sans mensonge, que l'homme actif s'enrichit sans devenir avare.

En passant sous le large portique soutenu par de hautes colonnes, James s'arrêta.

— Que va me dire ce lord ? pensait-il.

On l'introduisit.

Edward vint à sa rencontre avec cette grâce un peu majestueuse qui se perd de nos jours. Il n'avait fait qu'apercevoir Trimmin. Il le savait très-jeune et, pour un homme fait, un garçon de vingt-quatre ans est un enfant. Mais dès que lord Clifford s'approcha du capitaine, cette impression changea. Près de ce jeune homme au type mâle, au regard puissant, il se sentit rapetissé malgré lui.

— Monsieur, dit Edward en indiquant à James un siége près du sien, je n'ai pas l'honneur d'être connu de vous ; mais une personne amie rapproche nos mains l'une de l'autre.

— Sternina ! pensa le capitaine.

— Si j'ai pris la liberté de vous inviter à venir ici, c'est que les circonstances présentes m'appellent pour quelques instants à jouer un rôle tout paternel dans votre existence.

— Parlez, mylord. De quoi s'agit-il ?

— De politique.

Les deux hommes se regardèrent.

James se demandait si Edward se moquait de lui.

— Vous devez vous souvenir, continua le jeune lord, d'avoir, dans votre enfance, entendu parler de sir Brook ?

— En effet.

— Il s'intéressait beaucoup à votre père qu'il a connu. Et depuis, bien que ses relations avec votre famille se soient ralenties, il ne vous a jamais perdu de vue complétement. Vous avez cru qu'absorbé par ses préoccupations, il vous avait oublié ; vous vous êtes trompé. Aujourd'hui, sa santé décline d'une manière sensible ; il désire accomplir vite ce qu'il se proposait de réaliser tout doucement. Il craint de mourir et veut user du crédit qu'il a auprès de notre souveraine pour être utile à ceux qu'il aime.

— Que veut dire tout ceci? pensait James.

— Sir Brook, continua lord Clifford, a toujours eu l'indulgence de se fier beaucoup à mes appréciations. Aussi, sa maladie le mettant dans l'impossibilité de s'occuper de quoi que ce soit, m'a-t-il chargé de le remplacer dans cette circonstance. Me permettez-vous cette intervention sollicitée par un ami ?

— Sans doute, dit Trimmin d'un ton presque hésitant ; mais je dois avouer à Votre Seigneurie que je ne comprends rien de tout ceci.

— Vous allez comprendre. Sir Brook est puissant, vous le savez. Il veut améliorer votre posi-

tion par un avancement que vous n'espérez pas
peut-être ; mais avant, il désire avoir de vous
quelques explications. On dit que vous préparez
un ouvrage un peu libéral, et que, depuis longtemps déjà, vous vous livrez à des études secrètes
sur les pensées qui agitent une partie de nos
jeunes gens.

— C'est vrai, répondit James avec assurance.

Lord Clifford disait la vérité. Le hasard seul
les réunissait-il donc ?

Trimmin leva les yeux, et lorsqu'il vit le malin
sourire qui soulevait la lèvre d'Edward, il pensa
que si M. Brook était pour quelque chose dans
leur réunion, Sternina y était pour beaucoup.

— Et vous voulez bien qu'au nom de notre
vieil ami, je vous interroge ? reprit Edward.

— En votre nom même, mylord, si vous dai-
gnez le faire.

— Avec plaisir. Il est bon de se comprendre à
première vue. C'est du temps de gagné. Oui, je
vous avoue que l'occasion d'entendre exposer
quelques-uns des désirs de notre jeunesse me
plaît.

Enfoncés dans les usages de nos pères et re-
tranchés derrière nos blasons, nous ne connaissons guère, si ce n'est par quelques vagues écrits
ou quelques ridicules critiques, ces idées flot-
tantes, idées si différentes dans leurs formes, si
incertaines encore dans leur but, — permettez-
moi d'ajouter si dangereuses quelquefois dans
leurs tentatives. Renverser d'abord et s'arrêter

ensuite, c'est le propre des enfants. Ces opinions disséminées dans les nuances de convictions, sont encore vacillantes, faibles, insaisissables pour nous ; je suis donc heureux, je vous le répète, d'entendre, sur ces choses nébuleuses pour moi, exprimer la pensée d'un jeune homme qui me paraît sérieux.

— Depuis que mon esprit s'est développé dans l'étude de ce qui nous précéda sur le globe, répondit James, depuis que j'ai suivi le travail des gouvernements contemporains, analysé le caractère de nos chefs actuels, depuis que j'ai senti la poudre sur un champ de bataille, j'ai eu la tête un peu pleine, j'en conviens! j'ai songé beaucoup à ce que je voyais d'un côté : c'est-à-dire les moyens employés, et à ce qui m'apparaissait de l'autre : c'est-à-dire le résultat, le degré de civilisation atteint par les masses agissantes.

Dès lors toutes mes pensées, continua le capitaine, se sont dirigées vers ce but : aider les faibles, alléger leurs maux, fortifier, éclairer leur esprit. Dieu a tout fait pour notre joie; l'homme a créé le malheur; il faut qu'il défasse son œuvre peu à peu, et pour cela qu'il cherche sa philosophie et trouve sa force dans l'Évangile.

Cette idée, il est vrai, peut s'étendre bien loin, mais il faut aussi qu'on sache l'appliquer à ceux qui nous entourent, et c'est ainsi que je l'entends. La question qui s'agite et se résout plus ou moins sur les trônes commence à chaque individu en particulier, car chacun a ses devoirs envers l'humanité. Cette question, je l'ai donc prise à sa naissance, entre la souffrance d'un être et l'élan de mon cœur. J'ai trouvé le problème. J'ai tendu la main, la souffrance a cessé d'une part, le bonheur est venu pour moi de l'autre, le mal n'était plus : le problème était résolu.

— C'est-à-dire, ajouta lord Clifford, le soulagement de la douleur faible par la volonté puissante.

— Votre Seigneurie comprend à merveille. C'est à l'égoïsme qu'il faut s'attaquer. L'homme qui n'accomplit pas cette tâche en proportion des moyens qui lui sont accordés, subit ici-bas cet affreux châtiment : ne pas savoir même ce que c'est que la joie ! C'est vers ce grand, cet immense malheur que doit se porter la pitié humaine. L'égoïsme dévore celui dont il s'empare et jette son âme dans le néant.

Voilà le résumé de ce que je pense.

— Et comment nommez-vous vos idées?

— Je ne les nomme pas, mylord, je les explique.

— Vous devez être un peu républicain?

— Pourquoi? Ne peut-on émettre des idées de progrès ou d'amélioration sur l'état général des choses sans recevoir cette épithète à laquelle se rattachent de mauvais souvenirs et dont l'opinion publique nous fait un épouvantail?

— Il faut toujours un point de ralliement.

—Voyons les actions des chefs, et non le titre
que le siècle leur donne : République, Royau-
me, Empire, qu'importe! Nous ne devons considérer que l'œuvre. L'aspect sous lequel se pré-
sentent les gouvernements n'est en quelque
sorte qu'une question de forme ; le fond, c'est le
but qu'ils se proposent d'atteindre, leur part de
collaboration à l'œuvre universelle. Ne voyons
pas la lettre, mais l'esprit. Ne nous retardons
plus à disputer sur des mots. Dans la question
du siècle présent est enfermé tout le destin de
l'avenir. Honte à ceux qui songent à détruire, à
renverser autre chose que les travers de l'orgueil! Faites, ne défaites pas ! Renouvelez lentement. Chacun, ici-bas, doit avoir son action
bienfaisante. Tout n'a-t-il pas sa nécessité,
jusqu'aux plus petites parcelles du mécanisme
universel? L'inutile est moins qu'un morceau
de caillou qui ferre le chemin.

— Il y a longtemps que ces pensées s'agitent
vainement dans l'air, sans arriver à l'intelligence
des peuples, dit lord Edward.

— C'est que les mouvements dans l'humanité
s'opèrent insensiblement. Ce n'est pas un être
seul qui enfante un revirement de mœurs, c'est
une chaîne d'individus successifs. — Une pensée
germe dans le cerveau d'un homme ; elle continue dans l'esprit de son fils, et se forme de
génération en génération, grandissant toujours, jusqu'à ce qu'elle ait atteint l'apogée de

son développement. Ainsi le veut notre impuissance.

— Oui, vous avez raison en cela; mais ce défrichement systématique de l'humanité m'a bien l'air d'un rêve.

— Que chacun se baisse et jette au loin les mauvaises herbes et les épines qui entourent la place qu'il occupe; qu'il sème sous la terre quelques bonnes graines, et tôt ou tard, même quand cet homme aura disparu, la terre sera meilleure. Que le désespoir de ne pas obtenir un résultat immédiat ne nous laisse pas inactifs; car un seul peut faire beaucoup. Que chacun travaille donc dans son milieu; qu'il laisse sa place fertilisée, il aura fait sa tâche. Il faut avancer pas à pas.

C'est ainsi, milord, qu'avance notre pays. Notre gouvernement constitutionnel a plus fait déjà dans sa froide raison que n'ont projeté chez nos voisins bien des cerveaux de révolutionnaires : l'Angleterre a des maisons de refuge pour tous ceux qui ont faim et veulent travailler, elle a des hôpitaux pour les malades, elle a des hospices pour les infirmes, hors d'état de se suffire. Toutes ces magnifiques institutions sont soutenues par des *impôts volontaires*. Que le froid vienne, les pauvres ont du feu, du pain; voyez ces listes de dons si généreux que les autres pays y ajoutent à peine foi. L'Angleterre pleure au mot de guerre! l'Angleterre est libre!

et ses portes s'ouvrent à deux battants pour ceux à qui la terre mère refuse une place.

Milord, l'Angleterre est partie devant sans que l'Europe comprenne où elle allait. Elle est loin déjà sur cette route que tant d'autres cherchent encore. Calme, elle fait un pas chaque jour, et nos frères d'Europe marchent aussi. Nous allons tous à un même avenir, comme ces ruisseaux qui commencent par une goutte d'eau et vont tous à la mer.

Lentement mais inévitablement, c'est ainsi que s'accomplit la création, que s'accomplissent les transformations de la nature. C'est ainsi qu'arrivera ce grand jour de civilisation où l'homme, parvenu à sa maturité, ne jouera plus à être grand, parce qu'il sera grand en réalité.

Ce jour-là, le berger du troupeau, le chef des citoyens, vous dira : « Amis, ne vous apercevez-vous pas que vous êtes délivrés de toute domination? S'il vous en faut une déclaration officielle, recevez-la; donnez-moi comme récompense des efforts que j'ai faits pour votre bien, le titre que vous portez vous-même : celui de citoyen. »

— Mais ce jour-là, sir James, nous serons en république.

— Le jour où les hommes seront meilleurs, mylord, ils pourront sans danger être libres.

Lord Edward rompit l'entretien. Il était débordé par une inquiétude inattendue.

Être utile! ce désir vague de Sternina venait

de s'exprimer avec force et virilité par la bouche de James.

Quelle étrange sympathie entre ces deux jeunes gens!

— Cher monsieur, vous m'excuserez de vous quitter, dit-il; l'heure est avancée et j'ai un rendez-vous auquel je ne saurais manquer. Nous reprendrons cette conversation demain. Mais, ajouta-t-il en souriant, dans le cas où il vous serait agréable de revoir Bays-Water d'ici-là, venez ce soir. Je donne un bal. Si vous aimez à danser, vous accepterez sans cérémonie mon invitation improvisée. Je n'ai pas pu vous engager plus tôt, puisque je ne vous connaissais pas. Hésitez-vous?

— Non, mylord, non! je n'hésite pas. Je vous suis on ne peut plus reconnaissant, répondit vivement James.

— Je compte sur vous, dit Edward en lui tendant la main.

Le matin encore, il croyait pouvoir détester Trimmin; maintenant, il se sentait presque dompté par lui.

— Décidément, pensait-il, cet homme a une puissance sur le cœur humain.

Sternina serait-elle perdue pour moi?

Il souffrait d'atroces tourments. S'il avait congédié James si vite, c'est qu'il lui eût été impossible de contenir plus longtemps sa douleur.

Deux heures avant cette entrevue, un homme s'était présenté chez lui.

— Mylord, je me nomme Léon Dalèze; je suis peintre, lui avait dit cet homme. Vous désirez savoir à qui mademoiselle Sternina doit la vie? Je vous l'aurais appris plus tôt, si l'on ne m'eût fait observer que, comme bienfaiteur de cette jeune fille, il devait vous être permis d'essayer le premier de vous faire aimer d'elle. C'était juste et j'ai attendu. Avez-vous réussi? Je ne le crois pas; car vous avez écrit à M. Trimmin, et je m'imagine qu'il traverse un peu vos projets.

— Mais, monsieur, ce langage... avait dit gracieusement lord Clifford.

— Ne m'interrompez pas, avait repris Léon, il vous est nécessaire de savoir ce que je vais vous dire et je cours droit au fait, pour abréger. James a pour toute famille son ami qui est devant vous et qui sollicite pour lui la main de mademoiselle Sternina. Depuis plusieurs mois, il aime cette jeune fille, et c'est pour cela que nous l'avons sauvée. Elle voulait vous donner son existence entière. Le capitaine était trop délicat pour lui dire : « Moi aussi j'ai des titres à votre affection ; vous me devez de vivre. » Mais moi, je n'ai pas les mêmes scrupules, et comme l'amour et le dévouement sont les seuls biens qu'il puisse offrir, j'espère que vous voudrez bien faire connaître la vérité à mademoiselle Sternina. James ignore ma démarche. Voyez-le. Jugez-le. C'est un rival digne de vous.

Cette brusque sortie avait frappé lord Clifford

en pleine poitrine. Son sourcil s'était froncé. Sa figure avait pris un pâleur effrayante.

— Merci, monsieur, avait-il dit. Depuis quelques jours je cherchais le moyen d'entrer en relations avec le capitaine, dont les poursuites assidues ne m'échappaient pas. Je voulais le connaître.

Un prétexte, une occasion plutôt, m'a été procurée. Je vais le voir.

— Ne lui parlez pas de ma démarche.

— Comme il vous plaira! Quoi qu'il en soit, mademoiselle Sternina sera, ce soir même, instruite des sentiments que M. James Trimmin a pour elle; je vous le promets.

Et maintenant, monsieur, en toute occasion, vous et lui pourrez disposer de moi, car je vous dois la vie d'une personne qui m'est sacrée.

— Il y a quelque mystère là-dessous, s'était dit Léon; en tous cas, ce lord est un gentleman.

Et James était venu.

XV

AU BAL

— Mademoiselle, vous m'avez promis ce quadrille.

— Oui, mylord !

— Ce sera la première fois que nous danserons ensemble. Donnez-moi votre main. Voilà que vos yeux se baissent. Allons ! je suis donc toujours compère le loup ?

— Quelle idée !

Sternina s'approcha et tendit la main à son protecteur.

— Tenez, ma chère enfant, vous avez beau chercher à me cacher vos pensées, la moindre de vos impressions ne m'échappe point.

— Je le crois bien, mylord, vous m'étudiez comme un livre.

— Prenez mon bras, et causons.

Ils étaient dans un petit salon qui s'ouvrait sur la salle de jeu. Une table de whist arrivait jusqu'à l'ouverture qui séparait les deux pièces. Un des joueurs, assis à cette table, se trouvait presque entièrement dans le petit salon. On ne voyait de lui que son dos et de magnifiques cheveux blonds qui ne nous sont pas inconnus.

Edward vint s'asseoir sur le coin d'un divan, tout près de la porte, il touchait presque à la chaise du joueur à gauche. Sternina était assise à droite. Lord Clifford s'exprimait ainsi :

— Vous me disiez ce matin : Votre affection pour moi vient de celle que vous portez à Lily ; mon dévouement et les dangers que j'ai courus ont seuls intéressé votre cœur ; mais, si vous m'aviez rencontrée dans d'autres circonstances,

mon insignifiante laideur n'eût pas attiré vos
yeux. Sans fortune, sans esprit sans grand talent, je ne pouvais vous inspirer de l'amour.

— J'ajoutais, mylord : Ni à vous ni à d'autres.

— Oui, mais je n'étais pas de votre avis.
Vous en souvenez-vous ?

— Très-bien !

— Que diriez-vous donc, continua Edward
en élevant la voix, si je vous prouvais que vous
avez tort?

— Ceci est difficile, mylord.

— Pas du tout! Mais avant, il faut que vous
me promettiez que vous ne douterez pas de mes
paroles, comme je vous promets, moi, sur l'honneur, de ne dire que ce dont je suis certain.

— Je vous crois. Mais les joueurs vont nous
entendre.

— Ils ne comprennent pas le français.

A l'heure qu'il est, un autre homme que moi
est éperdument épris de vous. Cet amour qui
dure depuis plusieurs mois est vif, pur, plein
d'abnégation et de respect.

— Que me dites-vous, mylord! Il faut que cet
homme soit fou !

— Il est parfaitement sain d'esprit.

— Alors il est aveugle, sourd ou bossu, s'il
existe.

— Vous m'avez promis de me croire.

— Je vous crois.

Le joueur de whist tenait bien mal sa place;
son partenaire était furieux.

— Ce jeune homme n'est pas très-riche, mais sa position est honorable.

— Comment? il n'est pas vieux!

— Il a vingt-quatre ou vingt-cinq ans. Son cœur est noble. Son esprit est juste!

— Il est parfait, en un mot!

— Vous ne me laissez pas dire...

Le joueur de whist faisait renonce sur renonce.

— Parlons du physique de votre amoureux.

— C'est inutile, mylord; car pour achever le portrait que vous venez de me faire, vous allez me dire qu'il est beau comme le jour...

— Justement! grand, bien fait, l'air doux et fier.

Le joueur laissait voir ses cartes à ses adversaires, il perdit.

Le quadrille était fini.

—Eh bien! que dites-vous de cela? continua Edward, en offrant de nouveau son bras à Sternina pour la reconduire dans le grand salon.

— Je dis, mylord, que c'est bien invraisemblable.

— Voulez-vous voir le jeune homme dont je parle?

— Mais... c'est inutile, je vous crois.

— Craignez-vous donc aussi celui-là? Ah! je veux m'en assurer.

La déclaration de lord Edward avait troublé Sternina sans qu'elle sût pourquoi. L'idée d'être aimée de cette tendresse qu'elle ne croyait jamais inspirer la frappa. Elle devint tout à coup sérieuse.

— Écoutez, reprit-elle en retenant le bras de lord Clifford. Vous voulez que je vous aime, dites-vous : pourquoi donc tant tenir à me montrer cet homme, que vous peignez si séduisant?

— Pensez-vous qu'il soit plus heureux que moi?

— Non; mais on dit que l'amour est involontaire, et, si j'aimais une autre personne que vous, cela m'affligerait horriblement.

Edward arrêta sur la jeune fille un regard triste.

— Vous êtes bonne, lui dit-il, en pressant doucement la main qu'elle avait posée sur son bras. — Il faut que mon sort s'accomplisse. Il y a de grands devoirs dans la vie ; il faut que vous voyiez cet homme, car c'est lui qui a fait reconnaître votre innocence.

— C'est lui qui m'a sauvée ! dit Sternina.

Elle était atterrée.

— La première personne devant laquelle je m'arrêterai sera celle dont je vous ai parlé.

Quelqu'un passa.

— Ma chère enfant, continua lord Clifford, permettez-moi de vous présenter le capitaine James Trimmin ; la polka qu'on va jouer est fort jolie, je vous engage à la lui donner.

Edward dégagea le bras de la jeune fille et

la quitta, après lui avoir dit tout bas en partant:

— C'est lui.

Sternina se laissa tomber sur un sofa.

Trimmin resta debout devant elle.

— J'étais à deux pas de vous, dit-il, j'ai tout entendu.

— Et Camille ?...

— Elle ne m'aime plus, sur l'honneur !

Et il lui offrit la main.

— Vous ne dansez pas, balbutia Sternina, mademoiselle Delmase me l'a dit.

— Je danserai donc pour la première fois.

Il la prit dans ses bras, comme autrefois sur le rocher. Il lui semblait étreindre tout un monde de joie. Alors c'était la vie qu'il demandait ; maintenant, c'était bien plus, c'était le bonheur !

— Oui, lui dit-il tout bas, je vous aime. Je ne le savais pas d'abord ; j'ai voulu m'attacher à Camille et je ne m'apercevais point que ce n'était que pour vous obéir. Je pense à vous depuis que je vous ai rencontrée. La veille de notre naufrage, votre joli petit visage se reflétait déjà dans le ciel et me disait d'aimer... Insensiblement vous vous êtes emparée de tout mon être. Il faut que vous m'aimiez. Je vous chercherai, je vous suivrai partout, je ne vous quitterai jamais... jamais. Ainsi, ne vous donnez pas à un autre...

Ici le capitaine s'arrêta ; puis il ajouta d'une

voix puissante, mais si douce qu'elle ne pouvait fâcher :

— Ne vous donnez pas à un autre... car je vous reprendrais.

Sternina voulait répondre ; elle ne le pouvait pas.

Ils dansaient toujours.

— Mon âme a besoin de votre âme, dit-il encore ; il faut que toutes deux soient unies pour l'éternité. Cela sera, je le sens. L'amour est attractif.

Et James serra Sternina sur son cœur.

— Vous êtes ma compagne, mon bonheur.

Il ajouta bien bas :

— Ma femme !

Elle s'arrêta. Elle ne respirait plus. Il lui semblait que ses pensées lui échappaient. Sa volonté se paralysait aux accents pénétrants de cette voix.

James pressa tendrement la main de la jeune fille et s'éloigna. Elle le suivit des yeux. Quelque chose d'invisible en elle s'en allait avec lui.

Toutes les poignantes émotions qui l'avaient assaillie ne pouvaient être comparées à ce qu'elle éprouvait.

Lord Clifford avait vu cette scène de loin. Dévoré de jalousie, il s'était contenu pourtant.

Un nuage avait passé sur ses yeux ; ses dents avaient failli se briser les unes contre les autres

Quand Trimmin fut parti, il s'approcha de Sternina.

— Eh bien? dit-il.

— Eh bien, mylord?

La pauvre fille était trop franche pour cacher sa pensée, mais il lui était impossible de savoir elle-même ce qui se passait dans son esprit.

— Avez-vous peur de lui aussi?

— De lui?... Oh! non; ce ne serait pas possible, soupira-t-elle, mais...

— Vous avez peur de l'aimer, dit Edward avec une douloureuse amertume.

— Oui. Aussi, vous m'annoncez tout d'un coup qu'il m'a sauvée, qu'il m'aime. Il me dit : Je vous suivrai partout, vous êtes à moi...

Edward entraîna la jeune fille dans l'embrasure d'une fenêtre.

Son visage était altéré.

— Eh bien? dit-il.

— Mes forces m'abandonnent. Je ne sais ni ce que je pense, ni ce que je ressens. Tout en moi semble se confondre. Je ne me reconnais pas. Permettez-moi de me retirer. J'ai besoin d'être seule.

Sternina n'était plus la même, une nuance rose était venue sur ses joues, elle tremblait.

— Restez, ne quittez pas le bal, chère enfant, reprit lord Clifford en s'efforçant de paraître calme. La solitude ne saurait effacer vos impressions; la distraction vous est nécessaire. Je vais retenir le capitaine. Habituez-vous à le voir, car je vais l'inviter à revenir demain.

— Oh ! non, je vous en supplie ! s'écria-t-elle.

— Il veut vous prendre, dit Edward tout bas; moi aussi! mais je ne veux pas vous voler. Je l'aurais fait peut-être, car vous me rendez fou ; je ne le puis. On m'en empêche. On vous défend contre ma passion. Il faut choisir entre nous deux.

Et il jeta sur elle un regard avide et absorbant.

Sternina ferma les yeux sans répondre.

Après avoir fait un suprême effort sur lui-même, lord Clifford rejoignit James et s'assit près de lui.

Le capitaine se trouvait dans un de ces moments de surexcitation où l'on ne cherche pas ses discours.

— Ou vous n'aimez pas Sternina ou vous êtes l'homme le plus généreux qui soit au monde, mylord, dit-il avec franchise.

— Ni l'un ni l'autre. Vous vous trompez dans vos suppositions. Nous aimons tous deux la même femme. Il ne nous resterait guère qu'à nous couper la gorge, si c'était possible. Cela ne se peut pas, parce qu'en sauvant cette enfant, vous m'avez rendu un service personnel, et je suis dans l'impossibilité de vous haïr, quelque envie que j'en aie, ajouta-t-il en souriant. Conduisons-nous donc en cette circonstance comme deux loyaux gentlemen, sans animosité, sans bruit inutile. Que rien d'amer ni de bassement envieux ne nous sépare! Sternina vous a-t-elle vu souvent déjà?

— Elle me fuyait toujours.

— J'ai fait pour vous une déclaration que, par délicatesse, vous n'aviez pas encore faite. Je ne voulais pas être en reste de générosité. Maintenant, venez ici autant que vous voudrez et luttons. Je n'ai pas perdu tout espoir, quoique la lutte soit inégale.

— Inégale ! pourquoi ?

— Vous avez quatorze ou quinze ans de moins que moi. Je suis dans l'âge où l'homme, par l'entier développement de ses facultés, a toute sa valeur ; mais c'est rarement l'opinion des femmes. Ces quinze années sont un monde entre une jeune fille et moi, et c'est tout simple : ma vie pourrait être finie ; il y a déjà un roman dans mon passé.

Enfin !... Dans huit jours, notre sort se décidera, dit Edward, en relevant vivement la tête comme pour en chasser une pensée importune.

— Si tôt ?

— Il le faut.

Sternina passa toute la nuit dans une agitation extrême ; elle ne se reconnaissait plus. Le souvenir de Camille l'obsédait.

— Vais-je donc devenir comme elle ? se demandait la pauvre enfant. Je retrouve en moi un peu des sentiments qu'elle m'expliquait et que je ne comprenais pas alors. Je sens mon cœur dans ma poitrine. Mon front est brûlant. Il me semble qu'une autre existence commence pour moi, et ce qu'il y a de plus affreux, c'est

que je ne puis me trouver malheureuse de ce
changement.

Dès le matin, elle se rendit chez madame Delmase. Camille courut à elle et l'embrassa.

— Mademoiselle, lui dit Sternina, je vais
vous affliger peut-être, mais je le dois. M. James
Trimmin...

— Vous aime ! je le sais, interrompit Camille.
Et vous venez me demander si je pense toujours
à lui. C'est beau, cela ! Eh bien, chère amie, ai-
mez-le, et soyez bien tranquille. Je n'y songe plus.

— Peut-on oublier si vite?

— On n'oublie pas, on change de pensée.
James est le seul homme qui ne puisse avoir foi
en moi. La Camille, qu'il a connue, je la hais ;
elle me fait rougir. M. Trimmin est joint à ce
mauvais souvenir, et je ne l'aime pas plus que
je n'aime mon passé. Lui-même n'aurait jamais
pu effacer complétement ce qui s'est dit entre
nous. Un doute vague, involontaire, serait toujours resté dans son esprit. Il n'y a pas d'amour
vrai sans une confiance entière. Je m'efforce de
devenir une Sternina, et j'espère pouvoir plus
tard, comme elle, trouver un honnête homme
pour me comprendre.

Antonie prit alors la main de sa fille et lui dit:

— Ton cœur est noble, Camille. Est-il assez
fort pour supporter une vive émotion? Tu mérites
ta récompense. Je veux que tu aies une joie
aussi. Sternina est une de ces créatures que Dieu
envoie de temps en temps sur la terre pour que

l'homme ne perde pas l'estime de la femme et pour que la femme se relève par l'estime d'elle-même. Sternina a sauvé Lily. Ton père, sans le savoir, a tué Fanny.

— Lily est vivante ! s'écria Camille, et elle se laissa tomber à genoux.

XVI

LE COUPABLE ÉCHAPPE A LA JUSTICE DES HOMMES

Un étrange changement s'était opéré dans la grande maison que la mère et la fille habitaient maintenant seules. Elles se tenaient toujours dans la même chambre. Le vide qui s'était fait autour d'elles leur était ainsi moins sensible. La nature de Camille, en se renouvelant, amenait chez elle des sensations nouvelles, quelque chose comme le parfum qui accompagne les pluies d'avril, une fraîcheur de printemps au milieu des larmes.

Les nouvelles leur arrivaient par leur avocat, qui les tenait au courant de ce qui se passait.

Revenons un moment à Delmase ; les événements nous y contraignent.

Toutes les preuves posées et assez savamment combinées par le marchand pour perdre Sternina retombaient sur lui-même. Il était atteint par l'orage qu'il avait attiré sur la tête d'une autre.

Le procès avait eu son cours. Soit ruse, soit nécessité, le nouvel accusé, convaincu de culpabilité, avoua lui-même son crime. En expliqua-t-il les causes ?

A partir de ce moment, un voile aussi épais que possible fut tiré sur l'affaire Delmase.

La disparition de Fanny fut la seule circonstance qu'on ne put expliquer ; mais on renonçait à vouloir une victime pour ce fait obscur qui devait résulter tout simplement de l'évanouissement de la gouvernante. L'enfant pouvait avoir eu peur, s'être éloignée... Londres est un gouffre où l'on ne retrouve pas tout ce qui s'égare.

L'instruction ayant, pour ainsi dire, épuisé la question par le procès précédent, les interrogatoires ne furent en quelque sorte que des formalités. L'accusé donnait lui-même les preuves et les détails qui pouvaient manquer. Il suppliait qu'on empêchât le bruit dont devait souffrir, disait-il, sa famille innocente. Et, forcé de boire le calice, il demandait à le boire seul, autant que possible.

Malgré les prières de Camille, son père refusait obstinément de la recevoir. Il ne voyait personne.

On avait, suivant les désirs de Delmase, réalisé en espèces les valeurs et les marchandises qui se trouvaient dans son commerce. Le pro-

duit de cette liquidation fut bien loin d'atteindre
le chiffre auquel on évaluait sa fortune. On commença des recherches, on fit des perquisitions.
De tous ces efforts, rien ne ressortit, soit que les
précautions eussent été prises d'avance, soit
que le marchand, qui tenait lui-même ses livres
et ne les laissait jamais voir, eût de doubles
registres ; toujours est-il qu'on trouva les comptes
exacts, et ces millions, dont on avait tant parlé
se réduisirent à un capital assez médiocre. La
famille Delmase ne possédait que juste de quoi
vivre à l'abri du besoin.

La question n'en resta pas moins tranchée dans
l'opinion de ceux qui avaient vu les opérations
du marchand, ses rentrées, le mouvement de ses
capitaux, ses ressources, l'importance qu'il avait
sur la place. Les renseignements donnés par les
commis se trouvaient d'accord avec tous ceux
des correspondants, mais non pas avec les
livres et c'étaient les livres qui avaient fait foi.
Antonie et sa fille obtinrent que toutes ces
recherches cessassent. Elles avaient de trop
grandes inquiétudes pour être bien sensibles à
cet amoindrissement de leur fortune.

La condamnation à mort fut prononcée contre
Delmase.

Il fit alors prier Camille de venir le plus tôt
possible à la prison.

La jeune fille y vola.

Comme aucune correspondance n'avait existé
entre l'accusé et les siens, Delmase ignorait

complétement ce qui s'était passé dans l'esprit de sa fille. Il croyait la retrouver comme il l'avait laissée et n'avoir à régler avec elle que le compte de son crime à lui.

Mademoiselle Delmase n'avait pas perdu l'espoir de sauver les jours de son père et nourrissait le projet de demander sa grâce à la reine.

Camille frémit en sentant le froid du cachot, en voyant ce cercle de souffrances et de misère autour d'un homme qu'elle n'avait jamais connu qu'au milieu du luxe.

Delmase, privé de l'abondance des mets et des vins généreux auxquels il était habitué, fatigué par des préoccupations de toutes sortes, avait perdu ses joues rubicondes, ses lèvres violettes. Il était amaigri et son visage avait une teinte terreuse.

La jeune fille se précipita vers Delmase avec autant d'élan que s'il n'y avait pas eu un assassinat entre eux.

— Oh ! mon père, lui dit-elle, pourquoi ne m'as-tu pas permis de venir plus tôt te voir ? Que tu as souffert !

Et Camille ne se souvenait plus de rien que de l'amour qu'il lui avait porté.

— Souffert.... Non, ma fille, dit le marchand, qui parla français pour ne pas être compris du guichetier. J'ai travaillé pendant quelques jours pour arracher ma vie à la justice, comme j'ai travaillé pendant trente ans pour amasser une grande fortune. Si je n'ai pas voulu te revoir

plus tôt, c'est que ta vue m'aurait distrait.
J'avais une pensée unique à laquelle tu étais
mêlée; mais un regard, un sourire de toi auraient
détourné mes yeux du but. Enfin, j'ai réussi!

— Tu es sauvé?

— Silence!

— Dieu soit loué!

— Pas Dieu, mais mon expérience et ma force
de volonté, qui jusqu'ici ne m'ont abandonné
dans aucune circonstance. Assieds-toi, mon
enfant, et causons sérieusement ensemble.
Mon affaire est réglée. Je m'évade demain et je
pars pour Lima; je me défigurerai avant d'arriver. Là-bas, sous un autre nom, je recommencerai une maison, les bases en sont jetées
déjà.

Camille frémissait.

Voilà où s'étaient enfouies les sommes colos-
sales que Delmase avait retirées de son commerce. Il lui avait fallu faire la fortune de tous
ceux qui pouvaient lui servir, depuis le porte-clefs
jusqu'au capitaine du vaisseau qui l'emmenait.

Londres est la ville la plus commerçante du
globe : avec de l'argent on y trouve de tout,
même des consciences au choix ; mais elles coû-
tent cher !

— Comment cela se peut-il donc? demanda
Camille.

— Que t'importe comment cela se peut, cela
est. Le résultat seul doit t'intéresser, et il ne saurait manquer que par une indiscrétion de ta part.

Garde donc ce secret. Si je te le confie, c'est que
je ne puis agir autrement.

— Mais, mon père, les condamnés arrivent
bien rarement à s'évader.

— Parce qu'ils n'ont point de millions. Chacun s'arrange comme il peut dans la vie, et
surtout comme il veut. — Le monde est aux
forts, a-t-on dit; moi j'ajoute : Le malheur est
aux sots. A peu de chose près, tu me retrouves
donc comme j'étais lors de notre séparation. —
Je serai riche encore, mais autre part, voilà
tout. Je ne voulais pas te revoir avant d'avoir
cette assurance. Maintenant, je vais te faire une
question bien grave. De ta réponse va dépendre
tout notre avenir. Je vais te dire la manière
dont je veux arranger cet avenir. Il faut que tu
me parles avec la plus entière franchise, que tu
sondes bien tes sentiments pour ne pas m'induire
en erreur, à ton insu.

— Je te le jure, mon père, dit Camille étonnée de ce début.

— Je t'avais fait promettre de ne revoir le
capitaine qu'à l'issue du procès de cette fille. Tu
avais tenu parole quoique tu fusses à moitié
morte! J'avais eu des raisons pour exiger ce
délai qui, du reste, me servait à voir à quel point
tu étais éprise de ce jeune homme. Si tu avais eu
connaissance de mon arrestation en même temps
que de la mise en liberté de Sternina, tu aurais
sans doute été trop frappée de ce malheur pour
t'occuper de Trimmin. Mais tu as vu le matin,

comme tout le monde, qu'on avait dépendu l'accusée, et le soir seulement tu as pu apprendre que j'étais incarcéré. Pendant cet intervalle, tu auras vu James.

Camille se tut.

Le visage de Delmase se crispa.

— Je vais te parler nettement, puisque tu ne me réponds pas ; il s'agit de choisir entre lui et moi.

— Mon père, dit-elle froidement, je n'aime plus M. Trimmin.

— Serait-ce possible ? s'écria-t-il. Comment te croire ?

— Laissons cela. Mon bonheur n'est plus entre les mains de James et rien désormais ne me fera changer de pensée. Qu'avez-vous à me dire ?

— La joie que tu me donnes est trop grande pour que je cherche à contester tes paroles. Fais donc tous tes préparatifs de départ, rien ne s'oppose plus à la réalisation de mes projets. Tu vas t'embarquer pour Lima, sur un bateau à voiles. N'oublie pas que tu dois être une Espagnole élevée en Angleterre. Le capitaine à qui tu es déjà recommandée, aura soin de toi jusqu'à mon arrivée. Pendant la traversée, tu apprendras assez d'espagnol pour qu'avec tes yeux et tes cheveux noirs, on ne doute pas de ton origine empruntée. Quant à moi, je connais déjà cette langue ; dans trois mois, je la parlerai comme l'anglais. En

changeant de nationalité, nous changerons de
nom.

— Et ma mère ? demanda Camille.

— Un homme et sa fille, c'est presque un mé-
nage de garçon, on vit à l'hôtel, on campe ; rien
n'est plus naturel. — Si nous avions avec nous
ta mère, les convenances exigeraient une instal-
lation, un train de maison matériellement impossible pour nous à cause des dangers dont il nous
entourerait. Nous attirerions l'attention. En cas
de découverte, nous ne pourrions disparaître
d'un jour à l'autre. Pour notre sécurité, pour
la sienne même, il ne peut en être ainsi. J'ai
arrangé mes affaires en conséquence. Je laisse
une rente à madame Delmase. Elle peut aller en
France. On dira qu'elle s'est retirée dans un
couvent. Il y aura de quoi satisfaire la curiosité
et jeter sur nous un oubli définitif. D'ailleurs,
nous avons besoin de nous étourdir après les
événements qui viennent de nous frapper ; la
grande figure triste de ta mère m'ôterait mon
courage.

— Mais, si nous la quittons, sera-ce donc pour
longtemps ? demanda Camille en tremblant.

— Probablement pour toujours. Je ne veux
pas te tromper.

— Ah !... je t'en conjure, dit la jeune fille, ne
laissons pas ma mère !

— Tu m'étonnes, mon enfant. Autrefois,
quand tu avais mille fantaisies que je satisfaisais

avec bonheur, je te demandais souvent si tu m'aimais plus que ta mère.

— Et je disais oui, mon père ; je m'en souviens, car c'est récent.

— Antonie est presque étrangère à ta vie, et l'éloignement lui coûtera bien moins qu'à nous.

— Emmenons-la! répéta Camille d'un ton suppliant.

La jalousie paternelle de Delmase s'éveilla. En captivant la tendresse de sa fille, il se vengeait. Pour la première fois depuis longtemps, Camille montrait un attachement sérieux pour sa mère. La nature sauvage de Delmase faillit éclater.

— Non, dit-il en relevant sa fille, non, je te refuse cela. C'est une prière que tu m'adresses en vain, je suis inflexible. C'est insensé de vouloir exposer ma sûreté pour une personne que, jusqu'à présent, tu semblais ne voir qu'avec respect. Puisque tu ne veux pas m'entendre, tu me forces à te révéler des choses que je t'aurais peut-être permis d'ignorer toujours ; car en te dévoilant ce mystère, je vais t'expliquer ce qu'on appelle mon crime ; et si je n'ai point donné cette explication aux juges c'est qu'elle ne pouvait sauver ma vie. Fortune, adresse, j'ai tout mis en œuvre. Mais pour toi j'ai gardé mon secret. Aujourd'hui, sache la vérité, ce qu'est cette femme que tu aimes.

Ici Delmase raconta les événements que nous

connaissons, avec les brutales expressions de sa nature grossière.

— Et maintenant, dit-il, juge-nous. Pense à ce que j'ai souffert. J'ai vécu six années entre la soif de vengeance et le soin de ton avenir. Sans cesse combattu par l'amour que je te portais, il m'a fallu supporter ta mère, supporter Lily, cette fille du mal, qui semblait dire chaque jour : je serai plus belle que Camille, je serai parfaite, je serai plus aimée !

Les poings de Delmase se serrèrent convulsivement.

Camille, effrayée, se leva et fit quelques pas en arrière.

— Je l'ai tuée le jour où son père est venu l'embrasser ! Je l'ai tuée, continua le marchand d'une voix étouffée, le jour où le capitaine a refusé de t'épouser parce qu'il aimait ma servante ! Je voulais qu'on accusât du crime celle dont j'étais jaloux pour toi ! Je voulais me venger d'un coup !

Puis adoucissant sa voix :

— Tout cela, je l'ai fait pour toi, dit-il, pour toi, entends-tu ?.. Je te voulais seule comme enfant. Juge si je t'aime, Camille, et s'il faut que tu me suives, que tu ne me quittes pas. Juge enfin si je puis vivre sans toi. Ta jeunesse, ta beauté, sont ma propriété, je vis dans tes dix-sept ans. Il me semble que j'existe en toi plus qu'en moi-même. Tu es moi, mes désirs s'expri-

ment par ta bouche, je respire par tes lèvres...
Enfin je m'aime en toi!

— Étrange amour! dit Camille; et de la manière dont vous l'expliquez, ce n'est pas *moi*,
mais *vous* que vous aimez, ou plutôt c'est la pro-
longation de votre existence. Mais, puisque vous
le voulez, admettons que je sois une partie atte-
nante à votre personne. Dans ce cas, il faut que
j'en sois la partie jeune et croyante, celle qui regarde l'avenir.

— Cela est.

— Laissez-moi donc élever librement la voix,
comme si, seul avec votre pensée, vous enten-
diez s'élever la voix de votre conscience.

— Que veux-tu dire? Je ne te comprends
pas.

Delmase paraissait dans l'expectative d'un
malheur.

— Je veux dire, mon père, reprit Camille,
que la lumière intérieure de la vertu s'est faite
en moi. Tout ce que vous venez de me dire, je le
savais. Ce secret m'a été révélé par ma mère.
C'est elle qui, par le récit de ses souffrances, a
sauvé mon honneur; mais je vous ai laissé parler avec votre implacable sévérité. Il faut que
Dieu vous ait bien abandonné, pour éloigner
ainsi de votre cœur le besoin de pardonner. Je
vous plains. Que vous devez être malheureux !
Cette pauvre mère ne cesse pas de m'exhorter à
vous aimer, elle me rappelle vos bontés pour moi.

Ouvrez les yeux. Vous jetez l'anathème à votre femme, pourquoi ?

— Tu le demandes?

— Pour une faute que vous acceptiez chez votre fille!

— Je l'acceptais! s'écria Delmase, parce que je savais que le contact de ta mère devait t'avoir infiltré une portion de ses vices. Et puis, ce n'est pas tant la faute d'Antonie qui m'a exaspéré; je n'aimais pas cette femme, ce n'était point le sot préjugé de sa vertu perdue qui parlait en moi, mais la rage de ma jalousie paternelle.

— Oh! ne dites pas cela!

— Avec des pleurs et des simagrées elle t'a confessé sa faute, au moment où elle en redoutait la publicité. Elle a capté ton esprit en te faisant croire mille folies stupides. Hypocrisie! Elle attriste ton printemps pour t'empêcher d'être belle. Déjà tu ressembles à ces saintes hébétées qui ne sont plus que des images.

— Mon père, vos paroles sont sans effet sur moi. Ma vie est désormais tracée. La cause de la vérité se gagne par un mot, quand notre lucidité s'éveille. Venez avec moi dans cette voie. J'aime et je respecte ma mère. Le passé ne sera plus, et je vous chérirai plus tendrement que jamais, je n'aurai pour vous que des carresses et des paroles de consolation.

— Que veux-tu ?

— Pardonnez à ma mère. Emmenons-la.

— Jamais !... C'en est fait, tu es perdue pour moi; ton esprit est faussé déjà par une dévote stupide... Si tu ne t'arrêtes à temps, l'avenir ne t'apportera que déception et douleur. Vois-tu, ma pauvre enfant, pendant notre courte vie, sans veille et sans lendemain, il faut nous hâter, si nous voulons quelques joies réelles. On se presse dans la mêlée : la fortune est au plus hardi. Ne t'attarde pas pour réparer un vêtement qui se déchire; là-bas, il y en a un neuf. Va toujours, femme, ne t'arrête pas ! les rides te suivent en courant et t'atteindront bientôt. Couronne-toi de fleurs et chante ! Marchez tous vite, allez aussi loin que vous pourrez; car vous avez peu de temps. Voilà les pensées voilà la réalité, que tous cachent en eux-mêmes. Aucun ne le dit; tous le comprennent, s'entendent sans se parler. Tous se voient sous leur masque.

Certes, il est dans cette foule une poignée d'insensés, comme James, par exemple, qui, repus de mille chimères, ne veulent ni comprendre ni voir. On les laisse rêver sur le bord du chemin où les flots des humains les rejettent, on s'en dégage et l'on continue sa route.

Camille, ma fille, écoute ma voix, ou tout bonheur est mort pour toi. Tu passeras ta jeunesse à te priver, ta vie entière à attendre. Le paradis est ici-bas pour l'être intelligent; une tête bien organisée conjure tous les orages. Regarde : ce Dieu, dont tu parles, n'a pas protégé bien des innocents immolés, et moi, coupable,

je me sauve comme tant de coupables qui savent
être adroits et puissants.

— Ne défie pas le ciel, je t'en conjure! s'écria
Camille.

— Faible esprit! pauvre fille!

— Un mot, un seul : Toi qui parles tant de
bonheur as-tu donc été heureux?

— Toujours! Le besoin d'écraser un reptile
qui me piquait sans cesse m'a seul tourmenté.
J'ai toujours été heureux par la satisfaction
de mes désirs. Les passions sont les seuls éléments de bonheur qui puissent exister. Je te
possède, tu es ma fille, mon bien, c'est l'incom-
mensurable jouissance de ma vie! Fuyons ensemble, suis-moi, et je ne sais ce que je pourrais
désirer encore. Viens! tu seras heureuse
comme moi.

Camille, épouvantée, regardait son père.

Il y eut entre eux un silence de mort.

— Soyez donc heureux seul, dit-elle enfin,
car je ne veux pas vivre comme vous : ne chercher que la fortune, ne croire qu'au plaisir,
n'adorer que soi! Suivez donc seul cette route
où vous trouverez le bonheur, mais où je mourrais de honte. Il ne me reste plus qu'à prier
pour vous.

— Tu as l'air de me mépriser! s'écria Delmase avec terreur.

— Oh! mon père, quelle pensée! Je te plains,

dit tendrement Camille, et elle se rapprocha du marchand.

— Laisse-moi!

Ses yeux s'étaient obscurcis; son visage était blême, et ses lèvres tremblaient.

La pauvre enfant, immobile, effrayée, se demandait ce qui se passait dans cet être terrible.

Il cherchait autour de lui quelque chose à broyer, et d'un coup de pied frappa le mur.

Camille se sauva à l'extrémité du cachot; Delmase la poursuivit et lui prit le bras. Il vint alors se rasseoir, et attirant sa fille entre ses genoux comme on fait d'un enfant, il rejoignit ses mains derrière elle et la tint étroitement embrassée.

— Ma Camille chérie, ma vie, lui dit-il avec exaltation, mon sang, tu m'es ravie! Nos pensées se séparent, tu ne peux plus m'aimer. C'est impossible! Cependant tu es là, sur mon cœur. Si je te pressais encore un peu, je t'étoufferais, et nul ne t'aurait sur cette terre maudite où je dois vivre sans toi.

La jeune fille, glacée sous l'œil farouche de son père, s'échappa.

— Elle a peur! fit Delmase d'une voix sourde en laissant tomber sa grosse tête sur sa poitrine. Je lui ferai toujours peur maintenant. — N'est-ce pas que je te fais peur? ajouta-t-il d'un air égaré, en se tournant vers sa fille.

Camille, collée sur la muraille, l'œil fixe, le corps frémissant, répondait sans parler.

— Je lui fais peur... et le marchand s'affaissa sur le sol par un mouvement convulsif.

— Oui, s'écria Delmase, en proie à d'horribles tortures, je n'avais pas pensé à cela, moi! Qui dormirait calme à côté de celui qui a déjà donné la mort? Quoi de plus logique? Tuer, c'est renoncer à jamais à l'amour des autres! Les morceaux du berceau de ce monstre étaient restés dans ma chair; le couteau est resté dans mon cœur. Un criminel n'a plus d'enfant... Ah! je l'aimais tant! Fatalité!... Je suis perdu...

— Mon père! s'écria Camille en courant à lui. C'est le repentir qui t'inspire ces paroles-là. Mon père! Dieu te prend en pitié! Je n'ai plus peur! Je t'aime! garde-moi...

— Le repentir! dit-il, dans un éclat de rire. Va-t'en!

La jeune fille ne partait pas.

— Adieu, adieu! va-t'en! te dis-je! répéta Delmase.

Puis, se levant, il poussa Camille vers la porte et la força de sortir.

A moitié folle de terreur à la suite de l'affreuse scène qu'elle venait de voir dans l'ombre d'un cachot, la pauvre enfant retourna vers sa mère.

— Il m'a chassée, lui dit-elle en rentrant. Nous venons de passer tous deux un de ces instants terribles qui ne s'oublient jamais. Une grande révolution s'est opérée chez lui ; mais je ne puis savoir quel en sera le résultat.

XVII

LES DEUX CORBEILLES

Huit jours s'étaient passés depuis le bal de lord Clifford. Pour lui ces huit jours n'avaient été qu'une longue crise, une de ces révoltes de la nature où l'homme croit rajeunir, mais où il vieillit.

Son adoration pour Sternina avait traversé toutes les phases imaginables. Comme il l'avait dit au début, c'était plus un tourment qu'un amour. Vainement il cherchait à se rafraîchir dans cette douce illusion : « Sternina est vertueuse et bonne ; en l'épousant, je veux donner une tendre mère à mon enfant. » Sa conscience repoussait son excuse. Il maudissait la faute commise autrefois. S'il n'avait pas ainsi donné sa jeunesse, il aurait pu, lui aussi, posséder tout entière une âme de jeune fille. Mais il ne pouvait recommencer à vivre. Sa tête se brisait contre cette pensée.

Tout ce qu'Antonie avait souffert pendant six ans, ses regrets, ses remords, tout s'était con-

centré en quelques jours dans la vie de lord
Clifford. Parfois sa nature bouillante était assaillie de tentations. Le bonheur était là, près
de lui; il n'avait que la main à étendre et il le
saisissait. Mais cette jeune fille était sous la
garde de son honneur! Honteux, il retombait sur
lui-même.

Tout ce drame se passait en lui, rien au dehors ne se trahissait, si ce n'était parfois dans
ses yeux. Les yeux sont des jours ouverts sur
l'âme, et, malgré ses efforts, Edward ne pouvait
adoucir sa passion et la mettre en rapport avec la
pureté de Sternina; quand leurs regards se
rencontraient, elle baissait le front comme une
fleurette des champs brûlée par un rayon de
soleil.

Les deux rivaux s'étaient trouvés souvent en
présence, et, loin de se détester, ils étaient
presque forcés de s'aimer. De part et d'autre,
tant de franchise et de générosité les animait
que chacun d'eux finissait par se dire : Si je
n'ai pas Sternina, je voudrais au moins qu'elle
fût à lui. La jalousie n'était plus qu'un bruit
sourd au fond de leur cœur; la grandeur la
matait.

Chaque instant resserrait leur triple intimité. De joyeux repas, de longues causeries, une
délicieuse musique partageaient leur temps.

Au moment où Camille quittait la prison,
Edward et sa protégée achevaient en causant un
dîner fait ce soir-là en tête à tête.

— Il est six heures, disait lord Clifford, James va venir. Je vous conseille de monter chez vous pour vous coiffer à son goût; faites ces deux longues boucles qu'il aime tant à regarder. Il n'a pas toujours le courage de fixer les yeux sur votre visage. Il se console en regardant vos cheveux.

— Oui, mylord!

— Mylord! encore ce nom que me donne tout le monde! Ne pourriez-vous pas dire par exemple: Cher mylord. Essayez... une fois seulement. Je suis certain que vous pourrez.

— Non...

— J'ai en vous une fille bien désobéissante.

— Désobéissante! vous n'avez rien commandé.

— Eh bien, je commande, j'ordonne, j'exige!

— Cher mylord, voulez-vous me permettre de prendre une des roses de cette jardinière? dit Sternina en se levant.

Edward s'élança pour la devancer, cueillit vivement la fleur et la lui présenta.

— Je vous permets de prendre toutes les roses de la création, chère ange, lui dit-il avec joie.

L'élan dont il n'avait pas été maître avait rompu le charme de cet entretien.

— Merci, dit Sternina en s'enfuyant.

Aussitôt qu'elle eut disparu, lord Clifford entra dans les salons de réception, qui, sur son ordre, avaient été disposés pour une fête, avec tout le faste et le luxe possibles.

On annonça le capitaine.

— Recevez-vous ce soir, mylord, dit Trimmin en entrant. Que de fleurs! de lumières!

— C'est une surprise!

— Pour qui?

— Pour nous. — Nous devons en jouir seuls comme des égoïstes.

— Vous m'intriguez beaucoup,

— Vous voyez cette pièce fermée!

— Le salon de jeu!

— Dans quelques instants, il y aura là deux hommes : un prêtre et un témoin; l'un de nous sera le second témoin. Comprenez-vous maintenant? Ne devenez pas blême pour cela! Mon cher James, vous êtes Anglais, mais je suis à moitié Indien. Pour moi, la position n'était plus tenable. J'ai été aussi loin que l'ont permis mes forces, mais il fallait que notre sort se décidât.

En ce moment Nelly entra.

— Mademoiselle désirerait beaucoup parler à mylord, dit-elle, et elle l'attend dans son cabinet.

— Je monte.

— Elle veut aussi des explications, ajouta lord Clifford en se penchant vers Trimmin. Attendez-moi, je reviens dans un instant.

— Mylord, dit Sternina dès qu'elle l'aperçut, je vous dérange; mais vous ne devez pas en être étonné. Je viens de me trouver entourée de cachemires, de bijoux, de dentelles, des plus élégants objets de toilette. Mademoiselle, m'a dit Nelly, voici votre corbeille : celle que vous offre M. James Trimmin. Puis elle m'a conduite dans ma chambre où se trouvait une robe blanche toute simple, un voile uni, une couronne de fleurs d'oranger ; enfin, une toilette de mariée, comme en portent les jeunes filles modestes et simples de la classe moyenne et elle m'a dit : « Ceci vient de mylord. »

— Vous n'avez point compris ?

— Je ne dis pas cela ! J'ai interprété mal peut-être, mais à mon sens, cette énigme. J'ai cru deviner dans quel esprit tout cela avait été disposé, mais je ne sais ce que vous voulez que je fasse. Quels sont vos projets ? On m'a dit que je devais m'habiller pour mon mariage... Je suis prête à vous obéir en tout. Pourtant cela m'a troublée... je l'avoue.

— Reprenez votre gaieté. Vous êtes maîtresse absolue.

Avant de m'expliquer, je veux un sourire. Le voici ! Dites-moi d'abord ce que vous avez pensé de mes cadeaux.

— Ne disaient-ils pas : Mon amitié pour Sternina est égale à celle de James ; elle ne doit donc voir en moi qu'un prétendant simple et sans grande fortune comme lui. Mon nom, mon rang ne doivent pas éloigner de moi celle que j'aurais aimée de même si j'eusse été pauvre ? Quant à la riche corbeille, ne disait-elle pas : Si vous choi-

sissez le capitaine, ne le faites pas par désin-
téressement, car mes largesses et mes bienfaits
vous poursuivront?

— Vous comprenez très-bien. Vous voyez ma
pensée. Il s'agit avant tout que vous soyez heureuse. Retenez bien cela. Vous avez été à même
de connaître ma nature et celle de James. Vous
êtes trop intelligente pour n'avoir pas compris
qu'une femme ne trouve pas souvent dans la vie
des affections grandes comme celles que vous
nous inspirez.

Vous êtes bonne, et ne pouvez vouloir prolonger une perplexité qui fait souffrir deux hommes
qui vous chérissent. Il est indispensable de fixer
notre sort. Dans le fond de votre cœur, à votre
insu peut-être, vous avez déjà fait un choix, c'est
évident. Voici deux actes de mariage; signez
l'un des deux et déchirez l'autre. Si, seule avec
vous-même, vous trouviez qu'à titre de mari nous
ne vous convenons pas, déchirez ces deux papiers. Seulement, comme il faut que votre amour,
s'il existe, soit forcé de se manifester, je vous
déclare que, ces papiers une fois déchirés, vous
ne serez plus qu'une sœur pour nous. Je renon-
cerai à tout jamais au mariage pour moi-même,
et je chercherai à consoler de mon mieux Trimmin, que j'aime maintenant beaucoup. Ceci est
sérieux. Je jure de ne plus songer à vous obtenir, si dans une heure vous n'êtes pas ma femme.
Que la crainte d'attrister mes jours ou de voir le
capitaine mourir de chagrin ne vous trouble pas.

Si l'un de nous doit avoir ce sort, votre main
accordée sans votre amour ne saurait l'y soustraire. Nous ne sommes pas égoïstes et s'il est au
monde une consolation pour nos cœurs, c'est de
vous savoir heureuse. Cette consolation, promet-
tez-nous-la ; car une tristesse, une larme de vous
c'est le plus grand malheur qui soit suspendu sur
nos têtes !

— Comme vous m'aimez ! vous me forcez à
être égoïste ; vous me donnerez tous les défauts
possibles !

— Encore une prière. Voici la clef de l'appartement où se trouve notre prisonnière bien-aimée.
Allez la trouver, et que ce cher trésor pose sur vos
cheveux votre couronne blanche. Que ce soit
Lily qui jette le voile de tulle sur votre passé de
jeune fille. Cela lui portera bonheur. Faites-moi
cette grâce, si vous voulez vous marier ce soir.

Adieu ! Je vous attends en bas dans le grand
salon.

Edward quitta Sternina.

— C'est convenu, dit-il, en revoyant le capitaine. Tout à l'heure l'un de nous sera profondément triste. Il sera seul. Qu'il trouve au moins
une affection où il puisse se réfugier. Traitons-
nous comme deux frères désormais. Cette réserve
froide que vous mettez dans nos relations me
fait douter de votre tendresse. Cette prétendue
distance que vous persistez à observer entre
nous me fait mal.

— Cette distance est toute morale, mon ami.

22

— Mon ami, à la bonne heure !

— Il est étrange que Sternina ne vous ait jamais parlé de rien à propos de nos deux amours.

— Innocente tactique féminine ou timidité. Elle s'interrogeait sans doute, elle luttait peut-être ! Vous n'avez pas idée de ce qui se passe en moi. Je souffre tant, je suis tellement à bout de forces, que je préfère la certitude de mon malheur à cette alternative.

XVIII

RIEN QU'UNE FLEUR

Que pensait donc Sternina ?

L'amour de James l'avait éveillée en lui donnant la preuve qu'on pouvait avoir pour sa personne autre chose que de l'amitié. Et son cœur réchauffé se dilatait. Elle croyait non-seulement en l'amour du capitaine, mais en celui d'Edward. Depuis ce moment, des sensations nouvelles l'agitaient. Avant cette révélation, elle ne voulait aimer que lord Clifford. Sa tendresse paternelle, son abnégation, la noblesse de son caractère la touchaient. D'ailleurs, ne serait-elle pas la petite mère de Lily ! La douce tâche ! Quel avenir de joie !

Maintenant ses impressions étaient tout autres.

L'amour qui l'enveloppait commençait à féconder son esprit, à l'initier aux grandes aspirations, les seules qui pussent trouver accès dans sa noble nature. Elle ne pouvait croire que ce sentiment sublime, ce rayonnement qu'on nomme amour se produisît deux fois dans l'existence de l'homme ; que dans ses rêves il pût prononcer deux noms, sans que l'un fût dit le premier. Que pouvait-il donc rester pour elle dans l'âme d'Edward ?

Puis, elle n'admettait pas qu'une femme pût oublier celui à qui elle avait dit : Je vous aime!.. Entre elle et Edward se dressait Antonie. Ce n'était pas la femme, mais la mère repentie se sacrifiant au remords, qui voulait unir Sternina à l'homme qu'elle avait aimé elle-même. — D'ailleurs, dans le cœur d'Edward, elle n'était pas seule. Elle venait après Lily, après ce grand amour qui avait pris toute la jeunesse de lord Clifford. Enfin, il y avait dans la passion de cet homme quelque chose qu'elle ne comprenait pas et qui l'effrayait. — Dans l'amour de Trimmin, au contraire, tout lui paraissait naturel et l'attirait. Elle trouvait dans la force de cette attraction quelque chose de doux et d'enivrant. Le regard étincelant de lord Clifford lui faisait froid ; le regard de Trimmin la pénétrait, descendait jusqu'à son cœur et s'en emparait doucement.

— Pourtant Sternina voulait résister. Le capitaine est jeune, pensait-elle, il peut en aimer une autre, être encore heureux sans moi. Lord Clifford n'aimera jamais plus comme il m'aime. Il le dit et je le crois. Épouser l'un, c'est me dévouer à son bonheur, à sa fille , épouser l'autre, c'est me satisfaire moi-même. Je serai forte, j'épouserai Lord Clifford.

Sternina croyait avoir longtemps pour se prononcer, lorsque Edward eut avec elle la conversation qui précède.

Elle quitta son bienfaiteur, remonta chez elle et s'arrêta immobile, indécise, pendant quelques minutes sans oser entrer dans sa chambre. Nelly attendait et n'osait interroger sa maîtresse. Enfin la jeune fille posa les deux papiers sur la table. A peine eût-elle lâché ces objets qu'elle les reprit comme si elle eût souffert de s'en séparer.

—Habille-moi, dit-elle, à sa femme de chambre en lui donnant la robe qui se trouvait dans la corbeille de lord Clifford.

Toutes deux se hâtèrent.

Sternina paraissait avoir la fièvre. Dès qu'elle fut prête, elle prit sa couronne, son voile, et partit en défendant à Nelly de la suivre. Aussitôt qu'elle entra dans l'appartement de lady Clifford, Lily vint à elle et lui dit :

— Petite mère, est-ce que tu te maries?

— Oui, si tu le veux.

— Je le veux bien!

— Alors, pose-moi ma couronne et mon voile, répondit la jeune fille en se mettant à genoux pour être à la hauteur de l'enfant.

La petite sauta de joie et arrangea selon son goût Sternina, qui lui laissait toute liberté.

— Que tu es jolie! Avec qui te maries-tu?

— Avec qui?

Elle prit Lily dans ses bras.

— Dis-moi avec qui tu veux que je me marie.

— Je ne sais pas!

— Dis! Veux-tu que j'épouse... ton ange gardien?...

— Un ange gardien ne se marie pas, petite mère.

— Il serait ton papa, et moi ta mère. Veux-tu, chère ange?

— Ce n'est pas possible. Je veux bien qu'il soit mon papa, mais toi, tu es trop jeune pour être ma maman. Tu peux bien être ma petite mère; mais c'est maman Antonie qui est ma mère *de vrai*.

— Tu ne m'aimerais donc jamais autant qu'elle?

— Non. Je t'aime bien tout de même, va! Il ne faut pas être fâchée, continua Lily.

Sternina la regarda tristement. Une vive émotion colora son visage; son sort venait de se fixer. Les paroles de cette enfant faisaient apparaître soudain la vérité dans son esprit.

Rien ne remplace une mère dans le cœur d'un enfant; rien ne remplace une épouse aimée dans le cœur d'un homme. Celui qui, pour combler ces deux lacunes, prend l'existence d'une

femme, se trompe lui-même et fait des malheureux.

— Le sort en est jeté ! dit-elle en embrassant
Lily. Sois sage, je m'en vais.

Elle descendit. Lorsqu'elle aperçut la porte du
salon de réception, elle s'arrêta. Il lui fut impossible de faire un pas de plus.

— Que va-t-il dire? pensait-elle. Il faut que je
l'afflige!... Je ne le puis pas.

Elle se trouvait dans la chambre des fleurs, et
se laissa tomber sur le siége placé près de
l'orgue. Ses doigts se posèrent machinalement
sur les touches qui soupirèrent tristement avec
elle.

— Que l'heure est lente ! disait lord Clifford ;
les secondes sont des siècles... Écoutez !...

Il s'interrompit et prêta l'oreille.

Un cri s'échappa de sa poitrine.

— C'est l'air naïf et doux que vous jouez toujours et que Sternina aime, répondit Trimmin.

— C'est une mélodie dont elle et moi avons
seuls l'intelligence.

Et lord Clifford disparut aussitôt.

On se rappelle cette sorte de pastorale au
rhythme simple que le jeune homme faisait entendre à sa protégée lorsqu'elle était intimidée
devant lui.

Il parut au seuil de la porte; la musique cessa.

Sternina se précipita dans les bras d'Edward
qui la pressa sur son cœur et la baisa au front;

mais, avec ce baiser, ses pleurs, qu'il voulait retenir, s'échappèrent comme un torrent.

— Oh! pardon, s'écria-t-elle en essuyant avec
son voile les yeux de son bienfaiteur.

— Vous avez été franche, et je vous en remercie. Laissez couler ces larmes : elles entraînent l'amertume de ma douleur. J'étais préparé.
Quelque chose me disait que vous aimiez James.

— Je vous aime aussi.

— Moins.

— Autant, mais...

— Il ne vous effraye pas, et vous aviez peur
de moi! Peur d'être ma femme plutôt, car maintenant vous voilà tout expansive; votre tête
s'appuie avec confiance sur ma poitrine.

— Oui, j'avais peur de vous; c'était involontaire. Je vous chéris tendrement, dit Sternina
d'une voix câline en effaçant avec ses doigts les
dernières larmes d'Edward. Vous n'avez pas
l'idée des trésors de tendresse que mon cœur
renferme pour vous. Je puis donc vous le dire
enfin : votre amitié a réchauffé mon cœur.

Une douce joie revint sur le visage de lord
Clifford qui se dégagea des caresses de la jeune
fille.

— Où est le contrat de James? dit-il.

Elle le tira vivement de son corsage, et la
fleur qu'Edward lui avait donnée tomba sur le
tapis.

— Qu'est-ce que cela, fit-il en la ramassant.

— Votre rose.

— C'est vrai! Enfant chérie, continua-t-il en mettant la fleur sur ses lèvres, vous m'aimez autant qu'il est dans l'ordre des choses que vous m'aimiez. Tout à l'heure j'ai posé sur votre front le premier baiser que vous ayez reçu d'un homme...

— Oui, et j'étais heureuse que ce baiser fût pour vous.

— J'ai aussi le premier sourire de votre bonheur : ce que les anges du ciel peuvent envier aux jeunes filles d'ici-bas. Que pourrais-je désirer encore? Votre voile blanc a essuyé les larmes que j'ai versées en voyant vos vingt ans déployer leurs ailes! Ce cher souvenir égayera d'une douce lueur les tristes années que je passerai sans vous.

Le jeune lord serra convulsivement Sternina sur son cœur et, paraissant vouloir se soustraire à la violente émotion qui s'emparait de lui :

— Venez, dit-il en posant sur son bras la main de sa protégée. Il faut que je vous conduise à votre mari.

Lorsqu'ils entrèrent dans le salon. Trimmin était debout. Pâle, l'air égaré, il attendait... En les voyant paraître, un désordre immense se fit dans son esprit.

— Le duel est fini, dit lord Clifford. Mon cher adversaire, je suis vaincu, frappé en pleine poitrine. Si votre volonté est aussi forte pour faire réussir vos projets qu'elle l'a été pour vous emparer de cette enfant, je vous conseille de faire votre livre. Une plume est aussi puissante qu'une épée.

Nous renonçons complétement à décrire ce que James éprouva.

— Il y a dans la pièce voisine, reprit Edward, un certain peintre qui veut être votre témoin. Il assure que vous le lui avez promis. Il faut que vous veniez vérifier le fait.

Le jeune lord, poussant la porte qui était restée fermée jusqu'alors, montra Léon. Celui-ci, de blanc cravaté, se promenait d'un air triomphant, et tournait autour des siéges sans pouvoir se décider à en occuper aucun.

Lord Clifford mit une bague au doigt de Sternina, une autre à celui de James. Le prêtre recueillit les signatures. Lorsque le capitaine, un peu remis de son éblouissement, voulut parler à Dalèze, il avait disparu.

— Je n'ai pu le retenir, dit Edward. Je l'avais prié de donner quelques ordres pour moi ; il a été impossible de l'empêcher de se charger lui-même de tout.

En effet, Léon avait voulu retourner à Portland place et faire disposer la maison pour l'arrivée du jeune couple.

On soupa sans lui, Edward fut gai. La conversation s'anima par l'enjouement de la jeune fille. James parla peu ou point. Il n'entendit rien, se heurta aux angles des meubles, renversa du thé sur la nappe et marcha sur la robe de Sternina.

La soirée s'avançait. Lord Clifford passa son bras autour du cou de James, et l'attirant à l'écart, lui dit à voix basse :

— Mon ami, il faut me faire vos adieux et partir avec votre femme.

— Je vais l'emmener, s'écria le capitaine. Vous permettez que je l'emmène tout de suite?

— Préférez-vous que je la garde?

— Non, sans doute!

— Alors, demandez-lui de se préparer.

— Je n'oserai jamais! répondit le capitaine en serrant tendrement la main du jeune lord.

Celui-ci sourit.

— Vous voilà bien intimidé tout à coup.

— Allons, chère enfant, dit-il, en revenant à Sternina, il faut nous quitter.

La pensée de partir troubla la jeune fille.

— Vous quitter sitôt, mylord? dit-elle bas à Edward.

— Il le faut, répondit-il.

La femme de chambre attendait dans le salon voisin. Elle mit un manteau sur les épaules de sa maîtresse.

Edward accompagna les jeunes gens jusqu'à la voiture. Son amie lui fit encore un signe de tendresse et de reconnaissance, puis le coupé roula... Edward l'accompagna de ses regards aussi longtemps qu'il put.

James était presque entièrement enseveli sous la robe de Sternina; les plis couvraient ses genoux, le voile s'abattait sur ses mains.

Il était plongé dans l'extase. Il croyait rêver du paradis. Il ne disait rien.

L'extrême bonheur est muet.

XIX

TROP HEUREUX

La petite maison du jeune homme avait été transformée comme par enchantement. On marchait sur un lit de fleurs. Des pendentifs surchargés de feuillages, des guirlandes de mille couleurs s'échappaient du plafond.

Léon reçut ses amis et les fit entrer dans le cabinet de travail, au rez-de-chaussée.

— Monsieur, dit Sternina en courant vers Dalèze et lui prenant les mains, sans vous je n'existerais plus. Je vous dois tout mon bonheur, vous avez donc le premier des droits à ma reconnaissance.

— Pas du tout, répondit le peintre en lui donnant deux gros baisers. C'est moi qui dois me prosterner à vos adorables petits pieds pour vous remercier d'avoir bien voulu vous appeler madame Trimmin, ce que vous n'auriez certainement pas pu faire si vous n'aviez pas été vivante. Ce n'est donc point vous, mais nous qui profitons

de votre existence. Je répétais toujours à James :
Cette jeune fille-là, c'est une petite bourgeoise,
pour ainsi dire une fille du peuple, une enfant de
Paris ! Celles-là, je les connais ; il leur faut
autre chose que le boire et le manger, autre
chose que des bijoux, des voitures, des millions
et des blasons ! Il leur faut le rêve des rêves ;
c'est-à-dire l'amour et le printemps avec. Je le
savais bien, moi : ce grand enfant, avec sa
franchise dans les yeux et son cœur brûlé de
flammes comme un soleil levant, c'était votre
affaire. Il n'y a pas de mylord qui tienne.

Trimmin ne parlait toujours pas et restait à
l'écart.

Sternina promenait ses regards autour d'elle
avec un ravissement indicible.

Il y a dans l'inspection que les femmes font
toujours de l'habitation de l'homme aimé un sentiment délicat et profond qu'on prend à tort
pour de la curiosité. Elles interrogent ces objets, elles les envient ; le moindre d'entre eux
est une chose précieuse, une relique. Toutes
leurs pensées se résument dans ces mots :
c'est ici qu'il habite ! voilà ce qu'il a vu avant
moi ! La jeune fille regardait, touchait avec plaisir les livres, les armes que Léon lui mettait
dans les mains. Il paraissait se délecter en ob-
servant les impressions qui lui prouvaient
l'amour de Sternina pour son ami.

Il revint un instant vers James pendant qu'elle
continuait son examen.

— En vérité, dit-il, je ne te comprends point! Tu ne dis pas un mot! Je suis honteux pour toi.

— Mon ami, je ne me comprends pas moi-même. Mon bonheur m'écrase.

— Voilà qui est joli!

Au même moment, Étienne entra.

— Si je vous ai fait attendre, dit-il, je vous demande pardon. Nous avons transporté la chambre de monsieur au second. Il fallait laisser tout le premier aux ouvriers qui travaillaient pour madame. Vous allez voir ce que les tapissiers de Londres peuvent faire en une heure. Des miracles! C'est à n'y pas croire. La pièce qu'ils ont arrangée est un vrai bijou, une bonbonnière, un bouquet, tout ce qu'on voudra enfin. Et dedans, il y a une toute jeune et très-jolie fille qui s'intitule la femme de chambre de madame.

— Nelly! dit Sternina. Lord Clifford ne veut pas que j'aie le temps de désirer quelque chose.

— Ah! ça, c'est vrai, interrompit Léon. En quelques mots nous avons arrangé vos affaires : vous possédez cinquante mille francs de rente...

— Que dis-tu? s'écria James.

— Rien! c'est arrangé entre lui et moi. Demain tout sera réglé; cela ne vous regarde point.

— Je ne veux rien, dit la jeune fille.

— Je n'ai pas, comme lord Clifford, une fortune immense, interrompit James, mais je suis assez riche pour que Sternina et sa famille soient

à l'abri du besoin sans le secours de personne.
Je refuse.

— Je sais cela ! Cet homme s'arrache le cœur
pour te le donner, et tu crois après avoir
le droit de refuser son argent ? C'est une petite
joie que vous pouviez bien lui laisser tous les
deux. Il ne devrait pas vous être permis d'élever
la voix là-dessus ; c'est par trop ridicule, vraiment ! Mais, comme je sais tout ce que vous pouvez penser, je lui ai dit qu'il ne fallait pas songer à vous faire entendre raison. Alors il m'a
déclaré que vous ne pouviez l'empêcher de contribuer au bien que vous faites, et les cinquante
mille francs sont une somme qu'il vous charge de
distribuer en aumônes... Ai-je eu tort d'accepter ?

James serra la main de Léon.

Au même moment, Nelly descendait pour prévenir sa maîtresse que son appartement était
prêt.

Sternina, après avoir demandé la permission
de se retirer, salua avec toute la grâce qui lui
était naturelle, et partit guidée par sa femme de
chambre.

— Ah ! tu es gentil, dit Dalèze.

— Je suis un sot ! tiens, tu as raison de te
moquer de moi. Je l'aime trop.

James s'assit à son bureau et traça rapidement
ces lignes, que Léon lisait à mesure :

« Chère petite enfant adorée,

» Mon bonheur m'absorbe tellement que je n'ai pu vous dire un mot. La pensée de pouvoir passer ma vie à vos pieds me fait perdre l'esprit. Vous êtes à moi ! à moi qui aurais donné tout ce que je pouvais espérer de plaisir sur terre, ma vie même, je crois, pour avoir la permission d'embrasser le bas de votre robe... »

— Assez, assez ! comme tu y vas ! On ne pourra bientôt plus t'arrêter. Voilà qui est très-bien. Je vais lui porter ça pour qu'elle s'endorme avec une bonne pensée.

Léon monta vite.

— Ne vous dérangez pas, madame, dit-il, la personne qui vient passe sous la porte.

Dalèze attendit pendant quelques secondes.

Les escaliers anglais sont presque tous droits, c'est-à-dire que chaque étage est fait de deux parties. La moitié monte en avant, la seconde revient sur elle-même et vous emmène un étage plus haut. Un petit carré sépare les deux parties.

— Je n'ai ni encre ni papier, dit Sternina en ouvrant sa porte. Je ne puis écrire...

— Venez porter la réponse vous-même.

— Je n'ose pas.

La jeune femme fut interrompue par un bruit qui se fit dans l'antichambre.

Léon redescendit jusque sur le petit carré. Il

se trouvait alors en vue, tandis que Sternina restait cachée.

Étienne fermait la porte de la rue.

— Ah! dit ce dernier, je viens d'apprendre une nouvelle. Le père Delmase est mort!

Dalèze allait lui faire signe de se taire et remonter près de madame Trimmin, lorsque celle-ci lui dit à voix basse, du ton le plus sérieux :

— Écoutez-le !

— Que contes-tu là ? fit alors le peintre.

— La vérité! Je tiens ce renseignement d'un domestique de la maison. Un garçon qui nous est dévoué. Comme on a raison de dire qu'il y a un Dieu! Il paraît que Delmase a vu sa fille. Cette *jeunesse* a essayé de lui faire faire pénitence. Elle lui a dit que ce n'était pas beau de tuer les enfants. Jusque-là, sans doute, il avait trouvé ça gentil; mais de voir que sa fille ne lui donnait pas raison, cela l'a frappé, et il est mort d'une attaque d'apoplexie.

— Ce que vous dites est-il vrai? s'écria Sternina qui descendit rapidement.

On a vu le cadavre et constaté le décès. Madame Delmase et sa fille viennent d'aller à la prison.

— Voulez-vous demander à monsieur Trimmin s'il peut me recevoir? Il faut absolument que je lui parle.

— Je comprends, dit Léon, Delmase est mort, et vous pouvez maintenant dévoiler ce terrible mystère qui faillit vous coûter la vie.

— Silence ! c'est un secret de famille.

Dalèze ouvrit la porte de la bibliothèque de James et y fit entrer la jeune femme.

— Allons, parlez d'affaires, reprit-il, je vais me coucher... J'aurais pourtant voulu les voir s'embrasser, continua-t-il en remontant.

— Monsieur, dit Sternina au capitaine, l'heure est bien avancée, mais il est important que vous m'accordiez quelques minutes d'entretien. Il s'agit d'une chose grave.

— Je vous écoute, fit James.

— Quoique, selon moi, il ne doive y avoir aucun secret entre une femme et son mari, je me serais crue obligée au silence par une promesse faite avant mon mariage, si un grand événement ne venait, de me relever de mon serment. Il m'est donc permis de parler. Les circonstances présentes vont changer la destinée de plusieurs personnes. Laissez-moi vous consulter, car j'aurai besoin de votre appui. Il faudra que vous preniez l'initiative et fassiez ce que vous jugerez nécessaire pour le bien de ceux à qui je dois tout. Ce que je vais vous dire doit rester entre nous.

Sternina raconta dans tous ses détails l'histoire de Lily.

Lorsque tout fut dit :

— J'ai promis, j'ai juré de veiller sur cette enfant ; que faut-il faire ? demanda-t-elle.

— Il faut, répondit James, que la petite soit rendue à sa mère, Lily ne court plus aucun

23

danger. La loi ne permet pas à lord Clifford de reconnaître son enfant. La position de Lily chez
lui serait toujours irrégulière; il en souffrirait.
Qu'il sacrifie donc le bonheur de vivre avec elle
pour lui laisser son nom de Delmase.

— Je pense comme vous. Mais ce nom est
flétri.

— Madame Delmase quittera l'Angleterre.

— Pauvre lord Clifford !

— Il doit faire son devoir. Je me charge de le
décider. Nous tâcherons, par notre amitié,
d'adoucir sa douleur.

Ils allaient se séparer et se serrèrent la main.
Cette étreinte les retint unis.

— Ne partez pas si vite, dit Trimmin d'un ton
suppliant.

Il la fit asseoir doucement, s'agenouilla devant
elle, lui prit les mains et la regarda.

— Que je suis heureux de vous voir à mon
aise! Oh! ne rougissez pas! C'est moi que vous
avez choisi. Pourquoi?

— Parce que vous l'avez voulu!

— Vrai?

— Vrai!

— Je le voulais tant!

Ils parlaient presque bas, sur ce ton des amoureux qui ont toujours peur d'être entendus.

— Eh bien, pour que je sois tout à fait heureux, dites-moi ce que vous avez pensé depuis
que nous nous connaissons.

— D'abord... vous savez, après notre naufrage...

— Vous m'avez renvoyé !

— Quand on est pauvre, on a peur d'aimer.
Et moi, j'ai pensé en vous voyant : Ce beau garçon-là n'a rien à faire dans ma vie. Pourtant,
en vous quittant, j'étais bien triste.

— Et moi donc !

— Après... vous étiez aimé de Camille ; je ne
pensais à vous que pour elle. Le jour où vous
êtes venu me voir dans la maison meublée, avant
mon entrée chez lord Clifford, j'avais bien envie
de ne pas vous dire adieu et de vous prier de revenir... Vous savez le reste.

— Mais non !

— Mais si ! reprit-elle simplement : Vous
m'avez dit : « Vous m'aimerez ; il le faut, je le
veux ! » Moi, j'ai lutté... et malgré tout, depuis
ce temps-là...

— Dites !

— Je sentais toujours ma main dans la vôtre,
ma taille serrée dans votre bras... vous m'aviez
emportée... Il ne restait plus de moi que l'enveloppe. Enfin, je n'étais rien dans la nature, et je
suis née seulement depuis que... je vous aime.

James prit ce mot dans un baiser.

Ce baiser laissa sur les lèvres de Sternina un
sourire qui ne s'effaça pas : une beauté de plus.

XX

LES SOUVENIRS

Le lendemain, le capitaine entra de bonne heure chez Léon.

— Eh bien, lui dit celui-ci, tu sais tout.

— Oui.

— Tant mieux! Ce secret-là m'ennuyait.

— Je suis forcé de sortir. Je n'ai pas encore vu ma Sternina ce matin. Dis-lui, quand elle se lèvera, de venir à dix heures chez lord Clifford. J'y vais d'abord ; il faut que je lui parle. Conduis-la jusque chez lui, n'est-ce pas?

— Et moi, où vous retrouverai-je?

— Au coin de Piccadilly et de Park-Lane. Attends-nous là. Nous irons déjeuner tous les trois ensemble, veux-tu?

— Avec enthousiasme !

Le capitaine, en retrouvant lord Clifford, crut voir sur son front des lignes qu'il n'avait pas aperçues jusqu'alors. Il y a des émotions qui ne secouent pas l'homme sans laisser de traces.

A ces mots prononcés par James : « Delmase est mort! » le visage d'Edward s'empourpra.

— Antonie est libre ! s'écria-t-il, Antonie est libre ! et moi...

Il s'affaissa sur un siége. Il y eut dans son cœur un de ces déchirements qui ne se décrivent point. Tout son corps tremblait.

Trimmin n'osait plus parler. Pourtant il le fallait.

Quand il eut dit comment cette affaire devait se terminer :

— Il vous faut donc tout ce que j'aime ! fit le pauvre père en bondissant. Vous exigez que je vous donne les deux moitiés de mon cœur !

— Soyez digne de vous ! Encore cette douleur ! Vous avez le secret des abnégations incompréhensibles.

Edward sembla faire un brusque retour sur lui-même. Il reprit tristement :

— Oh ! n'ajoutez pas un mot ! Je suis convaincu. Vous dites que Sternina viendra la chercher ?

— Oui ! je vais prévenir madame Delmase et lui donner un rendez-vous pour lui rendre son enfant, afin que tout se passe sans bruit. Il me reste à remplir les formalités nécessaires. A dix heures, je serai dans la rue voisine avec un cab. J'attendrai.

— C'est bien, répondit lord Edward en mettant la main sur ses yeux.

— Mon ami, dit James, nous vous resterons.

— Sternina !... vous oubliez donc que je... l'aimais. Oh ! gardez votre trésor pour vous seul. Et si vous voulez me faire un grand plaisir, partez ! Partez pour Paris, votre belle-mère va revenir ;

passez quelque temps avec elle. Enfin, restez
loin de Londres... loin de moi.

— Pourquoi faire un martyre de votre éloignement? Je ne crains rien. N'avez-vous pas toutes
les grandeurs?

— Mais vous ne me comprenez donc pas?

Lord Clifford prit les deux mains du capitaine
et fixa sur lui ses yeux pleins de larmes.

— Écoutez, James, mon enfant, dit-il, l'amour
à vingt ans, c'est l'hymne de la vie, c'est le
souffle dont le créateur anime son œuvre. Cet
amour, c'est le vôtre, James! Mais, lorsqu'une
passion s'empare d'un homme de mon âge, cet
homme n'a qu'à bien se tenir. A votre âge, on
n'a pas cet amour brûlant qui me dévore; on n'a
pas seulement le désir, mais encore la foi tranquille et puissante... Le son de la voix a des
effluves amoureux, on a de l'aimant dans les
yeux... C'est ainsi que j'aimais Antonie!...

Ici le pauvre lord s'interrompit.

— Mais cet amour-là ne revient pas plus dans
le cœur de l'homme que ses vingt ans ne reviennent sur son front. L'amour qui commence quand
on est vieux est ridicule; quand on a trente-cinq
ans, il est parfois dangereux, pour les autres et
pour nous-mêmes. Alors, si l'on ne trouve pas
dans son cœur la force de souffrir, on devient un
malhonnête homme. C'est une heure suprême et
décisive que celle où de telles passions s'allu-
ment en nous, mon ami. Ce n'est pas une flamme
douce qui élève et purifie, c'est un feu qui con-

sume. Dans ces moments-là, l'homme sent en lui
souvent le germe de toutes les mauvaises actions
possibles. Moi, j'ai souffert mille tortures. Je
n'ai rien dit. A quoi bon! Oui, je vous ai donné
Sternina, et j'aurais pu l'épouser peut-être; mais
j'aurais fait dans sa vie l'effet d'une journée d'été
sur une nature de printemps. Elle se serait éva-
porée sous mon regard. Vos deux fronts devaient s'incliner l'un vers l'autre comme deux
jeunes rameaux qui se cherchent, et, sous un
souffle du vent, se réunissent un jour pour former un berceau. Mon amour, dans l'air que vous
respirez, oppresserait vos poitrines. J'ai lutté
jusqu'ici, j'ai été bien fort, allez! Maintenant,
laissez-moi me reposer dans la solitude. Sternina,
pour vous, c'est la mystérieuse beauté, la transparence de l'âme, la suave figure aux traits in-
certains... Mais pour moi, Sternina a les yeux
trop noirs, mon ami, emmenez-la.

— Je vous obéirai.

James partit, informa la police, établit l'identité de la victime pour avoir l'identité de Lily.

Sternina arriva bientôt à la villa de Bays-
water. Elle se jeta au cou de son bienfaiteur,
qui se garantit le mieux qu'il put de ses caresses.

— Tenez, tenez, lui dit-il précipitamment,
voici la clef de l'appartement de ma mère. Vous
sortirez par le petit escalier. Avec cette autre
clef, vous ouvrirez une porte qui donne dans la
rue voisine. Vous ferez quelques pas et vous

trouverez James qui vous attend déjà. Je ne veux pas revoir Lily! Je ne veux pas l'embrasser! Allez!

Il y a des douleurs qu'on ne peut consoler; la jeune femme n'osait parler. Elle arracha son gant et saisit la main de lord Clifford. Les yeux d'Edward, en se fixant sur cette main amie qui l'étreignait, aperçut son alliance.

— Ma bague! dit-il, vous ne me l'avez pas rendue! Donnez-la moi.

— Non, répondit Sternina, retirant sa main.

— Qu'en voulez-vous donc faire ?

— La rendre à celle qui me l'a donnée et qui la première a possédé votre amour, à la mère de votre fille, à celle que vous rencontrerez toujours dans le cœur de Lily, et dont vous ne séparerez jamais votre âme, quoi que vous fassiez. Elle vous a tout sacrifié... Pour vous, elle a fait de sa vie un martyre, vous lui devez une réparation.

— Antonie ne m'aime plus et je n'aime plus Antonie! Vous savez bien que mon cœur est à une autre.

— Ne dites pas cela, continua Sternina d'une voix suppliante. Cette autre, vous ne l'avez jamais autant, aussi bien aimée, j'en suis sûre, que la mère de votre enfant. Cette autre ne pouvait être votre compagne. C'est Lily qui l'a dit! Je lui ai demandé son avis! Pour elle, il n'y a qu'une seule mère : Antonie ; un seul père : vous !

Edward fit un geste d'étonnement.

— C'est la nature qui parle par sa bouche. Bientôt vous direz comme elle. Vous ne pouvez vivre sans qu'on vous chérisse. Il vous faut un entourage de tendresse, et vous irez un jour demander à lady Clifford la permission d'appeler Lily votre fille. Vous quitterez Londres pour n'y plus revenir. Nul ne saura l'histoire de la famille Delmase. Si l'enfant ne porte pas votre nom, que la mère au moins le porte, et si, au début de la vie, vous avez pleuré ensemble, vous sourirez au chant joyeux de vos enfants.

Edward voulut essayer d'atteindre la bague, il rencontra les lèvres de Sternina. Elle lui arrêta la main par un baiser et disparut.

Le départ de Lily fut un coup de foudre pour lord Clifford. Il avait pu voir celle qu'il aimait s'éloigner la veille ; son cœur s'était déchiré, mais il avait eu la force de souffrir cette torture. Se séparer de Lily, c'était impossible ! Les événements commandaient, il fallait obéir. L'homme était vaincu par le père. Comme autrefois, comme toujours, lord Clifford pouvait se passer du monde entier, mais il lui fallait son enfant.

Il monte, se précipite dans l'appartement de Lily, descend l'escalier dérobé, arrive à la porte en même temps que Sternina et lui dit d'une voix étouffée :

— Vous avez raison ! Tout pour elle !

Pendant le trajet que fit le jeune couple et la petite fille, Sternina instruisit son mari de la résolution prise par lord Clifford.

. Ils descendirent dans Hyde-Park, et virent bientôt deux femmes vêtues de noir.

Camille accourut, prit l'enfant dans ses bras et la porta vers Antonie.

Madame Delmase regardait Sternina. Ses yeux étaient mouillés de pleurs.

— Merci, dit-elle.

Ce fut le seul mot qu'elle eut la force de prononcer.

Lily cherchait à grimper jusqu'à sa mère en s'accrochant aux plis de sa robe.

. — Madame et moi, nous vous faisons nos adieux, dit le capitaine ; nous partons pour un petit voyage dont nous devons hâter les préparatifs. J'espère que vous donnerez quelquefois un souvenir à ceux qui font des vœux pour que l'amour de vos enfants vous aide à supporter vos chagrins.

Les jeunes gens s'éloignèrent.

Antonie les suivit tous deux du regard.

— Même âge, à peu près, même cœur, mêmes penchants ! Voilà, pensa-t-elle, de ces âmes que Dieu crée par paire dans le ciel. Elles se séparent en tombant sur la terre, se cherchent... remontent souvent sans s'être rencontrées, presque toujours sans s'être réunies.

En ce moment Lily, suivant les instructions que « petite mère » venait de lui donner sans qu'on l'entendît, passa l'anneau de lord Clifford au doigt d'Antonie, en lui disant :

— Sternina le veut !

Léon s'ennuya d'attendre à Piccadilly ; il entra dans le parc et rencontra ses amis au moment où ils quittaient madame Delmase.

— Est-ce donc là mademoiselle Camille, s'écria-t-il en l'apercevant, cette jeune personne que j'ai vue pendant le procès ? Elle est bien changée !

— Oui, répondit madame Trimmin, c'est une fille parfaite maintenant.

— Elle est bien belle.

— Viens, artiste ! Elles partent pour les Indes.

— Ce doit-être un beau pays ! murmura Léon.

Il ne pouvait détacher ses yeux du groupe qui s'éloignait. Il resta cloué à sa place.

Ses amis marchaient toujours.

La robe de Sternina caressait les pieds de James, effleurait le gazon et les feuilles mortes. Celles-ci chuchotaient, puis s'enlevaient çà et là comme si elles eussent voulu remonter aux arbres pour un nouveau printemps !

James enveloppa sa femme d'un doux regard et lui dit tout bas :

— Je t'aime !

TABLE

PREMIÈRE PARTIE

DEUXIÈME PARTIE

1966.76. — Boulogne (Seine). — Imprimerie JULES BOYER.

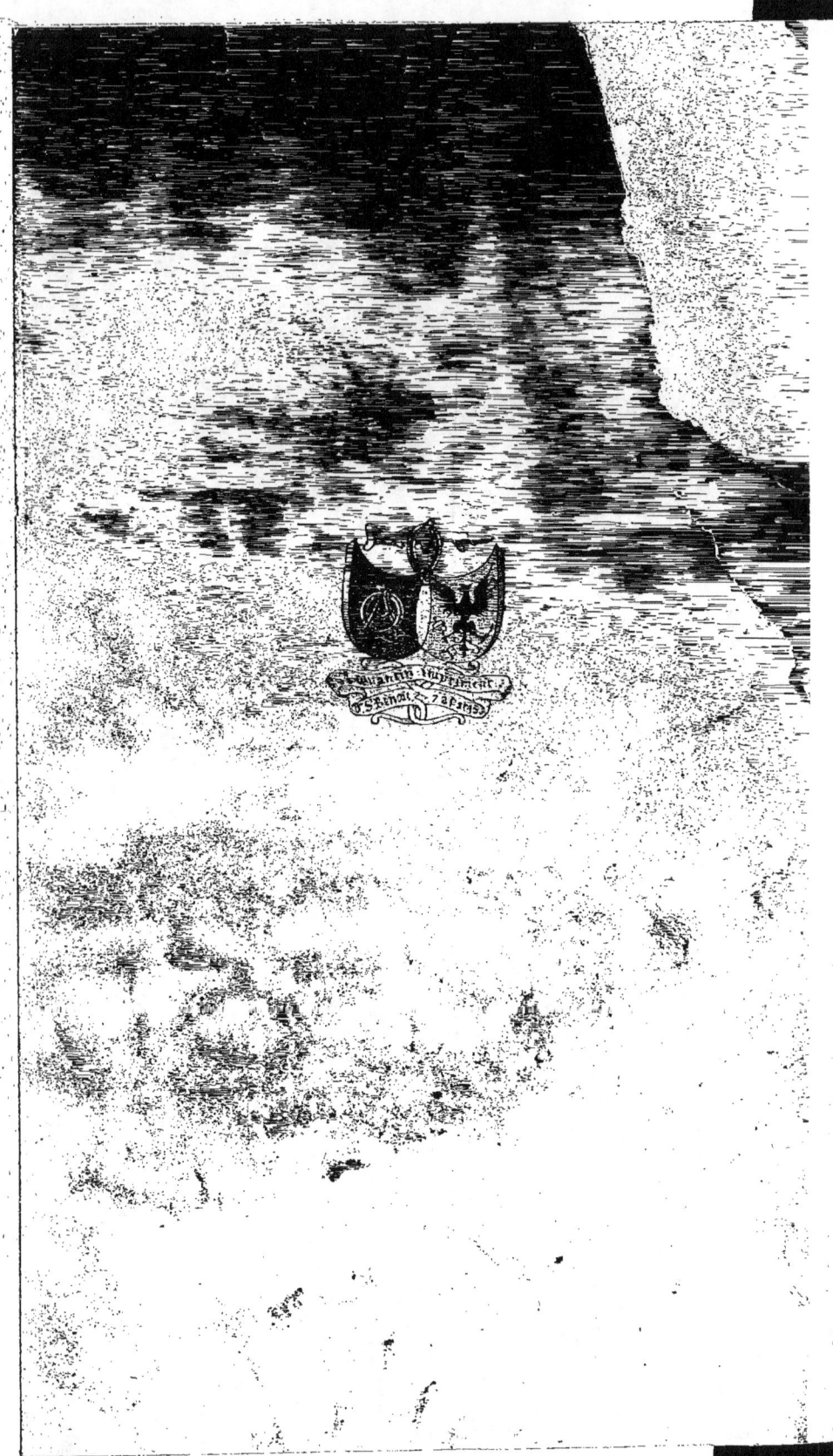